透明な膜を隔てながら

Li Kotomi

李　琴峰

早川書房

透明な膜を隔てながら

装幀／川名 潤

透明な膜を隔てながら　目次

第二章　生　この世に生まれて

第三章　性　存在の耐えられない重さ

第六章　静　読書と映画

対談

創世の代わりに――序に代えて

神は六日で世界を創り、一日休んだという。

小説を書くというのも一種の創世行為だ。そういう意味では、小説の単行本を六冊刊行し、七冊目がエッセイ集というのは、割かし良い塩梅ではないだろうか。

とはいえエッセイを書くのは休みになるかというと決してそんなことはなく、寧《むし》ろ小説のような作り話ではないからこそ、少しも油断ならないところがある。

小説には登場人物がいて、物語があり、会話がある。言葉によって埋め尽くされているかと思いきや、空白（いわゆる「行間」というもの）もまた大きな役割を果たす。作中の声はそのまま著者の声に直結するわけではないし、解釈の自由がある程度許されているからこそ、時には著者の想像を遥かに越えた読みが読者によって示されることもある。そして当然ながら、著者の意に反して都合よく歪曲されたり悪用されたりする可能性も充分孕んでいる。

一方、エッセイは著者が物語という巨大なメタファーを介さず、世界と直接対峙した時に生まれた産物である。例外もあるにせよ、多くの場合、エッセイに示される声は著者の声――少なくとも著者が読者に聴き取ってほしい声——とほぼイコールである。

小説とエッセイにはそれぞれの強みがある。小説は物語という装置を通して読者の「情」と「感」に訴えることを基本とするが、エッセイはストレートに読者の「理」と「知」に語り掛ける力を持つ。小説は他者や社会、世界に対して様々な問いを投げかけるが、答えは必ずしも示そうとしない。対してエッセイは、少なくとも執筆時点での著者の考えを示すものが多い。

小説が「問」の言葉ならば、エッセイはあるいは一つの「解」と言えよう。

作家は立ち止まって思索をし、問いかけることを好む性分の生き物だ。問いかけることによってしか見えてこない世界の実相があるというのもまた事実である。

しかしたまには、ごくたまには、自分なりの解も示しておかなければ、ずるいと言われても仕方があるまい。


このエッセイ集には、二〇一七年八月から二〇二二年三月まで、約四年半の間に書き溜めてきたエッセイが収録されている。この四年半の間、私はデビューしたての無名新人作家から、曲がりなりにも「史上初の台湾籍芥川賞作家」になった。当然、私を取り巻く環境も多少なりとも変化した。知名度が高まり、読者がつき、仕事の依頼が増え、それに比例して（あるいは比例せずに）アンチから誹謗中傷を受ける頻度も上がった。通り過ぎるそんな風景たちの変化は、本書に収録されているエッセイの端々に表れているだろうと思う。

しかし変わらないものもある。言葉への愛と、世界への眼差しである。あるいは「初心」と言い換えてもいい。何故書こうとするのか、どのように書きたいのか——この問いは私にとってそのまま「何故生きようとするのか、どのように生きたいのか」と同義だ。言葉への愛と、世界への眼差し、この二つの物事が私をここまで連れてきたし、これからも貫いていくほか道はない。賞の一つや二つを取ったくらいで、アンチが百人や千人増えたところで、それが変わることはきっとありえない。

ここに収められているのは、人間の善性を信じようとしても信じきれず、憎もうとしても求めてしまい、天才にも凡夫にもなれず、恋にも人付き合いにも不器用で、常に傷つき、躓《つまず》き、希望と絶望を行き来し、裏切られながらも三十年の歳月を何とか生き延びてきた、そんなひねくれた一個の人間が、巨大過ぎる「世界」や「他者」に向き合った瞬間に飛び散ったささやかな火花を言葉で摑み取ろうとする、切実にして無謀な営為の成果だ。これらの言葉の中に、私の精神が宿っている。眠れない真夜中も、孤独に苛《さいな》まれる黄昏も、私は言葉を刻みつけることで乗り越えてきた。これらの言葉が、精神の欠片《かけら》が、活字の海を彷徨《さまよ》った末に虚空に消えるのではなく、しっかりと誰かに受け止められ、誰かの支えになることを願い、今、世に放つ。

第一章

声

言語を行き来して

透明な膜を隔てながら

一二年前、私は台湾の田舎に住む女子中学生で、平仮名は一文字も識らなかった。一二年後、私は日本の大都市に住む会社員で、「群像新人文学賞」を受賞している。ほんと、「思えば遠く来たもんだ」。

何故《なぜ》日本語を習おうと思ったか。何度そう聞かれたか、もはや数え切れない。そして聞かれる度に、眉を顰《ひそ》めながら悩む。何しろ、人に伝えるための、分かりやすいきっかけみたいなものは、何一つ無かったのだ。ただある日突然、そうだ、日本語を習ってみよう、と、ふと思ったのが始まりだった。就職のためでも、流行りに乗るためでもない。ニュートンの頭にぶつかった林檎のように、それは天啓に近い想念だった。

それで私はアニメソングを歌いながら、仮名文字を一つずつ頭に叩《たた》き込んだ。高校受験が人生唯一の目標だと言わんばかりの抑圧的な中学生活で、文学と日本語が、私のささやかな趣味だった。日本語は学べば学ぶほど味のある言語だと感じた。流麗な平仮名の海に、宝石のように漢字が鏤《ちりば》められている。月光が降り注ぐと、海は音も無くきらきら輝き出した。

趣味に無理解な人もいた。クラスの担任は、明言こそしなかったものの、「何故台湾に殖民した民族の言葉など」と、私が日本語を独学することをあまり快く思っていなかった。「仮名文字なんて所詮漢字の真似事だ」のようなことも言っていた。私は少しも意に介さなかった。もとより反抗的な私にとって、権威というものに楯突くことが日常茶飯事だったのである。

やがて私は大学や大学院で、日本語・日本文学や日本語教育学を専攻するようになった。いつの間にか日本語で文学賞を取り、作家デビューすら果たした。ここまで来れば日本語はもはや母語のように自由自在に操れる――と思えば大間違いである。確かに私は、所謂バイリンガルである――第二言語習得論では「付加的バイリンガル」(additive bilingual) と言う――が、言語習得の臨界期 (critical period) を過ぎてから学習を始めた私にとって、日本語は決して第一言語と同等にはなり得ない。逆説的だが、上達すればするほど――そして上達していると思われれば思われるほど――日本語は第一言語ではないと実感させられるのである。

ある時は、単語を声に出した後にアクセントが間違っていることに気が付き、心の中で密かに後悔する。ある時は、表したい概念を指し示す的確な言葉がそこにあると知りながら、その言葉に結び付く音節構造がどうしても脳内辞書から出てこず、「あのー」をいつまでも虚しく長引かせる羽目になる。またある時は、脳と舌を繋《つな》ぐ神経が何者かに切断されたかのように、脳が発音に関する指令を発しても、舌が上手く動かない。病気の時は尚更で、ちょっとした風邪でも失語症的な症状に繋がる。外国語副作用 (foreign language side effect)※のせいで思考能力の低下を感じることもしばしばである。

「言葉の壁」という安易な表現がある。言語同士の間に立ちはだかる何かが、もし本当に壁のようなものだったらどんなに良かっただろうか。壁なんて乗り越えれば済む話だ。しかし私と日本語の間にあるのは、壁より寧ろ透明な膜のようなものだ。膜は天と地の間に張られているから乗り越えられない。普段は目にも見えないし、感じ取ることもできないから、存在を忘れることもあるが、それは確実にそこにある。時には色を帯びて存在を宣言し、時には硬化して越境を阻む。辛うじて膜の向こうに散らばる言葉の宝石を掬《すく》い上げたとしても、恰《あたか》もビニール手袋を嵌めているようで、宝石の手触りを確かめるのがなかなか難しい。

膜を隔てるメリットもある。その方が日本語を分析的に見ることができる。お蔭で多くの母語話者の盲点に気付くことができ、それが原因で言語的センスが高いとお褒めに与ることもある。ただ、そうした言語的センスは、物書きにとって寧ろ前提のようなものだ。バスの運転手にとって道路標識を識別する能力が前提であるように。

だから私は今でも自問自答を繰り返している。こんな私に、日本（語）文学には、どのように貢献できるか、と。残念ながら答えはまだ無い。いつかは出るかどうかも分からない。それにしても私は根拠も無く、信じたい。こんな私でも、こんな私だからこそ――自分の意志で日本と日

※第二言語の処理に脳のリソースが消費されるため、知的レベルが全般的に低下する現象。

本語を受容し、そして受容された私だからこそ——紡げる言葉は、きっとあるはずだ、と。それがどんな種類の言葉なのか、今はまだはっきりしていないが、確実なことはただ一つ——私はこれからも、それらの言葉を探す旅路を続ける、ということである。

そんなわけで、私は今日も、透明な膜を隔てながら、日本語で世界を描く。

（二〇一七年八月）

日本語籍を取得した日

先日、拙著『独り舞』の中国語版『獨舞』を台湾で出版した。作者と訳者が同一人物の文学作品は、空前絶後と言わないまでも相当珍しいだろう。宣伝文句に「史上初、群像新人文学賞優秀作を受賞した台湾人」とある。この通り私は日中両語で創作活動を行っている台湾人作家である。日本語で小説を書く台湾人作家と言えば、温又柔さんや東山彰良さんが有名だろう。しかし彼らは幼少期から日本に移住し、いわば日本語の中で育った人たちである。

私はそうではない。今でこそ日本に住んでいるものの、引っ越してきたのはわずか数年前のことだ。一人の、ごく普通の留学生として。日本には家族や親戚がいない。そもそも私の家族や親戚の中で日本人や日本在住者はおろか、日本語ができる人すら一人もいないのだ。

だから子供時代に、私は日本語に触れる機会がほとんどなかった。中学の歴史の授業で「平仮名」と「片仮名」の成立を習うまで、そもそも「平仮名」と「片仮名」という名称すら知らなかった。プリングルズの多言語の食品表示で「召し上がる」という日本語の言葉を見かけた時は、漢字しか読めないから「上へ召喚する」という意味かと思った。確かにプリングルズを食べる時は筒状の容器の中からポテトチップスを上へ順次取り出す必要があるのだけれど、それは日本語では「召喚」というのかと面白がった。

あの「あいうえお」も読めなかった女子中学生が、一二年後に日本純文学の代表的な文学賞「群像新人文学賞」で作家デビューすることになるなんて、私も含め、誰も想像できなかっただろう。


なんで日本語を習おうと思ったの？

日本に来てから何度も何度もそう聞かれたが、聞かれるたびに私は首を傾《かし》げながら悩む。就職するためとか、日本のアニメが好きだからとか、そういった分かりやすい動機があればいいのだが、私にはなかったのだ。結果的に日本で就職したし、日本のアニメも確かに好きだけど、どれも日本語を習った結果であって、理由やきっかけではない気がする。

結局、きっかけは特にないかな、と答えるしかなさそうだ。ある日、一五歳の私に突如降りかかってきた、そうだ、日本語を習ってみよう、というその正体不明な想念がそもそもの始まりだった。もし天啓というものがあれば、まさにそれなのかもしれない。

とはいえ、天啓だけでは語学学習が十何年も続けられるわけがない。始まりは正体不明な想念であっても、いざ学んでみると日本語の美しさに魅了され、続けずにはいられなくなり、気付いたら十何年も経《た》ったのである。

どこが美しいかって?

まずは表記面。漢字と仮名が混ざり合う字面は、密度が不揃いなゆえにまだら模様のように美しく感じた。例えるならば平仮名の海に漢字の宝石が鏤められているように、あるいは平仮名の梢《こずえ》に漢字の花びらが点々と飾り付けられているように。月光が降り注ぐと海がきらきらと輝き出し、風が吹き渡ると花びらがゆらゆらと舞い降りた。

そして音韻面。日本語の音節は基本的に「開音節」と言って、「子音＋母音」の組み合わせである。例えば「こ」なら「k」＋「o」、「と」なら「t」＋「o」という具合に。他の言語は必ずしもそうではない。「子音＋母音」の組み合わせが続くと、機関銃のようにダダダダッととてもリズミカルに聞こえて、つい声を出して発音したくなるのだ。輝く水面や舞い降りる花びらの後にいきなり機関銃を出してごめんなさい。

そうして私は初級、中級、上級と、日本語の階段を上っていった。いつしか日本語で独り言を言うようになり、夢の登場人物まで日本語を喋り出した。日本に渡り、日本企業で就職した。あろうことか日本語で小説なんて書こうと思い、それが僥倖《ぎょうこう》にも受賞してしまった。今や日本語は私にとって必要不可欠なものになっているのだ。

何のきっかけもなく、それこそ気まぐれで始めた日本語学習が私の人生を大きく変えたのだ。しかし、もし当初は気まぐれではなく明確な目的意識を持って日本語と対峙していたのならば、恐らくここまでは来られなかっただろう。そんな気がしてならない。兎が死ねば犬は煮られ、鳥がなくなれば弓は仕舞われる。目的があれば日本語もただの道具で、目的が達成した瞬間に不要なものになってしまう。私にとって日本語は道具ではなく、目的そのものなのだ。そう、恋みたい。

何故ここまで日本語が上達したのかと聞かれれば、日本語に恋をしたから、と答える他なさそうだ。

中国語で小説を書いていた時期は、いつか日本語でも小説が書けるようになるとは思ってもみなかった。

表現自体は好きで、当時はまだ片言だった日本語でも表現せずにはいられなかった。初級クラスの作文の課題で「厳寒」「酷暑」「耽溺《たんでき》」のような、どんな初級の教科書でも決して出てこない熟語を好んで使った。プレゼンの練習で藤村操《ふじむらみさお》「巌頭之感《がんとうのかん》」を暗誦《あんしょう》するなんてこともやってのけた。休憩時間はいつも先生をつかまえて、五段活用やら四字熟語やら漢文訓読やらの質問をしたものだから、きっと手の焼ける生徒だっただろう。

アニメやドラマの台詞《せりふ》の書き取りをしたり、日本語で日本の小説を読んだり、漢文訓読を独学したりなど、あの手この手で日本語の表現の幅を押し広げようと努力した。それでもうんと長い間、私の持っている日本語の語彙《ごい》や文型の質と量はとても表現したいことを満足に表現できるほどのものではなかった（厳密に言えば今もそうだが）。多様かつ正確な表現が求められる文学作品は、非母語話者の自分ではとても書けないと思っていた。

文学は言語を用いた芸術表現であると同時に、言語そのものの可能性を押し広げる役割も担っている。だとすれば、本来自分のものではない言語で、果たしてそれが可能なのか。長い間、私は不可能だと思っていた。思い込んでいた。

これはよく考えればおかしなことで、言語というものは本来、誰かの所有物ではなく、もっと開かれた存在で、異なる時空間の人類に共有され、歴史と共に変化を遂げていくもののはずだ。にもかかわらず、母語でない言語を「自分のもの」として、何か既存の規範（文法、言葉の辞書的意味、母語話者の言語感覚）に従うのではなく我が物顔で「可能性を押し広げる」努力をしようとするのは、どうしても憚《はばか》られた。

非母語話者は言葉の世界の難民だ。幼少期に習得した第一言語の領域を離れれば、その言語使用の正統性は誰にも認められない。母語話者同士でも言語感覚が大きく乖離《かいり》することがあるにもかかわらず、非母語話者と母語話者の語感が食い違った時に正しいとされるのは常に母語話者の方で、非母語話者にはその言語に対する解釈権がないのだ。移民が、移住先の国の内政に口出しする権利が認められないように。

非母語話者であることは、「あなたの日本語はおかしい、不自然だ」と指摘される恐怖に絶えず晒され続けることだ。非母語話者自身も、自分の言語感覚にはなかなか全幅の信頼を置けないものである。

だからこそ「群像新人文学賞」を取った時、作家としてデビューした喜びもさることながら、「日本語の使い手として認められた」喜びもひとしおだった。慣れない手つきで、辞書やネット情報を参照しながら恐る恐るこしらえた初めての日本語小説は、図々《ずうずう》しくも私なりの「可能性を押し広げる」試みだった。元来、小説を書くことは綱渡りに似たもので、第二言語の場合、その綱は蜘蛛《くも》の糸のように脆弱《ぜいじゃく》なものだ。気を抜けば墜落して粉々に砕けかねないと知りながら、それでも捨て身のつもりで繰り出した無謀な跳躍は、幸い、墜落せずに済んだ。跳躍した先に誰かに受け止められ、頭を軽く撫《な》でながら「あなたはここにいていいよ、書いていていいよ」と優しく告げられ、筆を手渡されたような気分だった。

それはまさに私が誰かに言ってほしい言葉だった。血を吐く思いで辛うじて手に入れた、日本語という名の筆。その筆を信頼していいということを知って、とても安心した。「日本国籍」ならぬ「日本語籍」をやっと手に入れたような気分だった。

国籍というのは閉じられたもので、所定の条件を満たし、所定の手続きを踏まえ、所定の審査を通して初めて手に入るもの。新しい国籍を取得するためには古い国籍を放棄する必要がある場合もある。しかし「語籍」は開かれたもので、誰でもいつでも手に入れていいし、その気になれば二重、三重語籍を保持することもできる。国籍を取得するためには電話帳並みの申請書類が必要だけれど、語籍を手に入れるためには、言葉への愛と筆一本で事足りる。国籍は国がなくなれば消滅するけれど、語籍は病による忘却か、死が訪れるその日まで、誰からも奪われることはないのだ。

やっと日本語籍を取得したその日、講談社ビルを出て黒が濃密な夜空を見上げ、私は一度深呼吸をした。そして心の中で決めた。

この二重語籍の筆で、自分の見てきた世界を彩るのだと。


（二〇一九年二月）

真ん中なる／ならざる風景

ハフポスト「真ん中の私たち」特集に寄せて

二〇一八年一〇月一日、私は日本の永住権を手に入れた。デビューからそれまでの約一年半の間、私は恐らく日本文学の中で唯一、日本に永く住むことを許可されていない作家だったのかもしれない。

「日本文学」を書いているのに、日本人ではないし日本語が第一言語でもない、それどころか日本の永住権すら持っていない、そんなどっちつかずの立ち位置に私は置かれていた。どっちつかずの私に、「真ん中」という言葉が相応しいのかもしれない。

だからこそハフポストの「真ん中の私たち」の特集企画を見た瞬間、「これは書かなきゃ」という謎の使命感に駆られた。しかしいざ筆を執ると、そもそも「真ん中」とは何か、ということが分からなくなったような気がした。「真ん中って何？」と私は自分に問いかけた。「自分は本当に真ん中にいるのか？」、と。

いわゆるハーフ（ダブル）の方々や、父母の祖国とは異なる国で生まれ育った方々は、あるいは「国と国の真ん中」にいると言えるかもしれない。自らを男とも女とも自認せず、いわゆるX

ジェンダーの方々は、「男と女の真ん中」にいると言えるかもしれない。「性欲と無性欲の真ん中」として「デミセクシュアル」というセクシュアリティも存在している。

しかし私はそうではない。両親どちらも生粋の台湾人（それも台湾では多数派に属する閩南《びんなん》人）で、生まれも育ちも台湾だった。子供時代に日本語に触れる機会がほとんどなかったし、初めて日本に来たのは十六歳の時、ごく普通の観光客としてだった。ひょんなことから日本語を独学し始め、いつの間にか国境を越えて日本に根を下ろし、日本語で小説を書いて受賞した、言うなればただそれだけのことだった。「真ん中」というのなら、それは何と何との真ん中なのだろう、と私は考えた次第である。

暫《しばら》く「真ん中」について考えると、「中間言語」という言葉が脳裏に浮かんだ。「中間言語」とは第二言語習得論の用語で、簡単に言えば「第二言語を学習している学習者によって作り上げられた、第一言語と第二言語の間にある言語体系」のことであり、言語学者Selinkerが一九七二年に提唱した概念である。別の研究によれば、言語習得の臨界期（一二、三歳前後）を過ぎてから第二言語の学習を始めた学習者は、中間言語の中で目標言語に向かって近づきこそすれ、永遠に目標言語には到達できないとされている。

もしそれが真ならば、私は今でも「中間言語」を操っているということになる。中間言語で物事を考え、中間言語を話し、中間言語で小説を書いている。「中間言語」という硬い漢語に飽きたら「真ん中の言葉」と和語に言い換えてもいい。「真ん中の言葉」で小説を書いている私は正に「真ん中の作家」で、「真ん中の私たち」というお題を書くのにぴったりではないかと思った。

いいや、本当はそんな理屈を捏ねなくても、「台湾人」であるという点だけで充分「真ん中」のはずだ。「台湾」という場所は国際社会ではほとんど国として認められていない。日本でも、少し前の外国人登録制度では、台湾人の国籍を「中国」として登録していた。にもかかわらず、中国人留学生を対象とした奨学金を台湾人は受給できなかった。前に働いていた会社でも周りの同僚からは一応「台湾人」として認識されながらも、「対外的に台湾を国として表記してはいけない」という経営陣の方針がメールで全社に通達されていた。

言語や国籍だけでなく、性別や性的指向だって長い間揺らいでいた。男女二元論の社会、男性性と女性性の規範とそこから来る性役割の規定に長い間抗いながら、その都度傷付き、苦しんできた。今でも「生産性がない」「人間ならパンツは穿いておけよ※」を言われる度に悲しみ、苦しみ、怒り心頭に発するのである。

考えれば、私は確かに色々な「真ん中」の属性を持っている。それは紛れもない事実である。日本語非母語話者、在日外国人、台湾人、性的マイノリティ——小説の中で今ここに生きている自分自身のことについて書くだけで、偉い文芸評論家の方が「マイノリティ要素てんこ盛り」と言いたげな顰《しか》めっ面が見えてきそうだし、5ちゃんねるで「この作家はマイノリティばかり書いていて作品の幅が狭そう」と鼻で笑う声が聞こえてきそうである。

そんな「真ん中」の私だが、しかしそれでもなお、それだけで自分自身のことを「真ん中」と位置付けることに違和感を覚え、どこか腑に落ちない引っかかりを感じずにはいられなかった。

そこであるエピソードを思い出した。ある夏の夜、虎ノ門にある台湾文化センターで、とある東京在住の台湾人作家が講演会を行った。その台湾人作家は主に中国語で執筆活動をしており、日本を紹介する書籍を台湾で多数出版しているらしい。講演後の質疑応答で、あるお客さん（およそ六十代に見える白髪のおじいさん）が立ち上がり、作家に向かって「あなたはある意味境界人なんだから、二つの国を互いに紹介する責務がある」と発言した。台湾のことをもっと日本に紹介してほしいという主旨の発言だっただろう。作家は謙虚に「頑張ります」みたいなことを口にしたが、一聴衆として私は何とも言えないもやもやが残った。

「境界人」とは「マージナルマン」の同義語であり、『大辞泉』によれば「文化の異なる複数の集団に属し、そのいずれにも完全には所属することができず、それぞれの集団の境界にいる人」のことのようだ。「真ん中」がそれを言い換えた表現だと私は理解している。自分自身を「真ん中の人間」として位置づけ、そこに自分なりの価値を見出すのはもちろんいいことだが、「真ん中」というレッテルを誰かに押し付け、ある種の責務まで負わせようとする権利は一体誰にある

※『新潮45』二〇一八年八月号と十月号に掲載されたＬＧＢＴ差別記事より引用。

のだろうか。

思えば、私は「真ん中」にいたくて「真ん中」に来たわけではない。第一言語も、国籍も、出生地も、性別も、性的指向も、全て自分が決めたことではなく、最初から私という存在に刻印されていた記号と性質で、つまり外部から押し付けられたものだ。

日本語をマスターしたのはこの言語に対する愛ゆえの結果だったし、日本に移住したのも自分自身が心地良く住める居場所を追い求めた結果に過ぎない。結果的に私は恐らく「真ん中の人間」になったのだが、一度規定されれば抜け出せないような、押し付けられたような「真ん中」というレッテルを、私は拒絶したい。私だって、常に「真ん中」ではなく、「真ん中ならざる場所」に行きたいと思う時があるからだ。

もし自分が意志を持って、「何かと何かの真ん中」にいたいと思うのなら、それは恐らく「真ん中」と「真ん中ならざる場所」の「真ん中」なのだろう。思索の末、私はこの結論に辿《たど》り着いた。外部から押し付けられたものとしての「真ん中」や、ある選択が生み出した付加的結果としての「真ん中」を引き受けつつ、それでも「真ん中ではない場所」に行く権利を留保したいと思うのは、そんなに贅沢で我が儘な願望ではないはずだ。「真ん中」と「真ん中ならざる場所」を行き来する流動性を持っているからこそ、「間」も「間じゃない場所」も書けるのであり、こちら側の言葉をあちら側に手渡すこともできるのである。

思えば、ほとんどの人間が「何かと何かの真ん中」にいるのではないだろうか。ありとあらゆる性役割や固定観念に合致した「完璧な女や男」や、太古の昔から一滴も外の血が混ざらなかった「純粋な日本人」というのは、寧ろ少数だろう。普段自分が「真ん中」にいると思わないのは自分の中間性に気付いていないからというだけで、言い換えれば考え方一つで誰もが「真ん中」に行けるはずだ。そして「真ん中」にいれば、少しでもより他の「真ん中の人間」の気持ちに寄り添って物事を考えられるようになるのではないだろうか（もちろん、このような一般化はマイノリティの主体性と生きづらさを不可視化してしまう危険性を孕んでいるため、常に慎重でなければならないが）。

余談だが、私は自分の筆名、「李琴峰」がかなり気に入っている。中国語で「リー・チンフェン」と読めば「峰」という漢字のせいでやや男性的なイメージを持つが、日本語で「り・ことみ」と読めば女性的なイメージになる。私はいつでも好きな時に「リー・チンフェン」でいられるし、「り・ことみ」でもいられるし、単に「ことみ」でもいられる。本来、世界はそんな風通しのいいところであるべきだし、そうなってほしいと切に願っている。

（二〇一八年一〇月）

独立した二台の機械のように

小説を書く時は日本語で考えるのか、それとも中国語で考えるのか――様々《さまざま》な講演会や取材、ひいてはプライベートな雑談でよく訊《き》かれる質問である。

訊きたい気持ちも分かる。語学を極めること自体難しいのに、ましてや第二言語としての日本語で小説を書くような無謀な人は、今の日本でも片手で数えられるくらいではないだろうか。

私は十五歳から自らの意志で日本語を学び、十六歳に観光旅行で初めて日本を訪れ、二十三歳にやはり自らの意志で日本に移り住んだ。幼少期から日本に移り住み、日本語を吸収しながら育った移民作家とは決定的に違い、私にとって日本に住むことも、日本語を使うことも、それほど当たり前なことではなかった。日本に住む権利も、日本語を駆使する能力も自然に与えられたものではなく、不断な努力と格闘によって手に入れたものだった。様々な気紛れや偶然、そして運の良さが積み重なって、今の李琴峰という作家がいる。

後天的な努力によって――それこそ文型を学び、単語を覚え、活用を暗記するといったある意味無味乾燥な学習過程を経て――日本語を身につけた私にとって、日本語と中国語は独立した二台の機械のように思われる。この二台の機械は仕組みが似ているところもあるが、基本的には別物である。異なる論理で動くシステムが搭載されていて、異なる原材料を必要とし、異なる成果物を産出する。ほとんどの場合、二台の機械が産出する成果物の品質は近似しているが、そのうちの一台、日本語という名前の機械は調子が少し不安定で、たまに不具合を起こすから、より頻繁に部品を点検したり、原材料を補充したり、潤滑油を差したりしてあげる必要がある。

独立した二台の機械とはいえ、機械を動かすのは同じコンセントから出ている電流である。電流量には限りがあり、場合と状況に応じて二台の機械への配分を決めなければならない。日本語で小説やエッセイを書く時は中国語の機械を完全に止め、全ての電流を日本語の機械に注がせることで、成果物の質を担保する。逆に中国語で書く時は日本語の機械を止める。翻訳をする時はその配分が少し難しくなり、日中翻訳をする時は日本語3で中国語7くらいの配分にする必要があって、逆に中日翻訳は中国語3で日本語7くらいである。ただ、七割の電流量で産出したものだから、その成果物はより仔細に、丁寧に検品しなければならない。通訳となるとより難しく、4対6、場合によっては5対5の配分になる。そうするとどちらも電流が足りないせいで満足のいく働きができない恐れがあるため、なるべく電線の導電性を良くし、抵抗を最小限に抑える必要がある。

この二台の機械にはそれぞれ得意とする生産分野があり、どちらかにしかついていない独特な機能もある。日本語という機械には「平仮名」「片仮名」「漢字」「ルビ」といった特殊機能があり、流れるような文章、濃淡緩急のある文章を生産することに長けている。「平仮名」と「片仮名」は意味を排して音のみを表すことができるため、他の言語との親和性が高く、様々な言語から原材料を補充することができる。「漢字」機能には訓読みや音読みなど多くの付帯オプションがあり、「ルビ」機能と合わせ技で活用すれば着物の柄のような百花繚乱な世界を織り成すことができる。

一方で中国語という機械は基本的に「漢字」という機能しかないが、その機能には「音」と「意味」が重層的に折り重なり、日本語以上にリズミカルな文章、形式美に富む対句を生成できる。漢字の一字一字がしっかりと体積と重みを持つため、流れるような文章、濃淡緩急に富む文章は作りにくいが、腰の据わった規則正しい文章や、樹海のような稠密《ちゅうみつ》な文章に長けている。また漢字は造語力が高いため、日本語よりも自由に、即興的に言葉を作り出すことができる。更に中国語という機械にはタイムマシンのような隠し機能もついており、起動すれば四千年の中国文学史で生まれた数多くの詩句や成語に自由に接続できる。それもまた日本語という機械にはない特長である。

私はデビュー作の『独り舞』を自ら中国語に訳し、『獨舞』として台湾で出版した経歴を持っている。自分で書いた小説を自分で翻訳するという技は、欧州なら多くの先達が行っていたかもしれないが、日本語と中国語ではまだ聞いたことがない。著者兼訳者であるため、翻訳する時はただ訳すのではなく、中国語の特長に合わせてより自由に文章を作り変えることができた。一種の特権であろう。そのため、他の中国語訳された日本文学によく見られるようなぎこちない翻訳調をできる限り排し、中国語としても不自然なく読める翻訳ができたのではないかと思う。「この本は翻訳文学（日本文学）なのか、それとも台湾文学なのか」という問題を巡って、中国語版の版元と販売チャネルの方が議論を繰り広げたという話を聞いたほどである。そうした翻訳における工夫を、『独り舞』の冒頭部分を例に挙げて説明しよう。

（日本語版）

死ぬ。死ぬこと。……良い響きだ①。風の囁きよりも優しく、夢の絨毯よりも柔らかい②。……例えば、今見下ろしているこの街の風景。その中を蟻のように行き交う数え切れない人達③に、これから死にゆく人間はどれくらいいるだろうか。

（中国語訳）

死。死亡。多麼悅耳的詞語①，輕柔似微風低語，柔軟如夢境絨毯②。……例如她現在俯瞰的這片風景，穿梭其中如蟻群般忙碌來去的人們③，有多少人是即將面臨死亡的？

この段落はまだ忠実に訳している方だが、それでも中国語の特性に合わせようとした工夫が見られる。

①の「良い響きだ」は中国語に直訳するとせいぜい「多麼悦耳」であるところが、「的詞語」を付け加えたのはその方が中国語の文としてしっくり来るからだけでなく、後に続く七文字の文と長さを揃えることでリズミカルな響きを作り出すためでもある。

②の「輕柔似微風低語，柔軟如夢境絨毯」は七文字・七音節に揃えているが、それは日本語ではなかなかできないことである。日本語の「〜よりも」を中国語で「似」「如」で表現するのは厳密には間違っているが、原文に忠実に「比〜還要〜」と訳したところで大して意味もなく、リズムを壊すだけである。また「似」と「如」は意味は同じだが、敢えて違う言葉を使うことでバリエーションを増やすのは漢詩の対句にもよく見られる技法である。「絨毯」を辞書通りに「地毯」と訳さないのは響きが卑近であるがためで、「絨毯」にした方が「夢境」とイメージが合うのである。

③も厳密に言えば、原文の「数え切れない」が脱落し、訳文では「忙碌」という形容詞が足されている。前者は「如蟻群般」という比喩だけで「数え切れない」というイメージが浮かび上がるので、敢えて付け加える必要がないからである。後者は「忙碌來去」という四音節の言葉を揃えるためであり、やはりリズムを重視した訳し方である。

以上のような工夫は全篇を通してなされており、私としても研究者の方による細かな分析を待望している。訳文の読みやすさのために多少なりとも文章を作り変えるというのはどの翻訳者もやっていることだとは思うが、どこまでやっていいのかというのは個々の翻訳者のポリシーによるところが大きいのではないだろうか。

私見だが、中国語特有の稠密さを限界まで発揮した小説に、朱天文『荒人手記《こうじんしゅき》』がある。日本語版（池上貞子訳）も刊行されているので、以下に第八章の一節を引いてみる。

（中国語版）

那個冬夜我站在大街，孤獨如在一個同性戀化了的烏托邦，那些環繞地中海沿岸多似繁星連神話也沒能傳下來的不知名小國啊。我只有誦著自己的經，經曰，西湖水乾，江潮不起，雷峰塔倒，白蛇復出。

（日本語訳）

冬のその夜、おれは大通りに立って、同性愛化されたユートピアにいるかのように孤独だった。あれらの地中海沿岸のまわりの、星の数ほどもある、神話さえ伝えることのできなかった、名も知らぬ小国たち。おれはただ自分の経を念じるだけだ。その経にはこうある。西湖の水が枯れ、銭塘江に潮が起こらず、雷峰塔が倒れたら、白蛇はまたふたたび外に出られるであろう。

ほぼ二倍になる、この文字数の差！　とても難解な小説ではあるが、きらきらしながらも退廃的な言葉の美しさが原書にはあり、それを愛でるだけでも楽しい。

このように、中国語と日本語、この二台の機械には違う特長があり、違う成果物を産出している。そう考えると、冒頭の問い「小説を書く時は日本語で考えるのか、それとも中国語で考えるのか」に対する答えは自明である。中国語でも日本語でも、それぞれの言語の美しさを能力が許す限り最大限に発揮するためには、その言語の内的論理や思考回路に順応しながら書く必要がある。

ごくたまに、片方の機械では生産できない成果物がどうしても欲しい場合がある。そういう場合は一旦その機械を止めて、もう片方の機械で生産してから、それを原材料として元の機械に取り込ませる。またごくたまに、二台の機械が干渉し合うことがある。「漢字」という機能が共通しているから、生産の途中でエンコーディングエラーが起こり、文字化けしてしまうことがある。その場合は検品の過程で、根気強くデバッグしていくしかない。ただ、これらの苦労もまた、二台の機械を併せ持っている人にしか味わえない、格別な楽しみだ。


（二〇一九年一〇月）

創作の源泉としての中二病

オタクである。

本当は自分如き「二次元」（漫画かアニメのキャラクターやその世界のこと）の知識に乏しい人間がオタクを名乗っていいかどうか、本物のオタクの皆さまに失礼ではないかという躊躇《ためら》いはあるが、そもそもアニメ文化を嗜《たしな》まない一般の方々からすれば、「本物のオタクの皆さま」などと抜かし出す時点で十分にオタクであるということらしいので敢えて名乗らせてもらうこととしよう。

後になって知ったことだが、多少の時差はあっても、台湾生まれの私は日本の同世代の子供たちとほぼ同時期に同じブームを経験し、同じアニメを嗜みながら子供時代を過ごしていたということらしい。小学校低学年の時から『名探偵コナン』を読み、作中に出てきた平仮名だの片仮名だのの暗号（漫画第一二巻「月と星と太陽の秘密」）がさっぱり分からなくても工藤新一と黒の組織との戦いにすっかり心を惹《ひ》かれ、中学年の頃から『コロコロコミック』系のブームに呑み込まれて「ミニ四駆」「ビーダマン」「ハイパーヨーヨー」「ベイブレード」など数々のおもちゃに手を出し、高学年には『カードキャプターさくら』の魅力を発見し、『犬夜叉』にもすっかりはまってしまった。

中でも思い入れがあるのが『ポケットモンスター』で、日本語が全く読めないにもかかわらずゲームもやっていたし、週一回のアニメ放送も（親の邪魔が入って観られない回を除いては）欠かさず観ていた。様々なポケモングッズを集め、劇場版ももちろんVCDやDVDで全てチェックした。『ミュウツーの逆襲』は今でも傑作だと思う。もっと言うと、実は『ポケットモンスター』のことは正式に台湾上陸するより前から知っていた。まだ小学校低学年で漢字を覚え始めたばかりの頃の私は、ある日コンビニで売られている新聞で「口袋怪獣」という文字が含まれる見出しに目を惹かれ、記事の内容を読むと、どうやら日本ではアニメを観たせいで病院送りになった子供が続出したということらしい。

そう、『ポケットモンスター』第三八話「でんのうせんしポリゴン」が引き起こした、俗に「ポケモンショック」と呼ばれるあの事件が、台湾でも報道されたのだ。

当時『ポケットモンスター』のアニメはまだ台湾で放送されていなかったので正式な訳名がなく、仮訳として「口袋怪獣」がついたということだろう。「神奇寶貝」という訳名で台湾でも放送され始めたのはその数年後のこと、私が偶然テレビで見かけたのは第三一話「ディグダがいっぱい」で、すぐはまってしまった。それより前のストーリーはアニメ版コミックで補完し、アニメは高校入学まで観続けた。ちなみに、「ポケモンショック」を引き起こした第三八話は台湾ではもちろん放送されず、コミックでも収録されていないので、長きにわたり私の中で「幻の話」になっていた。

私が辿ってきた言語的成長の道程にも、常にオタク的趣味の影響があった。

　日本語教師のいない台湾の片田舎で日本語を独学し始めたのは、中学二年生の時だった。最初に覚えた仮名文字は平仮名ではなく、片仮名だった。何故なら、ポケモンの名前が片仮名だからだ。中学生なのでそれなりに英語もできて、例えば伝説のポケモン「フリーザー」「サンダー」「ファイヤー」のもととなる英単語「freeze」「thunder」「fire」は当然知っていた。つまり英語から片仮名の発音を逆算して覚えていったのだ。英語の「-er」がしばしば日本語の長音になるといった音韻的な法則も、その時からなんとなく気付いていた。

平仮名を覚えたのは主にアニメソングのおかげだった。デジタルネイティブ世代らしくインターネットでアルファベットつきの五十音表を探してきて、ポケモンのオープニングテーマソングの動画も落として再生し、動画に表示される歌詞を五十音表を参照しながらWordに手入力し、その下にアルファベットも添える、といった作業をした。歌詞に漢字が出てくると中国語で入力した。そしてそれをプリントアウトし、歌を歌いながら仮名文字を頭に叩き込んだ。「君」「好き」「少年」「物語」みたいな漢字の日本語読みもそのようにして覚えた。その時期からアニメは中国語吹替ではなく日本語音声で観るようになり、日本語の発音の美しさにうっとりしていた。

少し習熟度が上がると、今度は『名探偵コナン』『犬夜叉』『ヒカルの碁』の曲にも手を広げた。倉木麻衣「Time after time ～花舞う街で～」やV6「CHANGE THE WORLD」、dream「Get Over」などがそんな時期に出会った、何とも思い出深い名曲の数々である。歌詞の意味が分からなくても仮名文字の発音が分かれば問題なく歌えるという、そのこと自体がとても不思議で、まだ英語力の方が高かった時期にもかかわらず英語の曲はほとんど歌えず、日本語の曲ばかり歌っていた。「翼」「羽ばたく」「支える」「巡り逢う」「霞む」「告げる」「絶やす」などの言葉と漢字はそれらの曲で覚えた。文法力の割に語彙力が異常に高かったのである。地頭はいい方なので誰かに教えられなくても、例えば「霞む」という単語を覚えるとすぐポケモンの登場人物の「カスミ」を連想するなど、自分の中で言語的な体系を作っていった。

オタクなので当然秋葉原のメイドカフェにお邪魔したことがある。オムライスに絵を描いてもらった（筆者撮影）

本格的な「オタクコンテンツ」、例えば『灼眼のシャナ』『涼宮ハルヒの憂鬱』『らき☆すた』のアニメに触れたのは暫く後のことで、高校入学に伴って都会で一人暮らしを始めてからだった。それらのコンテンツからも多大な刺激を受けた。学校の勉強に並行して週一か週二で塾に通い、我流ではない本格的な日本語教育を受け始めたのもその頃で、（クラスメイトからオタクだと気味悪がられながらも）アニメコンテンツにどっぷり浸《つ》かっていたことが学習効果を大きく上げたと思われる。大学に入ってからはそれらのアニメを観ながら気に入った台詞を書き取るといった練習を繰り返すようになり、聞く力と書く力がかなり養われた。

日本語力が上達するにつれ、いわゆるＪ‐ＰＯＰの曲や一般的なアニメソングにだんだん物足りなさを覚えるようになった。まるで「Ｊ‐ＰＯＰ用の言葉の倉庫」でもあるかのように歌詞には決まった単語しか出てこないし、使われる文型も概《おおむ》ね「日本語能力試験」旧制三級以内のものに限られている（当時の日本語能力試験は四級から一級までであり、最上級が一級だった）。より豊饒《ほうじょう》な言葉を求める私にとって、語彙が乏しいそれらの歌詞はどれも千篇一律《せんぺんいちりつ》、魅力に欠けて味気なく映った。そんな時に出会ったのが音楽ユニット「Sound Horizon」だった。

Sound Horizon の音楽はそれまで見たことのない肥沃《ひよく》な日本語の平野を見せてくれた。当時の私にまだ読めない漢字や熟語、頑張って覚えようとしていた「日本語能力試験」二級と一級の文型が当たり前のように出てきて、一曲ごとに未知の言葉の洪水に見舞われるような歓喜を覚えた。「伝承」「聖者」「歪曲」「冷雨」「黄昏」「遺志」「縊死」「叙事詩」「幾星霜」「杳として」「騙る」「殺める」「麗しい」などの言葉が Sound Horizon の歌詞から覚えたものである。「そんなのいつ使うんだよｗ」と嗤《わら》われそうな言葉もあるかもしれないが、言葉の宝石箱にはなるべく多くの宝石を集めたいものだ。たとえ歪《いびつ》な形をしていても、一見使い道もなく価値も不明な石でも、時が来れば自ずと月明かりを浴びて静かに煌《きら》めき出す。事実、そんな宝石たちの蓄積があったからこそ私は日本語の作家になれた。

ついでに持論を述べさせてもらうと、例えば「優れた作家というのは誰にでも分かる簡単な言葉でなるべく深いことを表現するもの」みたいな言説があるが、私は同意しかねる。作家というのは広々とした言葉の大海原をのびのびと泳ぐ深海魚、狭くて底が浅い池に入れられればいずれは干涸《ひか》びて死んでしまう。自由に使える言葉は多ければ多いほどいい。「狭くてうまく動けない」よりも「窮屈」が使えた方がいいし、「うんざりして何だか嫌」よりも「辟易」の方がずっと文章が引き締まる。布を織る時に必要があれば高価な金銀糸を使うこともあるように、質感の高い文章を練り上げるのに役に立つと判断すれば少し難しいくらいの漢字や熟語を私は使うのを厭《いと》わない。政治家とかだと世の中を回すための「分かりやすい言葉」が必要かもしれないが、私は政治家などではない。

そもそも「誰にでも分かる言葉」なんてものはありえない。経験上、「誰にでも分かる言葉で！」と声高に叫ぶ人ほど、例えば十年前の私、日本語の読み書きが自由にできなかった頃の私のような人を、端からその「誰にでも」の中に入れていない。そんなまやかしの「誰にでも」よりも、しっかりついてきてくれる読者のために言葉を紡ぎたい。少々珍奇な食材でもそれを調達して手の込んだ料理を作ったのだから、難しいようであれば辞書を片手に消化してほしい。なに、私はあくまで非母語話者だ、難しい言葉といってもたかが知れているだろう。ちなみに、私は今でもそのようにして、日々日本語の小説を読んでいる。世の中にはまだ知らない言葉が驚くほどたくさん存在し、私に発見されるのを静かに待っているのだということを実感しながら。

閑話休題、私とともにあの日本語の爆発的成長期を歩んだSound Horizonの音楽なのだが、実は中二病的なコンテンツと目されることが多いらしいことを随分経ってから知った。奇想天外な設定を作り出しあたかも自分がそんな幻想世界で生きているかのような妄想に浸り、日常的に「刹那」「慟哭」「終焉」「煉獄」「混沌」「レゾンデートル」「ルナティック」「シュレーディンガーの猫」など難しい言葉や概念を多用したり、一人称を「我」「余」「妾《わらわ》」にしたり、魔法詠唱の呪文を唱えたりといった、いわゆる「邪気眼系」の中二病の存在を知ったのは、言わずもがな『中二病でも恋がしたい！』という傑作アニメのおかげだった。

このような「中二病キャラ」は二次元の世界では今やよく見かけるキャラ設定になっているし、現実世界でもこんなキャラの人間と会ったことがある。日本人もいたし、外国人留学生もいた。「中二病」は一般的に見て痛々しいキャラなのだが、私には愛らしく感じられる。とどのつまり、それは思春期に目覚めて肥大化した自意識と創作欲・表現欲をうまく制御できないことの結果だと私は理解している。自意識を肥大化させたまま大人になり、「コンセンサス」「コミットメント」「ジャストアイディア」「イシュー」「エビデンス」「イニシアティブ」などよく分からない横文字を振りかざしたがる意識高い系ビジネスマンの病気（名付けて「リーマン病」）や、言葉についてたいして知識もなく根拠もあるわけではないのに「目上の人に『了解しました』は失礼だ」「社内メールで『お世話になっております』と書くのはおかしい」みたいなマナー魔人よりも、中二病の方が千倍可愛らしい。

思えば私だって、日本語を学び始めたのも、小説を書き始めたのも、奇しくも中学二年生の時だった。中二病の典型的な症例の一つに「邦楽に飽きていきなり洋楽を聴き始める」というものがあるようだが、台湾生まれの私の場合は中国語の流行歌に飽きていきなり日本語の曲を聴き始めたのだ。つまり、中二病という概念が当時にはまだなかっただけで、私もまた抑えきれぬ自意識と表現欲を抱え、そのはけ口を探し求めようと苦しみ悶えていた中二病患者の一人だったのだろう。本気で言語学習に取り組み、小説を書き、作家になることで、私はどうにか中二病を昇華させることができたのだが、翻《ひるがえ》せば、中二病こそが創作の源泉だ、と言うと大袈裟過ぎるのだろうか。

全国、いや全世界の中二病の少女少年たちよ、どうか中二病を恥ずかしがらず、その中二心を天から授けられたギフトだと思って大事にしながら育ってほしい。

（二〇二〇年八月）

Intermission1　思い出し反日笑い

『文學界』「予期せぬ笑い」特集に寄せて

小説を書いているといつも思うのだが、「笑い」の描写は難しい。

そもそも「笑う」という行為は人間の表情筋の動きに過ぎない。表情筋は数が限られているので、顔面に表れる「笑い」の表情のバリエーションもそんなにはないはずだ。それでも、他者が笑っているのを見ると、人間はほぼ瞬時に、直感的に、それがどんな笑い方かを見分けることができ、それぞれの笑い方に名前をつけてきた。愛想笑い、薄笑い、照れ笑い、せせら笑い……私たちが使う言語では、笑いのあり方を形容する語彙は実に豊富だ。

しかし、一旦名前がつくと、その言葉はたちまち陳腐化してしまう。そして小説家というのは既存の言葉に満足せず、新たな表現を絶えず模索しようとする厄介な人種だ。とはいえ、人間の表情筋の動きに過ぎないものを、画像でも映像でもないただの活字でいかに描写するのか。そこが難しいところであり、腕の見せ所とも言える。最近読んだ小説の中で、姫野カオルコさんの『彼女は頭が悪いから』に出てくる笑い方の描写は非常に印象に残ったので、ここで引用しよう。

「エノキは妙な笑い方をした（中略）いわゆるオネエキャラの芸人のような笑い方ではない。なよなよした笑い方でもない。すこしも可笑しくないのに、笑っておくような、乾いた笑い方だ」。この描写は、エノキという登場人物を特徴づけることに成功している。

日本語には「笑い」に関する言葉が数多く存在する。作り笑い、盗み笑い、思い出し笑い、含み笑い、苦笑い、嘲笑う、鼻で笑う、破顔する、冷笑する、相好を崩す、微笑む……調べるといくらでも出てくる。中国語でも、乾笑、傻笑、偷笑、巧笑、嘲笑、嗤笑、淺笑、獰笑、陪笑、諂笑、慘笑……などなど。

これらの言葉は翻訳可能なものもあれば、翻訳が困難なものもある。「苦笑」「冷笑」「嘲笑」「微笑」などは日本語でも中国語でも通じる。日本語の「鼻で笑う」は中国語で「嗤之以鼻」という対応する表現が存在し、中国語の「偷笑」は日本語の「盗み笑い」とほぼ一致する。しかし、日本語の「思い出し笑い」「含み笑い」や、中国語の「巧笑」「慘笑」などは、ぴったりする訳語がなかなか見つからない。

言語学習において、笑いにまつわる多種多様な言葉を覚えたり教えたりするのは骨が折れることだ。林檎と梨と桃の違いならともかく、「含み笑い」「盗み笑い」「ほくそ笑む」の違いを説明するのは難しい。俳優でもない限り、この三種類の笑い方を演じ分けるのは簡単じゃないはずだ。そんな芸当は、語学教師にできるわけがない。

それにしても、私たちは本当に他者の「笑い方」を見分けられているのだろうか？　私もそうだが、表情筋を動かすのがあまり得意じゃない人なら、「心の底から喜んで笑っているのに『冷笑』『作り笑い』と勘違いされる」みたいな経験を持っているはずだ。つまり、人間が持っている「他者の笑い方を識別する能力」だって完璧ではない。いや、ほとんどの場合、私たちは相手の表情筋そのものではなく、場の空気や前後の文脈、ひいては相手の性格への理解など周辺的な情報で、相手の笑いに込められた意図を推測しているのではないだろうか。

ところで、私は「思い出し笑い」という日本語に思い入れがある。この言葉は中国語にぴったりの訳語が存在しないし、「以前にあったことを思い出して、ひとりで笑うこと」（デジタル大辞泉）という比較的複雑な状況を一語で表せるのも不思議だ。実は「思い出し笑い」より、私は古語形の「思ひ出で笑ひ」を先に覚えた。大学時代に履修していた源氏物語の授業でだった。「思い出し笑い」という現代語があると知ったのはそれより後のことで、つまり長い間、私は「思ひ出で笑ひ」は古語ならではの表現だと思っていた。今でもこのエピソードを思い出すと、思い出し笑いを浮かべてしまう。

さて、七月中旬、芥川賞を受賞した直後の記者会見で、記者の方から「忘れてしまいたい日本語は？」という質問を頂いた。非常に難しい質問だった。何故なら、私は日本語を愛している。自分が努力して覚えた言葉であれば、たとえ「クズ」や「阿呆」といった罵り言葉でも、私は忘れたいと思わない。どこかで使える場面があるかもしれないしね。忘れたい日本語なんて、そう簡単には思いつかない。一回スルーしたが、繰り返し質問された。どうしたものか。私は受賞作『彼岸花が咲く島』を思い出しながら、何か手がかりはないか考えた。すると、作中に出てきた

「美しいニッポン」という言葉がふと脳裏に浮かんだ。我ながら完璧な答えだ。作品の内容を踏まえているし、政治への警鐘も込められる。この答えに思い当たった瞬間、私はまさしくクスッと「思い出し笑い」をした。

ところが会見後、ネトウヨたちはこの部分の応答を切り取った動画をネットに上げ、拡散しながら盛大に騒ぎ立てた。どうやら私の「クスッとした思い出し笑い」は、彼らには「クズが日本を鼻で笑った」ように見えたらしい。とんだ濡れ衣だ。自分の笑いがあんなふうに曲解されるなんて、まさに「予期せぬ笑い」だ。

このことから私たちが得るべき教訓は、思い出し笑いは慎むべきだということ。見る側の解釈一つで、「思い出し笑い」がいとも簡単に「反日笑い」になってしまうからだ——少なくとも阿呆なネトウヨたちにとっては。

（二〇二一年一二月）

第二章

生

この世に生まれて

私が死のうと思ったのは　三十歳誕生日記念エッセイ

僕が死のうと思ったのは
誕生日に杏の花が咲いたから
その木漏れ日でうたた寝したら
虫の死骸と土になれるかな

――中島美嘉「僕が死のうと思ったのは」（amazarashi 作詞・作曲）

いよいよこの日を迎えてしまった、この日まで生き延びてしまった――


十代から二十代前半の私は、三十歳まで生きられればそれでいいと思っていた。

そのことを私より二年早く三十路に足を踏み入れた恋人に言うと、「昔の友達もそう言ってたんだけど、嘘つけ、と思ったよ」と一笑に付された。

そうか、私もとうとう嘘つきになってしまったのか。

それでも十代から二十代前半の私にとって、その苦しみは本物だった。光が届かない人生の深淵に陥っていた当時の私は、将来を思い描く術《すべ》がなく、ただひたすら死への憧れを自らの内に飼い馴らすことしかできなかった。不可解な他人に対する恐怖と、不条理な世界に対する失望も、死の想念を肥大化させていった。二十歳の時、友人とこんな約束もした——「三十歳になったら一緒に死のう」。あの友人の言葉は今でもよく覚えている。

「約束だからな、三十歳になったら嫌でも道連れにしてやるよ」

恰幅がよく、ほぼ男装と言える格好をしていた友人は笑いながらそう言った。この会話は中国語で行われたものだが、日本語に訳すとこんな感じになるに違いない。「お前、株をやって金儲けするような汚い大人になってくれるなよ」

「そんなもんになるか、安心しなよ」私は不服に言い返した。「約束だよ」

あれから十年が経った。私は株と投資信託をやったり、節税のために頭を悩ませたりするような大人になってしまった。

振り返れば、十年前の自分はあまりにも幼かった。未熟だった。無知だった。井の中の蛙だった。自分の見ている狭い世界が宇宙の全てだと早とちりをし、持っている浅薄な知識が万有の真相だと信じ込んでいた。世界には白と黒、善と悪、賢人と愚者、善意と悪意、味方と敵しかないという単純な思い込みに囚われ、その見極めに全力を注いだが、かえって疑心暗鬼になり、自分自身をとことん苦しめた。

　しかしそうすることによってしか、当時の私にとって生き延びる術がなかったのもまた事実だった。毎朝目を開けると襲ってくるのは、また一日を何とかやり過ごさなければならないのかという悲哀の念で、一歩外に出ると目に見えるのは、得体《えたい》の知れない大きな「他人」というものと、空を埋め尽くすほどの敵意と悪意の塊だった。ネット上で飛び交う流言蜚語、人づてで広がる陰口と嘲《あざけ》り。世界が私を殺しにかかっている——実際に浮世で命を落とした数多くの先人のことを考えると、そう思うのも無理はなかった。自分の歩んでいる道は、先人の血によって赤々と染め上げられている。そして自分もまた生血を滴らせながらもがいて進んでいる。いつか世界に殺されるのなら、刺し違えてやるしかない、と思っていた。

　そして結果的に、そんな激しさが私を今日まで生きながらえさせた。ただ無力に泣き寝入りをし、全てをひたすら耐えていただけだったら、この日を迎えることもなかったのかもしれない。

　あの友人が今頃何をしているのか、私みたいに株をやるような汚い大人になったのかは、私は知らない。あの約束を交わした二年後だったか、私と彼女は仲違いして絶交をした。実に些細な、取るに足らないような口論が原因だった。

　結局のところ、生の意味を見つけることか、見つけることを諦めることによってしか、私は生きていけなかったのかもしれない。

命は勝手に活路を見つけていく（Life will find its way out.）、という言葉がある。この手の自己啓発的な安っぽい言葉は嫌いだが、今にして思えば、日本に来たことが、逃げてきたことが、活路に繋がる大きな転機だったに違いない。

台湾の田舎出身の私は、田舎の不自由さと息苦しさをよく知っている。家の中も学校も固定観念と権威が支配しており、大人達は指導者面をして「あなた達のことを思ってやっているのよ」「鍛えてあげてるんだからね」と口にしながら、法律に違反する方法でクラス分けをしたり、鞭や杖を振り回したりした。授業で教え込まれるような社会正義も、知識の力も、結局彼等自らの手によって折り曲げられていた、そう感じた私は逃げ出すことを選んだ。田舎から地方都市へ、地方都市から首都へ、台湾の首都に辿り着いてもなお息苦しく感じ、今度は海を渡って東京に降り立った。本当の意味で自分自身のために鍛え上げた、日本語力を携えて。

東京が私を救ってくれた。少なくとも私を受け止めてくれた。この巨大都市の滄海《そうかい》の一粟《いちぞく》と化すことで、あからさまな悪意から身を隠すことができた。夜の帳が下りると、灯り出すネオンの群れの下を潜り抜けながら、何者でもないという自然な心地良さを味わった。悪意を向けられることも、臆病な自尊心や過剰な自意識に苦しめられることもなくなった。台湾的な、独りよがりな思いやりといった「人間味」はもう要らない、その気になれば他者と交わらないことだって選べる都会の温もりと冷たさにとことん浸らせてくれ、と思った。

私は新宿の喧騒と雑踏が好きになった。人込みに紛れると自分もまた少しも目立たないごく普通の人間に見えるから、土足で私の心に踏み込んでこようとする人はいなかった。一人暮らしの家もまた、傷んだ羽根を休め、癒すのに絶好の環境だった。区役所で手続きをする時も、学校の事務所に問い合わせをする時も、台湾のような官僚的な、見下すような態度を取られることなく、職員は過度に踏み込まない範囲でとても親身になって対応してくれた。

日本でなら、自分でも将来というものが手に入ると思った。私は給付型の奨学金を獲得し、授業料も生活費も悩まずに済み、学問に打ち込むことができた。生まれ持った学習能力を発揮し、就職活動というシステムに順応した結果、予定調和で大企業の内定も手に入った。ここまでは反抗的ながら少しばかりの小賢しさも併せ持つ私のシナリオ通りだった。思えば私はずっと、レールに乗せられることを嫌いながらもレールから大きく外れずにいる、社会やシステムを呪いながらも必要な時に順応したり利用したりする、そういうことができるような人間だったのだ。

大企業で働くことは、当面の生活の保障を意味していた。台湾の田舎出身の私が、日本を代表する大企業のいわゆるエリート・サラリーマンになれたことは、あるいは教育による階級の流動性が少しは保たれているということを示しているのかもしれない。

二十代も後半に差し掛かる頃に就職したことによって、それまでは薄氷を踏むような、一寸先が闇だった人生が、僅かながら前方の道が見えてくるようになった。「三十歳まで生きられればいい」という想念も、「もう少し生きてみてもいいかもしれない」というものに変わっていった。歩けば道は自ずと開けるもので、死ぬなら道が閉ざされたその時でも遅くない、という、楽観とも悲観ともつかない、しかし恐らくとても平凡なことを考えるようになった。

しかし一方で、生活のために企業の歯車として働くことについて、大人になりきれず諦念を抱き締めきれなかった私は少なからず疑問を感じていた。就職先はとてもホワイトな職場で、伝統に囚われる古臭いところがありながら待遇は申し分なかったし、職務内容もそれなりに能力が活かせるものだったが、自分が理想としていた職業とは程遠かった。十代の頃の私が理想としていたのは、概ね百年に一人の天才がなるような、凡人がなればただ野垂れ死にするだけの、そんな種類の職業だった。会社員生活はそんな青臭いアンビバレンスの中で始まり、暫く続いた。後にデビュー作となった『独り舞』にある記述に、当時の心境が反映されていた。

死に対して格別強い憧れは抱いていないが、生に対してもそれほど執着は無い。生きているうちはできる限り上手く生きようとするけれど、生の辛さが我慢できる範疇を超えてしまったら、彼女は何の躊躇もなく死を選ぶだろう。

——李琴峰『独り舞』

就職がもたらす安定と、それ故により一層際立ったアンビバレンスの中で生み出された小説

『独り舞』が、当時の私が全てを注いだ作品だった。未来に希望が持てず、絶望もしきれず、積極的に生きようとも思わず、死ぬこともできず、大なる悲観も大なる楽観も感じず、世の中の多くの物事をシニカルに見ていながらもそれらに抗いきることもできなかった、実にみっともない、中途半端な自分が作品に投影されていた。

皮肉なことに、そして運がいいことに、『独り舞』は第六〇回群像新人文学賞の優秀作を受賞した。当選作ではなく優秀作というのもまた随分と中途半端なもので、もちろん悲しむことではないけれど喜ぼうとしても喜びきれず、結局自分は天才でもなければ徹底した凡夫でもなく、才能と呼べるものは少しはあるらしいがそれは凡才に過ぎないということを思い知らされた。思えばそれまでもずっとそうで、台湾で文学賞に応募していた時も受賞はするものの、一位で受賞したことはなかった。

中途半端でも一〇〇〇倍の倍率を突破して第二言語である日本語で作家デビューできたという千載一遇の機会を、私は利用することを選んだ。それまでも学力や能力、奨学金や学歴などを利用して生きてきたように。人生に与えられる苦しみと喜びはやがて釣り合うというなんとも都合の良い発想を持つ気はさらさらないが、作家になったことで積極的に生きる気力が湧いてきたというのもまた事実だった。小説家の現実と出版不況の厳しさは分かっているつもりだが、作家になることは海の彼方の島にいた頃からずっと抱いてきた夢だったのだ。

作家になっても会社は辞めるな、とみんなが言う。この時代においてそれは正しいと思う。ただ、三十歳までしか生きられないと少し前まで信じていた私には、今後も時間がたくさんあるとは思えなかった。生活のために限られた時間を会社に奪われ続けるより、安定性に欠けるがより自由に自分の時間が使える個人事業主になることを、私は選んだ。二十九歳の誕生日を迎える直前のことだった。

二十代最後の年であり、独立一年目だった二〇一九年には大きな躍進があった。翻訳と執筆の仕事が思ったより増え、生活が赤字にならずに済んだ。作品の発表予定も狂わず、時間通りに世に出せた。また『五つ数えれば三日月が』が芥川龍之介賞と野間文芸新人賞のダブル候補になったことによって、少し知名度が上がった。若手作家にとってとてもありがたいことだし、これらの躍進のおかげで穏やかな気持ちで三十路を迎えられたと言うべきだろう。

本当のことを言えば、三十歳になる前に何かの賞を取って、この節目を迎えた自分へのプレゼントとしたかった。ここまで生き延びられた自分へのご褒美としたかった。が、それは結局叶わなかった。しかし、もう大丈夫な気がした。安泰ではない道を歩む宿命にある我が命、十年先や二十年先など依然として想像がつかないこの人生、行けるところまで行ってみようという気持ちになれたのだから。

私が死のうと思ったのは、私が幼くて、愚かしくて、弱かったからだ。今でも大人になりきれず、賢くなくて、強くないかもしれない。それでもほんの少し、ほんの少しだけ、世界に対峙する力を、生き延びるための力を、手に入れたと思う。

さよなら十代　もう戻れないさ
さよなら十代　あの頃がよくても
振り向けば　今より好きな僕たちはいない
さよなら十代

——中村中「さよなら十代」

さよなら、二十代。ようこそ、三十代。

（二〇一九年一二月）

ある夢

ある夢を見た。

夢の中で、私は教室の中にいた。

台湾と中国の戦争が始まった。

その情報を持ち帰ってきたのは校内放送で呼び出された学級委員だった。彼によれば、男女問わず学生全員が戦争に参加しなければならない、という国の通達があったらしい。女子には二種類の役割が与えられる。男子と同様に武器を持って敵に肉薄して戦うか、人体砲弾になるかのどちらかだ。

人体砲弾、つまりは人間を砲弾として発射するのだ。消耗品だ。

学級委員が女子の役割分担リストを朗々と読み上げた。私は前者だった。夢の中で私は胸を撫で下ろしたが、人体砲弾に選ばれた女子達を見ると、誰一人悲しんだり怖がったりする様子を見せなかった。戦場で散ることこそ本望だ、と凛とした態度を取る人もいれば、普段と変わりなく笑ってはしゃぐ人もいた。

本当は、私達のクラスはあと数か月で卒業する予定だった。卒業さえすれば、戦争のために身命を捧げよなんて命じられることも無い。よりにもよって戦争は卒業寸前に始まったのだ。そのせいで私達の日常は崩壊した。

学校は更に、参戦の決意と愛国心を表明するためにクラスごとに出し物を用意し、全校生徒集会の時に見せよと命じた。

夢は次の場面へ転換した。全校生徒は朝礼時のように、クラス単位で校庭に集合していた。順番が回ってくるクラスは前方に出て、全校生徒の前で出し物をやることになっていた。

戦争に参加したがらないクラスもあった。戦争反対の意志を表明するために、彼等は朝礼台の前で様々な方法で自決した。朝礼台の前は瞬く間に血塗れになった。それでも会は続いていた。朝礼台に立っていた先生は全く気にする様子が無く、戦争に行けない軟弱なやつを淘汰するのもこの出し物大会の目的の一つだ、と言わんばかりだった。

あるクラスはクイズ大会を企画した。集会に参加しているクラスが一つずつ問題を出して次のクラスに答えさせる、というものだった。次のクラスが答えられないような問題を出題できたクラスは高い評価を得られ、問題に答えられなかった場合はクラス丸ごとその場で殲滅されることになる。

私達のクラスが出題する番だった。前に立っている男子生徒が出題した。漢字は全部で幾つあるか、という問題だった。

隣のクラスから一人、痩せ細った男子生徒が前に出て質問に答えた。彼は歴代様々な韻書・字書のデータを引用しながら、これ以上無いほどに完璧な答えを出した。お蔭で彼のクラスは死亡を免れた。

ところが彼はいきなり滔々と演説を始めた。自分は決してこんな不条理な戦争には参加したくない、と表明し、そしてその場で自決した。

彼の演説に突き動かされ、多くの生徒は彼を見倣って、参戦を回避するために自決を遂げた。鮮血は噴水の如く高々と噴き上がった。私もまた彼に共感し、立ち上がって何故か手に持っていたナイフで首を切ろうとした。

そこで夢は突如終わった。

日本に来た二〇一三年の最後の日に見た夢だった。夢の真意は今でも分からない。

（二〇一八年七月）

中学校の夢

中学を卒業して一五年経つが、今でも時々中学の夢を見る。ほとんどの場合、それは悪い夢だ。既に学士学位も修士学位も持っているにもかかわらず何故か中学をやり直す羽目になったり、高校入試で失敗して浪人することになったり、先生が鬼の形相で怒鳴りながら教鞭を振り回したりといった夢から覚めた時、私はいつも冷や汗をかきながら、自分がもう大人であること、そして日本にいることを確認して、ホッとする。

日本に来た二〇一三年の最後の日、台湾と中国が開戦したという血みどろの夢を見たのだが、夢の舞台はまさに私が通っていた中学校だった。

日本には「ゆとり世代」という言葉がある。年齢で言えば私もその世代に入るのだが、当然ながら私はゆとり教育というものを受けたことがない。それどころか、私が通っていた台湾の片田舎にある公立中学校（とにかくそれが学校であることを否定したい気持ちが強いので、以下ではX中学と書く）では、進学至上主義のもとで、徹底したスパルタ教育が行われていた。

それは二〇〇〇年代の中頃だった。既に少子化が叫ばれ始めていたが、それでも台湾は学校の数が少ないからか、一校ごとの生徒数は日本より遥《はる》かに多かった。私が通っていたX中学では一学年に約二十クラスあり、一クラス三十五人で計算すれば、三学年で合計二千人以上が在籍していたことになる。片田舎の中学校でもこんな人数だから、これくらいの規模感が台湾では普通だったのではないかと思う。

中学教育は台湾でも義務教育だが、X中学では入学時に試験を行い、その成績でクラス分けを行う。成績の良い順に「A＋クラス」「A－クラス」「人情クラス」「普通クラス」と呼ばれていた。特筆すべきは「人情クラス」というものだが、これは「成績がA－クラスの基準に満たないが、普通クラスに入れるほど悪くないので情けをかけてやろう」というケースと、「成績は悪いが、親は地方の偉い人、またはコネのある人だから配慮しなくちゃ」というケースがあると言われていた。

エリート志向の私立学校ならいざ知らず、公立学校が学力でクラス分けをすることは法律で禁じられていた。X中学ももちろん大っぴらに「A＋クラス」「A－クラス」などと呼んでいない。主管機関にばれないよう、表向きでは普通に「一組」「二組」「三組」と呼んでいたが、馬鹿じゃあるまいし、どのクラスがA＋でどのクラスがA－かなどはみんな知っていた。例えば四の倍数に当たる「四組」「八組」「十二組」「十六組」がA＋クラス、という具合に。クラス間の格差は、何らかのランク付けがなされる度にはっきりと表れる。定期試験で学年上位に入るのは常にA＋クラスの生徒だし、清潔が保たれている、秩序が良い、などといった表彰をされるのも常にA＋クラスだった。

私はA＋クラスにいた。A＋クラスには良い教師が割り当てられるなど、比較的多くのリソースが割かれるらしいが、私には有難くも何ともなかった。片田舎の良い教師といってもたかが知れている。実際、「先生」と呼ばれるあの大人たちは愚劣で、理不尽で、みっともなかった。今にして考えればそれほど学歴も見識もなく、人格も性格もたいして尊敬に値しないくせに、教師という名ばかりの権威にしがみつき、生徒を支配していた。問題用紙をばら撒《ま》くことと体罰することしか能のない彼らが考えつける教育手段は、せいぜいこんなものだった――朝七時に登校、午後五時半に下校、夏休みも冬休みも土日も学校へ行く、夜も九時半まで学校で自習。音楽美術家庭学活は時間の無駄なので全て国語英語数学理科社会に充てる。問題用紙に問題集に参考書、とにかくいっぱい宿題を出す。小テストに週間テストに定期試験に模擬試験、平均して一週間に三十回以上のテストをやる。恋愛するなテレビ見るな漫画読むなゲームやるな小説書くな勉強だけしてろ。部活何それ美味しいの？　宿題をしていない人、遅刻する人、テストの点数が及第点に達しない（及第点というのは概ね百点満点の九〇点のことをいう）人は、問答無用で殴ったり校庭を走らせたり腕立て伏せをさせたりする。何か気に入らないことがあるとすぐ癇癪を起こしてクラス全員に向かって訳も分からないことを喚き散らす。

そんな劣悪な環境で中学生活を過ごしたら、どんな「青」春でも限りなく灰色に近いブルーになる。

まず思い出すのは何よりもあの校庭だった。

南国らしく椰子の樹が植えられ、二百五十メートルの赤いトラックに囲まれる緑の芝生に、生徒たちは毎朝集められ、朝礼を開く。朝礼では校長先生やら何とか主任やら何とか先生やらが日替わりで出てきてどうでもいい訓示を垂らす。彼らは大抵校庭前方にある、「司令台」と呼ばれる高い台の上に立ち、マイクで話す。軍隊よろしくクラス単位で整列して立っている、二千人を超える生徒を見下ろしながら。『HUNTER×HUNTER』の中で、独裁者が高い宮殿から全国民の集まる国民大会を眺める時の感覚を「性交とは全く別の、得もいえぬ快感」と表現しているが、ただ自分の話を聞くためだけに炎天下で集まっている二千人を超える少年少女を見下ろす時、あの何とか先生や何とか主任もさぞかし極上の快楽に浸っていたのだろう。

一番よく喋るのは校長先生だが、彼は認知症が進行していたのか、記憶機能に使われる脳のスペースは髪の毛の毛量並みに少ないように思う。五分前に喋ったばかりのことを五分後にまた繰り返したり、「それから」といった接続詞で話を無限に繋げたり、全く最後じゃないのに「最後にですが」という副詞句を間投詞みたいに何度も使ったりするものだから、私たち生徒は烈日の下で草いきれに耐え、彼の頂上の輝きを見つめながら壊れたテープレコーダーのように延々とリピートされる話を聞かなければならない。ずっと同じ話を繰り返しているだけなのに全く自覚がないように見えるのはすごいが、感心する場合ではない。彼は屋根がついている司令台の上に立っているからいいけど、私たち生徒は亜熱帯の国・台湾の真夏の直射日光にいつまでも晒され続ける羽目になる。つまらないくせに無駄に長いその話は、時に一時間も二時間も続く。身体が弱い女子生徒が熱中症で倒れるのが日常茶飯事だった。病院送りになった人もいたっけな。それでも彼は少しも動じず、毎回毎回長ったらしい訓示を垂らし続ける。自分の話していることは生徒が体調を崩してまで聞くべき大事なことだと本気で思っているのかと、今でも不思議である。

体調と言えば、生活指導主任の体調が心配だ。身長よりも体の横幅の方が長い彼は、BMIの値がどうなっているのかとても気になる。生徒を殴る以外の運動をしているといいが、そればかりは知りようがない。それにしても、あの二リットルのペットボトル並みに太い二の腕を見ると、殴るのが痛いから生活指導主任なんてものに任命されたのではないかと勘繰りたくなる。毎日昼休みの時間になると、生活指導室前のスペースは処刑場と化す。朝、登校する時に校門で服装検査が行われ、白以外の靴下を履いてきた人、靴下の長さが足りない人、スカートが短い人、ネクタイやリボンやベストを忘れた人、ブレスレットなどアクセサリーをつけている人などは全て名前を控えられる。昼休みに殴られに生活指導室へ行かなければならない。彼は木の板や木の棒で、生徒のお尻か掌を叩く。月に一回、髪の毛の検査が行われ、男子はスポーツ刈り、女子は襟に届かないくらいのおかっぱ頭でなければならず、違反者は同じような処置をする。前世が床屋で現世でも時々腕が鳴るのか、朝礼の時、全校生徒の前で髪の毛が長過ぎる男子の頭にバリカンを滑らせることもある。

生徒が長い列を作り、様々な原因で叩かれるのを待つ——中学時代の記憶を掘り起こそうとした時に思い浮かんだそんな情景が、私にとって何よりも中学校という場所の在り方を示している。支配が、暴力が体制として制度化しているから、叩く側も叩かれる側も何も疑問に思わない。籐の鞭を手にして「今日はしっかり運動させてもらうぞ」と言いながら腕をぐるぐる回す教師もいれば、叩かれる前にへらへら笑っている生徒もいた。

叩かない教師がまともだったかというと、そうでもない。叩くのではなく罰走を好む教師もいた。数学教師がそうだった。

今でもよく覚えていることがある。あの日、数学の授業が最後の一時間で、授業が終わるとそのまま下校になる。先生は答案を返却し、何問か解説すると自習を指示して、教室を出ていった。運動場で他の教師とバスケットボールをやっていたのだ。私たちは静かに自習したが、やがて下校時間になり、ベルが鳴っても先生は戻ってこなかった。他のクラスの生徒たちはみな教室を出て、ぞろぞろと帰途についているにもかかわらず、五分経って十分経っても先生は戻ってこない。このまま待ち続けても仕方がない、そう判断したのか、クラスの委員長はリーダーシップを発揮して「もう帰ろう」と言った。その言葉に従ってみんなが荷物をまとめている時、タンクトップ姿の先生が汗を流しながら戻ってきた。みんなが帰ろうとしているのを見ると激怒し、「誰が帰っていいって言ったんだ？　全員グラウンドを二周してこい！」と怒鳴った。クラス全員が罰走させられる羽目になった。

そもそも授業の時間なのに教師がバスケなんかしているのがおかしい、ということに私は思いが及んだかどうか、今ではもう覚えていない。思いついていたらそれを指摘できたかどうかも分からない。そんなことより、この出来事が端的にある事実を示している――あの片田舎の狭い中学校において、正義や真理、場合によっては法律も、教師たち、大人たちの都合でいとも簡単に折り曲げられてしまうものだ、ということ。あの数学教師が学校の外で個人塾をやっていたことはみんな知っていた。それはもちろん違法だが、誰も告発しなかった。学校は学力でクラス分けをし、音楽や美術など受験に役に立たない教科は一切教えない。それも違法だが、誰も告発しなかった。学校側は名門高校への進学者数を増やし、知名度を上げたいという思惑がある。保護者側は自分の子供に良い成績を取り、良い高校に入ってほしいと願う。学校の主管機関である教育局も事なかれ主義で、違法行為に対しては見て見ぬ振りを貫く。結局のところ、中学校、そして教育システムというのは巨大な共犯構造なのだ。そんな構造に絡め取られている一人の生徒にできることなど、何もなかった。

七〇年代のことではない。二〇〇〇年代中頃の話だ。

公平を期して付け加えると、あんな環境において、個人にはああするしかなかったという側面も、あったかもしれない。台湾は学歴社会、進学至上主義社会なのだ。名門高校への進学者数が少なければ学校の知名度が落ち、生徒数が減るかもしれない。だから学校側も必死だったのだろう。田舎の生徒はみんな話せば分かるような子ではなく、中には喧嘩《けんか》を繰り返すヤンキーや不良もいた。教師にとって、厳しい校則を作ること、そして殴ることでしか抑えつけられない場面も、あるいはあったのかもしれない。公立中学校の教師の月給がいかばかりのものか私には知る由もないが、個人塾でお小遣いを稼ぎたくなるほどみみっちいものだったのかもしれない。

が、そんな大人の事情など知るものか。暴力は暴力だ。百歩譲って、仮にあの人たちが本当に何かしらの事情を抱えていたとしても、それは暴力を受ける側の私が慮《おもんぱか》るようなことではない。私が知っているのは、中学を卒業して一五年経った今でもなお、私は時々中学校にまつわる悪夢にうなされるということ、それだけである。

（二〇二〇年七月）

死と生の随想

『生を祝う』刊行に寄せて

二〇一六年四月のある朝、都心へ向かうすし詰めの通勤電車に私はいた。よく晴れた日だった。線路沿いの桜並木が咲き乱れ、燦々《さんさん》と降り注ぐ陽射しを受けきらきらと輝いた。誰かに輝度を上げられたかのように世界は明るく見えるのに、電車の中は窮屈で息苦しかった。

年々歳々花相似《あいに》たり、歳々年々人同じからず——日本に渡って二年半が過ぎ、桜の満開になる様も幾度となく目にしてきた。花期の早晩こそあれ、花の咲く様は実に大して変わらないが、振り返ると、自分自身の立場や、自分を取り巻く様々な環境は毎年大なり小なり変化していた。小さな喜びと小さな悲しみが無数に混じり合い、歳月を編んできた。しかし、もし視点をうんと高いところへ持ち上げれば——例えば惜しみなく光を振り撒いているあの太陽のような高みから、この場所を俯瞰《ふかん》すれば——地球上に生きる一個人の平凡な喜怒哀楽など、取るに足らない些事《さじ》に違いない。であれば、ここに生きている自分の生は、一体どんな意味を持つのか。自分の足元から前方へ続いていく、先の見通せない仄暗《ほのぐら》い道を歩むにあたり、そこには、生まれたことがもたらした結果を、ただ惰性のように維持し続けること以上の価値が宿り得るのか。漠然とそのように考え出した瞬間、ふと、「死ぬ」という言葉が空から降ってきた。

私は心の中で、「死ぬ」という言葉を繰り返し発音し、その響きを玩味した。し、歯茎硬口蓋《しけいこうこうがい》摩擦音《まさつおん》。舌を硬口蓋に近づけ、脱力した状態でゆっくり気流を通す。ぬ、歯茎鼻音。舌先を「し」の時より前の方へ突き出し、歯茎《はぐき》に一瞬触れてから下げ、その瞬間に気流を鼻へ通す。「し」という空気の摩擦を感じさせる静かな響きと、「ぬ」というぬめりを帯びるような湿っぽい音、この二音で「死ぬ」のイメージが作り上げられている。現代日本語で、「ぬ」で終わる動詞は「死ぬ」しかない。「ぬ」の響きにこれほど合致する動詞は他にないのだ。しかも、日本語の「ぬ」は英語の「noo」とも異なる。「afternoon」や「noodle」の「noo」を発音する時は唇に力を入れて丸くすぼめるが、日本語の「ぬ」は唇はそのままで、あくまで力を抜いた楽な状態で発音する。いかにも死とは力を抜き切った、この上なく楽な状態だ。

「死ぬ」という言葉の持つ不思議な語感を独り味わっているうちに、これは一つの小説の始まりになりそうな予感が湧き、そんな微かな予感を頼りに、私は原稿用紙に文字を刻み始めた。そうして「死ぬ」という一語で始まった小説は、後に『独り舞』というタイトルがつき、文学賞で選ばれ、私に作家という肩書をもたらした。

それから四年半――「死ぬ」で始まった作家としてのキャリアは、『彼岸花が咲く島』という生と死のあわいを想起させるタイトルの小説で芥川賞という節目を迎え、そして今度は『生を祝う』と来た。振り返れば死から生へのグラデーションのようで、あまりにも出来過ぎた話だ。当然、そんなことを意図できるほど私は器用ではない。あくまで偶然である。

生と死と言えば、未《いま》だ生を知らず、焉《いずく》んぞ死を知らん、と孔子様は宣《のたま》った。死は生よりずっと不可解だという前提に立っての言葉だ。しかし私に言わせれば、二千五百年前ならいざ知らず、現代人である私たちはある意味において、死というものよりも、寧ろ生についての方があまりにも無知ではないだろうか。古今東西、多くの哲学者や文学家が死ぬことについて思索を巡らせ、数え切れないほどの論考や創作を残したが、それと比べ、生まれることについての思索は圧倒的に少ない。科学の進歩によって死の仕組みは概ね解明されており、望みさえすれば、私たちは様々な手段で自らの死を早めたり遅らせたりすることができる。つまりある程度、自らの死を操ることができるのだ。ところが、生まれないという選択はいまだできない。自らの生を操ることは不可能だ。死という万人に等しく訪れる結末と比べれば、寧ろ生――「出生」――の方が、よほど不可解で、得体の知れないものではないだろうか。

私たちは自らの出生について、あくまで受動的な立場を強いられる。「出生」を表す言葉は、日本語（生まれる、生を受ける）も英語（to be born）も受動態を取っているという事実がそのことを反映している。そこには私たちの自由意志が介在する余地がない。しかし、あくまで受動的に強いられた結果としての「出生」について、私たちは「めでたいこと」として教え込まれる。私たちが経験しているあらゆる苦しみの根源は悉く出生という事象に遡るというのに、出生とはめでたく祝福されるべきこと、生とは祝い謳歌すべきものだと、人々は口を揃えて言っている。それは何故か。長い間私は思い悩み、自分の生まれなかった世界、生を強いられなかった世界に思いを馳せていた。

出生と比べれば、出産——産む、to bear——の方がずっと能動的な営為だ。生まれる側よりも、産む側の方がずっと能動性を備え、自由意志を行使する権力を持っている。であるならば、選択権のある側はない側に対して、もっと配慮してしかるべきではないか。生まれる側に対して、この子はあるいは生まれてきたくない可能性もあるかもしれない、などと少しばかり想像力を働かせてもいいのではないだろうか。しかし、多くの人はそこまで考えが及んでいない気がする。何故子供を産む／産んだのか、と聞くと、子供が欲しいから、可愛いから、遺伝子を残したいから、血を分けた半身が欲しいから、老後の面倒を見てほしいから、後継ぎが欲しいから、労働力が欲しいから、デキちゃったから、など様々な答えが返ってくるが、いずれも親側の都合であり、そこには一個の独立した命を作り、背負っていくことの重みが感じられなかった。

インドで、同意なしに自分を産んでしまったとして、男性が親を提訴しようとするニュースを見かけた時、これだ、と思った。その思想の水脈に、長い間私を悩ませてきた問題と相通ずるところがあった。出生を疑問視する思想は古今東西、様々なところでその痕跡や片鱗が散見されるが、それらが一つに合流し、「反出生主義」という名前を得、哲学の一分野として扱われるようになったのはごく最近のことだ。インドの男性は反出生主義の実践者ということになる（ちなみに記事を読む限り、提訴は本当に賠償が欲しいというより、問題提起の側面の方が大きいらしい。男性の両親はどちらも弁護士で、親子は仲が良く、男性の提訴について、母親は「どうすれば生まれる前の息子から同意を得られたのか、合理的な説明ができればこちらも非を認めよう」とお茶目に返したという)。

死の想念、出産の暴力性、出生の疑問視、反出生主義、そしてインド男性の裁判、これらは全て、「もし生まれてくるかどうかを自分で決められたら」という想像に結び付いた。そしてそれが小説として実った。『生を祝う』という小説で、私は「合意出生」という法制度を仮構し、「子供を産む前に子供の同意を取らなければならない」世界をシミュレーションしてみた。この制度を読者がどう受け止めるのか、とても興味深い。自らの出生に疑問の眼差しを向けた経験がある人には理想の制度に映るかもしれないし、生殖が国家権力によって介入されている反理想郷《ディストピア》だと思う読者もいるかもしれない。この制度から想起される様々な生命倫理的な問題で頭を抱える人もいれば、そんなことはあり得ない、小説家のくだらない妄想にいちいち付き合っていられない、などと言って一蹴する人もまたいるだろう。いずれにしても、「死ぬ」で始まった私の作家人生の現在地点にして、死と生を巡る新たなる問いかけ、それが『生を祝う』なのだ。

（二〇二二年一月）

小さな語りのために、あるいは自由への信仰

アメリカの作家アンブローズ・ビアスは「悪魔の辞典」で、「平和」とは「国際関係について、二つの戦争の期間の間に介在するだまし合いの時期を指して言う」と述べている。

振り返ると、冷戦終結後の過去の三十数年の間でも、人類は完全な平和など享受していなかった。毎年どこかで戦争や内戦、紛争、暴動が起き、戦闘が行われ、血が流され、命が失われていく。戦争がなくても、地域によっては独裁政治や言論弾圧によって、やはり人々が殺されている。そして死にゆく者にとって、他国から侵略されて殺されるのと、自国政府に弾圧されて殺されるのとで、恐らく大きな違いはないだろう。どちらも同様におぞましい。

それでもロシアによるウクライナ侵攻がこうも我々の注意を引いたのは、国際政治に与えるインパクトの大きさが原因に他ならない。冷戦後の国際秩序が覆されるのではないか、アジア太平洋地域の安全保障も脅かされるのではないか、核戦争や第三次世界大戦に発展するのではないか――。戦争が始まって以来、様々な主張や議論がインターネットやメディアで飛び交っている。この事態を利用して「核共有について議論すべきだ」「やはり憲法九条は改正すべきだ」と持論

を展開し世論誘導を試みる政治家も目立つ。

ウクライナ侵略戦争という事態について、私は言葉を持たない。現に市街戦が行われ、民間施設が瓦礫《がれき》と化し、人間が砲火に撃たれて死んでいるこの状況において、安全なところにいながら「ロシアに負けるな！　ウクライナは徹底抗戦しろ！」と煽《あお》るのも、「これ以上犠牲を出さないためにウクライナは降伏すべきだ」とすまし顔で論じてみるのも、無責任極まりないだろう。だからこれから書くのは眼前の事態に対する論評ではなく、あくまで私個人の体験や思考に過ぎない。


日本人なら驚くかもしれないが、台湾の高校では「軍事訓練」がカリキュラムに組み込まれている。軍学校ではない。普通高校でも軍事訓練は必修だ。そして高校と大学には「軍人教官」というものが存在する。彼らは学校に配属される現役の軍人で、生徒の生活指導や秩序の維持、そして「軍事訓練」の講義を担当する。

想像してみてほしい。高校や大学のキャンパスに、軍服を着ている現役の軍人が職員として歩き回っているのだ。

「軍事訓練」の授業は男子と女子に分かれて行われた。男子の科目名は「軍訓」、ずばり軍事訓練である。女子の科目名は「軍護」であり、「軍事訓練と従軍看護」とでも訳そうか。国防や武器に関する座学は共通だが、実技部分では、男子は整列や行進、自動小銃の扱い方について訓練を受け、女子は看護スキルを習う。撃針が取り外され、実弾も入っていない訓練用のものだが、学校には自動小銃を保管する保管庫も設置されていた。

軍事訓練だけではない。学校では毎年、「軍歌コンテスト」が行われた。学生が隊列を組み、号令に応じて掛け声を叫びながら行進し、軍歌を歌い上げ、どのチームが一番秩序整然とできているのかを競うコンテストだ。

「学生儀仗《ぎじょう》隊」なるものもある。儀仗隊は賓客に対し、儀礼や警護のためにつけられる衛兵隊のことだが、台湾には多くの高校に学生による儀仗隊が存在する。軍隊を想起させる意匠の制服（男子は長ズボン、女子は膝《ひざ》上のプリーツスカート）を身に纏《まと》い、銃を持ちながら行進し、様々な陣形を作るパフォーマンスを行う。

これらは当然、台湾の置かれた歴史に由来するものだ。戦後の台湾は長い間、いつか勃発するかもしれない中国との全面戦争に備えて軍備を整えてきた。徴兵制を敷き、兵役は国民の義務として憲法に書き込まれ、教育を通して学生たちに教え込まれた。また、台湾は一九八七年まで独裁体制だった。学校に軍人教官を配置し、軍隊的な管理法を導入するのは独裁政権にとって都合がいい。反体制的な思想や行動を発見しやすいし、弾圧がしやすいからだ。

冷戦の終結、そして政治の民主化をもって、台湾社会は転換点を迎えた。学校は独裁政治時代より幾分《いくぶん》か自由になり、言論弾圧も歴史になった。にもかかわらず、軍事訓練のカリキュラム、軍人教官、軍歌コンテストといった旧時代の名残は学校に残った。

他にも色々な名残がある。小学校時代、何を取り合っていたのかクラスメートの何人かが喧嘩になった時、担任（五〇代の女性）は激怒して「強盗罪は絶対死刑だからね」と怒鳴った（大人になってから知ったことだが、戒厳令時代は軍法が一般人にも適用され、共謀強盗は絶対死刑になると定められていたらしい）。中学時代は服装に関する校則が厳しく、髪の長さから爪の長さ、靴や靴下の種類と色まで全てが規定されていて、違反すると叩かれる。毎日の朝礼では国歌を斉唱し、国旗掲揚式を行う。国旗と（建国の父とされる）孫文の肖像画が掲げられている、「司令台」と呼ばれる朝礼台の上に立っているお偉い先生方が私たちに向かって怒鳴りつける。高校時代は「三民主義」なる授業があって、孫文の思想を叩き込まれる。

高校時代に一回、「軍事訓練」の授業の一環として、実弾射撃の訓練があった。男子も女子も、生徒全員が観光バスに乗って軍事施設に出向き、そこで自動小銃を手に取って紙の標的に向かって実弾を五発撃ち込んだ。友人の女子は課外授業のようなテンションでとても興奮していたが、その光景が私の目には異様に映った。

「なんでそんなにテンション高いの？」と私は訊いた。「あれは人を殺せる、本物の武器だよ？」

「何言ってるの？　人くらい殺せるよ、当然よ」。友人はそう言い、両手で発砲をする仕草《しぐさ》をした。「バンッ！」

恐らく友人は射的ゲームをやっているくらいの気持ちだったのだろう。しかし、民主化以降の時代に生まれ、なまじ民主主義と自由主義というものを知った私にとって、軍隊の色に染まっているそれらの事物はひどく心地の悪いものだった。それらは私に一つの事実を突きつける——私の身体は私だけのものではなく、国家という得体の知れない巨大なものによって領有されている。必要があれば、国家はいつでも私の身体を徴用し、法律の下、「愛国」「国を守る」という大義名分の下で、好きなように使うことができ、場合によっては死なせることもできる。その事実はとても恐ろしいものだった。

私には分からなかった。何故私の髪の毛、私の身体、私の着る服が、大人たち、そして目に見えない「国家」というものに管理されなければならないのか。何故炎天下の校庭に「休め」の姿勢で何時間も突っ立ち、体調不良で倒れるまで校長先生のつまらない話を聞かなければならないのか。何故普通高校の生徒が、軍事訓練を受け、軍歌を歌い上げ、自動小銃を持たされなければならないのか。何故会ったこともない建国の父とやらが言った言葉を一字一句違《たが》わず暗記しなければならないのか。私には、その全てが分からなかった。

戦争が起こるということは、個人の身体に対する国家の領有権が極限まで拡張するということだ。身体だけではない。頭の中で考えていること（思想）、発せられる言葉や書かれた文字（言論）、その全てが国家に領有され、管理され、利用され、場合によっては弾圧の対象にされる。その中で「個人」なるものは存在せず、あるのは「国民」「勇敢な兵士」「一億火の玉」という総体、そしてその全てを凌駕《りょうが》する「国家」という巨大な権力だけだ。それに異議を唱えようものなら、直ちに「売国奴」や「非国民」に仕立て上げられて排除の対象となる。

国家とは一種の信仰だ。「国家」と呼ばれる実体は存在しない。人間がそれを定義し、それを動かす装置を作り上げてはじめて、国家は共同幻想として現出し、逆に人間を支配する。そこまではまだいい。厄介なのは、国家は共同幻想としての地位を維持するために絶えず物語を要求し、同時に新しい物語を次々と編み出していくという点だ。

「ウクライナとロシアは歴史的に一体だ」というロシアの主張も、「台湾は中国の神聖にして不可分の一部だ」という中国の主張も、その類の物語だ。物語同士の矛盾は、国家同士の衝突をもたらす。この場合、物語が事実かどうかはどうでもいいし、プーチンや習近平自身がこれらを信じているかどうかもさほど重要ではない。国家に対する人々の信仰を維持するために物語は不可欠、ただそれだけだ。物語さえ供給し続ければ、多くのエネルギーが生まれる――愛国精神や祖国愛、忠誠心、一体感、帰属感、使命感、求心力、敵愾《てきがい》心、民族意識、などなど。国家を信仰する人々にとって、これらのエネルギーは時として死への恐怖や、殺人への抵抗をも取り除いてくれる。

私は国家を信仰しない。私が信仰しているのは自由だ。自由というものをひとまず、「何ものにも領有され支配されない感覚」や「自分の生から死まで自分で決められる状態」と定義しよう。自由を信仰するのは、国家を信仰するより遥かに難しい。今でも、私の財布の中には身分証明書が何枚も入っているし、私という人間は特定の番号と結び付けられ管理されている。身分証明書がなければ、私は自分が自分であることすら証明できなくなる。国家による個人の領有は、端的に事実として存在している。個人は生まれた瞬間からそこに絡め取られ、完全には自由になり得ない。そもそも生まれてくるということも自分で決めたわけではない。

それでも、自由であろうとすることが大切だ。私は小説書きである。小説とは即《すなわ》ち、小さな説《かたり》だ。民族の大義とか、祖国の偉大なる復興とか、それらの大きな物語とは一線を画す、個人に属する小さな語りを模索したり、編み出したりするのが私の仕事だ。小説に出てくる個人が大きな物語に絡め取られることはあっても、小説そのもの、そして小説を書くという行為は決して絡め取られてはならない。

私はウクライナを侵略したロシアを非難する。その行為はウクライナの人々の自由を大きく害しているからだ。もし中国が台湾や日本に侵攻したら、私は中国を非難する。その行為は私の自由、そして私の人生に登場した多くの素敵な人たちの自由を大きく害するからだ。しかし、それを防ぐために自分自身の自由を国家権力に献上せよと声がかかったら、私はそれを拒否する。

私は瓦礫の下敷きになったり、砲弾で撃たれたりして死にたくない。大空と大地に抱かれて安らかに死んでいきたい。それは本来、人間というものに等しく与えられた権利のはずだ。

（二〇二二年三月）

Intermission2　始まったばかりの旅、道半ばの志

翻訳家・天野健太郎さんの訃報に接して

翻訳家・天野健太郎さんが亡くなった──

訃報に接したのは二〇一八年一一月一三日、午後五時半過ぎ。初報から二時間後ということになる。会社の仕事の息抜きにスマートフォンでフェイスブックを開いた瞬間、知り合いの中日翻訳家のタイムラインにあった「訃報」「天野健太郎」「亡」などの漢字が目に飛びつき、手がぴたりと止まった。

俄かには信じられなかった。ネットでいくら検索しても、特に取り上げるニュースが見当たらなかった。しかしツイッターの一部では既に情報が流れていた。頭が真っ白になり、何の冗談だ、誤報かいたずらか、とそればかり考えた（特に少し前にツイッターでとあるフェミニストの訃報詐称事件を見かけたばかりだからなおさら）。

暫くしてハッとなり、『自転車泥棒』の版元である文藝春秋社の知り合いの編集者にメールで確認した。それで事実だと知った。フェイスブックとツイッターでは、なんでそんな急に、信じられない、とのコメントが多かったが、それでも情報は確かに広がりつつあった。情報が広がる

ことによって、事実が揺るがぬものとして定着していった。二〇一八年一一月一二日、病気で、それも癌で亡くなり、享年四七、とのことだった。

人間って、こんなにも急にいなくなるんだなって。情報を得て八時間経った今でも、いまだ実感を持てずにいる。

私は天野さんととりわけ仲が良かったわけでもなければ、親交があったわけでもない。台湾籍のぽっと出の日本語新人作家と、台湾文学の日本語翻訳家の関係であり、今年七月に天野さんが企画・司会を担当している台湾文化センターのイベント「台湾カルチャーミーティング」で一回講演をした、言うなればただそれだけのことである。最新刊『自転車泥棒』を除いて、彼の訳書すら読んだことがない。台湾文学を原書で読める私は、翻訳を介さなくてもよかったのだ。

初めて天野さんと会ったのは六月下旬、品川のルノアールで、「台湾カルチャーミーティング」講座の打ち合わせのためだった。初対面の印象は良いとは言えなかった。率直でぶっきら棒な口調を前にして、気の弱い私はなんとなく気後れした。「台湾にラブストーリーがない」「翻訳者は業者だ」などの言い切りも、ことに文学に関する事柄について常に結論を留保することを心がける私には鼻につくものだった。そのような印象は、彼が「台湾カルチャーミーティング」の司会をした時や、「翻訳フェスティバル」で出演をした時に表した、偉そうで、横柄とすら感じるちょっぴりでかい態度を見て、より一層強まった。

しかし手元に届いた最新刊『自転車泥棒』を読んで、私は敬服の念を禁じ得なかった。彼の訳文を読むのはそれが初めてだったが、とにかく日本語として研ぎ澄まされていた。原文の読解の正確さはもちろん（これは基本のように聞こえるが、実はそう簡単なことではない。手元にある何冊かの台湾文学の日本語訳書はパラパラめくっても、難なくいくつもの誤訳が見つかるものがほとんどである）、時おり村上春樹の文章を読んでいるのではないかという錯覚に陥る。原書にはどう考えても中国語や台湾語特有な概念や言い回し、ひいては台湾の民俗に関する描写が山ほどあり、日中両言語に精通していると自負している私も度々「これは翻訳不可能では」と頭を抱えたけれど、天野さんは悉く完璧なほどに日本語の、ひいては日本の文脈で適切な訳語を見つけ、置き換えていった。なるほど、こんな訳し方もありなのか、と何度も膝を叩いた（そんなローカライゼーションの是非はもちろん議論する余地はあるが、それはともかく）。また訳文からは、台湾ならではの歴史的脈絡や政治的事情に対する深い洞察が窺え、それはなまじ中高教育などで台湾史を齧っただけの私には到底叶わぬことだった。感動の極めつけは「訳者あとがき」だ。是非このパラグラフを読んでみていただきたい。

正直、今回のような翻訳の苦労をだれかと分かち合うのはなかなか難しい。ただ、圧倒的な「野生」たるテクストを、体で受け止めて理解し、それに見合う文章をまったく別の広大な言語世界から見つけて拾い出し、当てはめては交換・調整し、結果「ふぞろい」であってもできるだけ綺麗に磨きあげる。……読者のみなさんも、どう翻訳したかなどの講釈や言い訳は気にせず、ただこのおもしろい小説を存分に楽しんでいただければ、嬉《うれ》しい。幸い、そんなぶつかり稽古のような翻訳後の疲れは格別である。

この文章を読んで、天野さんは本当に体当たりで、命を削って翻訳をしているのだとよく分かった。実際、『自転車泥棒』のような、作品内の時間が百年にも跨ぐ大作の翻訳は体当たりでなければとてもできない芸当だ。じっくり腰を据えて、一人の作家に、一つの文芸作品に向き合って、受け止めて、言語の移植に全てを捧げようとする、そんな体力と精神力、そして忍耐力は、観光ガイドや社内文書や製品紹介のような産業翻訳ばかり請け負っている私には到底想像がつかないものだ。それと同時に、そのでかい態度とぶっきら棒な物言いの裏に隠れているのは、台湾文学への真の情熱と、それをただただ日本に紹介したい、日本で広めたいという純粋な一途さであることに気付かされた。「台湾カルチャーミーティング」で彼は、講座に参加するのもいいが、まず作品を読むことが大事だ、という主旨のことを度々口にしたのも、その純粋さの現れだろうと今となっては思わずにはいられない。

「訳者あとがき」を読んで私は、一一月一七日に予定されている『自転車泥棒』著者・呉明益《ごめいえき》さんの講座（天野さんは司会を務める予定だった）でじっくり話を聞いてみたい、と心の中で決めた。訃報に接したのは、その三日後である。

前述のように、私は天野さんと知り合ってから半年も経っていない。彼の辞世を悼み、悲しむ資格が果たして自分にあるかどうかすら分からないくらい短い付き合いだった。他の方の追悼文を読んではじめて、彼は昔「肉付きが良かった」ことを知った。私の知る天野さんは、最初から痩せ細っていたのだ。

しかし知り合って間もないからこそ、残念無念でいっぱいだった。彼の過去に関する記憶がそう多くないからこそ、未来への期待が漲っていた。これからはどんな作品を翻訳するだろう、どんな作家を紹介してくれるだろう、どんな講座を企画してみせるだろう、日本における台湾文学の受容でどんな地平を拓いていくだろう、そんな地平で自分に何ができるだろうと、そんな未来に思いを馳せながらわくわくしていた。そんな矢先のことである。まるで始まったばかりの旅が、これから盛り上がろうとしている時に突如打ち切られたような気分で、目の前に広がっていた無限の可能性は有無を言わせぬ一線によって瞬時に閉じられてしまった（もちろん、「始まったばかりの旅」というのはあくまでも私の視点で、彼にしてみれば既に何年間も努力してきて、かなり遠いところまで行っているのだと思う）。

今、私の手元にはまだ『自転車泥棒』の書評の仕事が残っている。まだ一文字も書いていない。二週間以内に仕上げなければならないこの原稿は、引き受けた時にまさか故人の訳書に捧げる書評になるとは夢にも思わなかった。そう考えるととても虚ろな気持ちになり、残念で、無念で、仕方がない。

ところが一番無念なのは天野さん本人に違いない。二〇一八年一一月一七日には呉明益さんの講座が控えていて、更に二〇一九年には呉明益さんのもう一冊の小説『複眼人』の邦訳の仕事もあったという。どう考えても本人はこのタイミングで世を去るつもりはなかったはずだ。最後の時まで、もっともっと翻訳したいと彼は考えていたに違いない。どうすれば日本にとっての台湾を「美食」「九份」「夜市」の三点セットの集合以上のものにできるか、彼はきっと考えていたに違いない。

しかし果たして生死は人間の意思で決められるものではなかったのかもしれない。あるいは、天野さんは既に翻訳で命を削り過ぎたのかもしれない。「命を削る」というのはついにレトリックではなく、文字通りの現実になってしまったのだ。その現実は、台湾文学と日本文学、ひいては台湾と日本にとっての大きな損失になる。

謹んでご冥福をお祈り申し上げます。

（二〇一八年一一月）

第三章

性

存在の耐えられない重さ

星明かりの映画祭

星明かりを浴びて映画館に通っていた啓蒙の日々が懐かしい。

台湾には「台湾国際女性映画祭」という映画祭がある。一九九三年に始まり、二〇二〇年に第二七回が行われた。大学在学中、私はほぼ毎年通っていた。

大学は人生の啓蒙時代だ。中学や高校という息苦しい箱庭から解放され、受験用の問に合わせの知識をただ詰め込まれるのではなく、本当の意味で知の海を自在に遊泳できる期間。それは密閉された暗く狭い部屋から、窓と扉がたくさんついている大ホールに足を踏み入れることに似ている。建物に守られていることに変わりはないが、どの扉に手をかけ、どの窓を開けるかは、全て自由だ。扉の後ろにどんな景色が広がっているか、窓からどんな色や形の光が射し込むか、それらによって今後の人生で目に映る風景が大いに異なってくる。

大学はしかし同時に、暗黒時代でもある。啓蒙は時おり、知恵の樹の果実を齧ること、パンドラの箱を開くことに繋がる。窓や扉の後ろに広がっているのは、必ずしも光明に溢れる世界ではない。濃く、深く、おぞましい無辺の暗闇が待ち受けているかもしれない。時にそんな暗闇は、窓や扉の隙間から音もなく滲み込んでくる。悪、理不尽、不条理、不平等、抑圧、差別、偏見、権力構造、政治の暴走、国家装置の暴力——この世に蔓延《はびこ》るそれらの暗闇に一度気付くと、もはや素直に世界の真と善と美を信じられなくなる。闇にのめり込み過ぎて呑み込まれてしまうと、死の淵に落ちてしまい二度と生の側に戻ってこられない可能性だってある。闇から目を背けることもできるだろう。しかし見ようとしないからといって、闇は消えてなくなるわけではない。とすれば、闇に気付くというのも一種の啓蒙だ。無知を知るところから、啓蒙の時代が始まる。神を裏切り、パンドラの箱を開けるところから、人類の物語が始まる。それに、気付かずにいられるのは、蒙を啓かなくても平然としていられるのは、不条理な世の中に害されることのないような、とことん恵まれた人たちだけだ。

私は闇に気付かざるを得なかった側の人間だ。私の大学時代はそこかしこに闇の気配が漂い、絶望と諦念の腐臭が充満した。死の側に追いやられず何とか踏み止まれたのは、これもまた知の光のおかげだった。それは太陽でも月でもなく、途方もない時空の彼方に仄かに灯る、いとも心細い、星明かりのような光だった。その光があるおかげで、私は自分を苛んでいるものの正体を見極めることができ、立ち向かい方を覚えた。

そんな仄かな光のうちの一つが、女性映画祭だった。女性と名がついているが、ＬＧＢＴなどセクシュアル・マイノリティを描く映画も上映されていた。もともと台湾では、女性とＬＧＢＴの権利回復運動は深く絡み合ってきた。台湾にクィア映画祭ができたのが二〇一四年と遅かったのは、女性映画祭がその役割の一部を果たしていたからだ。九〇年代に台頭したフェミニズム運動は、世紀末のクィア理論と合流して、新世紀で花を開き、大きく実った。様々な人種、国籍、文化、言語、性的指向や性同一性を持つ女性がスクリーンに映し出され、彼女たちの人生、歴史、葛藤、苦痛、恋情、性欲、価値観、政治観や政治運動について、場合によっては口で、場合によっては身体や物語で語っていた。暗闇に沈んでいた私にとって、多様な彼女たちの姿形が啓蒙であり、救いの光だった。映画祭は秋涼の一〇月に開催される。台湾プライドパレードが行われるのも一〇月。一〇月は私たちの月だった。毎年夏ごろから、私は一〇月を心待ちにしていた。

実を言えば、どんな映画を観たかはほとんど覚えていない。映画祭の過去の上映タイトルを調べても、いまいち思い出せない。ただ、色々観た気がする。二時間に及ぶ長篇もあれば、数分で終わるショートフィルムもあった。台湾の作品もあれば、それ以外の作品もあった。人生への模索、男に所有されることへの拒絶、女性用精力剤の開発と製造、Free the Nipple運動、女性同士の恋愛、ＢＤＳＭの実践、性別移行の葛藤、国籍や宗教や人種の狭間で戸惑い彷徨う姿――などを観た気がする。

はっきり覚えているのは、映画祭会場となっていた「新光影城」という映画館の光景だった。場所は若者の街・西門町。携帯ショップ、服飾店、ゲームセンターやレストランなどが雑然と混在している、薄汚れた「獅子林商業ビル」の四階にあった、三スクリーンしかない小さな映画館だ。「商業ビル」と名がついているが、アパートも入っているので実質的には雑居ビルだった。

映画祭のチケット代は貧乏な学生に優しく、一〇本で一二〇〇元（約四五〇〇円）だった気がする（当時）。早稲田松竹より安い。一人で一〇本見るのは流石に厳しいから、毎年友達と一緒に買って、四、五本観た。

新光影城周辺の環境は、混沌の一言に尽きる。映画祭の映画は大抵、平日なら夜に上映される。夜になると西門町は夜市になり、軽食や洋服を売る様々な屋台が現れる。その多くは違法経営で、警察がやってくるとそそくさと屋台を引きずって逃げていく。違法じゃない飲食店は、ちゃんとしたレストランもあるが、古くて薄汚れた食堂みたいなところが多い。店先の道路に机と椅子を並べて客席としたところもままあった。他にも、大道芸人、占い師、似顔絵描き、そして芸術大学の学生を騙って高価なペンを売りつける詐欺集団があった。が、それが台湾の繁華街によくある様相であり、子供の頃からそういう景色を見て育ったので気にはならなかった。

映画を観る日は、大学の授業が終わると地下鉄で西門町を訪れる。下りかけていた濃藍の夜の帳は、煌びやかなネオンに彩られていた。適当に雞排《ジーパイ》か何かで腹ごしらえをしてから、様々な食べ物の香りと車の排気ガスとが入り混じった臭いが漂う中、薄暗い獅子林商業ビルに入り、ギシギシ鳴るエスカレーターで四階まで上がる。四階に到着するまでの各階で目に映る景色もまた異様だった。シャッターを半分下ろしていて、営業しているかどうかも分からない店。時代に置き去りにされたようにぽつんと廊下に放置された古いアーケードゲームの筐体。怨霊が出没しても不思議ではない陰鬱な空間。あまりにも気味が悪くて、四階以外のフロアに足を踏み入れたことがない。

映画館自体はそれなりに綺麗だった気がする。三スクリーンのうち、映画祭に使われるのは一スクリーンだけ。会場では知り合いや友人とばったり会う時があり、それがまたサプライズだ。上映後にトークイベントが行われる回もあって、知り合いが登壇する時もある。映画やアフタートークが終わる頃には往々にして夜が深くなっており、街からは屋台が消え、人出もだいぶ減った。それでもどこかやり残した気持ちがあり、そのまま家に帰りたくなくて、友人と近くのマックに行き、終電の時間まで夜食を食べながら雑談に興じた。あの映画館の名前「新光」は中国語では「星光」、つまり星明かりと発音が似ているから、私の頭の中ではこの二つの単語は今でもヘンテコな形で結び付いている。「新光」に行った日は、夜更けの星明かりを浴びて帰るのだ、というふうに。実際には台北の繁華街では、星がほとんど見えなかったはずなのだが。

大学を卒業すると私は日本へ渡り、女性映画祭に通えなくなった。最後にあの映画祭に行ったのは二〇一五年、修士課程を修了し台湾に一時帰国した時のことだった。同じ秋涼の一〇月、プライドの季節。ただ、場所は新光影城から、歴史的建造物を再利用して作った光点華山映画館に移った。近くにはお洒落な雑貨ショップやカフェがあり、募金活動や署名活動をやっている若者もいた。あの陰気臭く、だけれど独特な雰囲気を漂わせる新光影城へ足を運ぶ理由はなくなった。

後になって知ったことだが、「獅子林商業ビル」は日本統治時代では東本願寺という寺院だった。国民党独裁時代に、そこは政治犯を監禁、拷問、処刑する場所となった。無数の生身の人間は家族と引き離され、理不尽に冤罪を被せられ、ここで拷問を受け、命を奪われた。ガソリンを浴びせられ生きたまま焼き殺された人もいた。商業ビルとして建て直され、社会が民主化してからもなお治安が悪く、多くの殺人事件、誘拐事件、窃盗事件が起き、犯人の隠れ蓑にもなっていた。これらのことを知ると、あの場所の暗い雰囲気もなるほどと頷《うなず》ける。

これもまた、一つの啓蒙だ。闇に葬られ、忘れ去られた歴史の地層の上で、新しい人間が生まれ落ち、生きている。蒙とは、隠され、覆われることであり、無知であることだ。無知の人間ほど統治し、支配しやすいものはない。世の中には、多くの不都合な真実を隠そうとする人たちがいる。彼らはありとあらゆる手段で、人々の目を覆おうとし、知を奪おうとする。啓蒙とは即ち、目隠しを外そうとする努力だ。パンドラの箱が病や災いをもたらしたように、啓蒙もまた苦痛を伴う。啓蒙の光は星明かりのように仄かで心細く、闇を照らすことはきっとないだろう。それでも、夕闇に浮かぶ一番星を見つけることができれば、次々と現れる星々はやがて星座を結び、道標となってくれるに違いない。

（二〇二一年七月）

生産性のない初恋

an・an「焦がれる気持ち」特集に寄せて

対人恋愛を想定したと思われる「焦がれる気持ち」という特集名に早速冷や水を浴びせるようで悪いが、恋愛の素晴らしさについて語る気にはなかなかなれないものだ。世の中は恋愛が全てではないし、恋愛感情を抱かないAセクシュアルの人々だって存在する。恋愛がいかに幸せなものかということについて語る度に、「恋愛しろ」という世の中の見えない圧に苦しんでいる人たちを更に苦しめてしまうのではないか、と危惧する。何しろ、そんな圧は途方もなく巨大で、私たちの周りのありとあらゆるところに潜んでいる。子供の時から王子様とお姫様のおとぎ話を読まされ、少女漫画コーナーに足を踏み入れるときらきらした恋物語が積んであり、インターネットに繋げばマッチングアプリのCMが流れ、電車やバスに乗れば結婚相談所の広告が目に飛び込んでくる。何とも煩わしくて逃げ場がない。

しかも、そうした恋愛は大抵、何らかの「標準的」な形をなぞっている。一対一であること、男性と女性であること、ゆくゆくは結婚をし、同じ姓になり、家族を築き、子を産み育てることを目標とすること——そんな形から少しでも踏み外すと、「幸せ」の定義から外され、異端として白い目で見られ、場合によっては陰謀論者から「共産主義の陰謀」「日本を弱体化する試み」と濡れ衣を着せられ、政治屋からは「生産性がない」「種の存続に背く」「道徳的に認められない」「広まれば足立区が滅びる」「国が潰れる」などと罵詈雑言を浴びせられる。女性を恋愛対象とするレズビアンとして、これらの現実を目の前にしてなおも無批判に現状を追認する形で恋愛礼賛の文章をしたためるようであれば、無邪気を通り越してもはや罪というものだろう。

それでも、今なら信じられないほど、昔の私は恋に憧れる少女だった。恋に焦がれる乙女だった。無理もない。数千年もの間に、人類は様々な詩歌や物語で恋愛を賛美してきた。三千年前に、三百余首の詩を収め、後に「五経《ごきょう》」の一つとなった中国最古の詩集『詩経《しきょう》』では、「関雎《かんしょ》」という民謡が巻頭を飾っている。「関関雎鳩、在河之洲。窈窕淑女、君子好逑（雎鳩《ミサゴ》は黄河の中州で鳴いているよ、麗しき女性は君子の良き伴侶になるよ）」——後の世に政治的な要素で「皇后の徳を賛美する詩」という牽強付会《こじつけ》の解釈を加えられたが、その本質は求愛の詩だった。

このような愛を謳う素朴な民謡は枚挙に暇がなく、最も有名なのは今から約二千年前の「上《じょう》邪《や》」というものだろう。その詩はこうある——

「上邪、我欲与君相知、長命無絶衰。山無陵、江水為竭、冬雷震震、夏雨雪、天地合、乃敢与君絶（神よ！　私は神に誓おう！　あなたとは永遠に分かり合い、分かち合い、愛し合うことを。いつか山が崩れて尾根が消え去り、長江の水が涸れ果て、冬に雷が轟々と鳴り響き、夏に雪が降りしきり、天と地が一つになってしまう——そんな日が来てはじめて、あなたと別れることとしよう！）」

なんて深く、なんて美しく、なんて絶望的な愛よ！　そこまで決然とした口調で愛を詠い切れる上古の民の純朴な一途さに、思わず心を惹かれてしまう。

　時代が下り、専ら統治階級によって独占されたエリート文学、即ち五言絶句や七言律詩といった「近体詩」が登場した後でも、恋愛の詩は数え切れないほど作られた。民謡の素朴さを脱し、言葉選びや構造、韻律、平仄《ひょうそく》、リズムなど様々な面で技巧が凝らされるようになったが、内容は上古の民と同じ「普遍的」な恋だった。白居易は「長恨歌」で唐の玄宗《げんしゅう》と楊貴妃《ようきひ》との悲恋を詠い、「在天願作比翼鳥、在地願為連理枝（空でなら比翼の鳥でいたい、地上でなら連理の枝でいたい）」という二文が千古の名句となったが、亡き楊貴妃に対する玄宗の追憶を描く四句「鴛鴦瓦冷霜華重、翡翠衾寒誰与共。悠悠生死別経年、魂魄不曾来入夢（鴛鴦《オシドリ》のように対を成す瓦は霜が積もって冷たく、つがいの翡翠《カワセミ》の刺繍が施してある布団も共にする人がいない故に寒い。生死を遠く隔てたまま早くも年月が過ぎ去り、故人の魂は夢にも現れることがなかった）」もまた傑作だ。李商隠《りしょういん》の「春蚕到死糸方尽、蝋炬成灰涙始乾（春の蚕は死ぬ時になってはじめてその糸が尽き果て、蝋燭は燃え尽きる時になってはじめて涙が乾く。それと同じで、あなたに対する私の想いは死ぬまで尽きない）」や、范成大《はんせいだい》の「願我如星君如月、夜夜流光相皎潔（願わくは、私は星であなたは月となり、毎夜毎夜互いを照らさんことを）」もそれぞれ有名だ。月に向かって乾杯し、酔っ払うと自分の影とともに踊り狂い、水に映る月を掬おうとして溺れ死んだ逸話で有名なあの酔狂な李白《りはく》でさえ、遠出の夫への妻の焦がれる気持ちを描く「長干行」という詩を残している。この詩の冒頭「妾髪初覆額、折花門前劇。郎騎竹馬来、遶床弄青梅（私の髪の毛がようやく額に垂れ下がる幼い頃、門の前で花を折って戯れていた時、あなたは竹馬に乗ってやってきて、ベッドの周りを走り回りながら青い梅を手に遊んでいた）」では幼馴染の男女の姿が描かれていて、それが後に幼馴染の男女を指す「青梅竹馬」という成語になった。

以上に挙げた恋の詩歌は、私が高校時代までに読み、暗誦したものの百分の一にも及ばない。別に知識を見せびらかしたいわけではない。私たちの文化がいかに洗脳のように、恋の美しさと素晴らしさを繰り返し説いてきたか、体験してもらうために列挙しただけだ。そして文学少女だった私はこれらの詩句を美しきものとして、自分の中に大量に取り入れては心酔した。実際、これらの作品は美しく、描かれている情念も魅力的だ。そんな言葉にどっぷり浸かっていると、恋に憧れを抱き、恋に恋い焦がれるようになるのもごく自然なことだろう。

初恋が到来したのは高校二年生の時だった。相手は部活で知り合った別の高校の女の子。私たちはどちらも文学が好きで、よく小説の話をしたり、詩を諳んじ合ったりした。私は彼女の読書量に敬服していたし、彼女も私の文才を惚れ込んでいた（李商隠みたいな繊細な才能だね、と彼女は言った）。身体の関係は望まなかった。私は身体より、心の、精神の、魂の交流を大事にする性格で、プラトニック・ラブこそが真の愛の形だと思っていた。学校が違うし家のルールもあるので、彼女とは頻繁に会うことができず、メッセンジャーとＳＭＳ（ショートメッセージサービス）で緩やかに繫がっていた。

あの頃、私は李清照《りせいしょう》と趙明誠《ちょうめいせい》みたいな関係性に憧れていた。李清照は北宋時代の人であり、中国文学史上で最も有名な女性詩人で、数多くの名詩名句を後世に残しており、趙明誠はその夫だ。歴史書によれば、二人は知的レベルも釣り合うし趣味も合致するので、李清照は才女としては珍しく、幸せな夫婦生活を送っていた。古い書物や器物をこよなく愛する二人は衣類を質に入れてまで気に入った書画や骨董を市場で買い集め、寝る間も惜しんで賞玩していたという。また、二人はこんな遊戯にも興じていた。まずお茶を二杯淹れておく。そして、夫婦のうちどちらかが適当な歴史的な出来事を述べ、もう一人が部屋の隅っこに積んである本の山を指で差しながら、その出来事が何という本の何巻目、何ページの何行目に書いてあるかを当てる。当たったらお茶を飲んでいいし、当たらなかったら罰としてお茶はお預けとなる。実にインテリっぽい風雅な遊びだ。

私も初恋の相手と文芸的な遊戯をしていた。流石に李清照夫妻のような芸当はできないが、対句を作ることはできる。片方が上の句を出すと、もう片方は文字数、品詞、平仄、リズムなどを合わせ、下の句を作らないといけない。恋する文学少女には持って来いの遊びだ。品詞や平仄を合わせようと言葉をこねくり回しているうちに、心までもがぴったり合い、気持ちが通じ合う。ような錯覚に陥ることができた。

今にして考えれば実に滑稽なことだ。恋愛が世界の全てではないように、文学も世界の全てではない。文学の才能の有無は、恋愛の才能の有無とも一致しない（というか、多くの場合それは反比例する）。大体、李清照と趙明誠は男女カップルだ。異性愛者だし、自由恋愛ではなく親に命じられて結婚したのだ。そんな二人に憧れてどうするというのだろう。しかしあの頃、私にはロールモデルが全くいなかった。世界に受け入れられない性質を、少数派に分類される属性を抱えていると微かに気付いてはいたが、それでも何とか自分自身を世界の既知の部分に当てはめるしかなかった。そうすることにより、自分は逸脱していないという振りをするしかなかった。そんなことには自ずと限界があり、時が経つにつれ世界との間で軋《きし》みが生じ、辛くて、苦しくて、痛くて、その辛さと苦しみと痛みは心の中で微かな悲鳴を上げ、やがて目を背けることのできない甲高い異音を鳴り響かせるに至った。

李清照夫妻の縁は三十年近く続き、趙明誠の四十九歳での急死によって幕が下りた。私の惨めな初恋は僅か一か月であえなく破局を迎えた。はっきりした理由は分からないが、ある日突然別れを切り出された。後になって考えれば、思い当たる節はいくらでもあった。何しろ、二人とも未熟な高校生で、平穏な恋を維持するにはお互い幼稚過ぎた。破局はある意味必定だったのだ。それでも初恋というのは常に鮮烈なもので、その破局もまた大きなインパクトを伴った。大きく絶対的な暗闇の塊が空から落ちてきて、世界中の明かりを一斉に消したように感じた。別れを切り出された時は、「十年間待ってほしい。十年後になっても想ってくれていたら、その時にまた付き合おう」と言われた。ふざけるな、たった一か月の恋に十年もの歳月が賭けられるか、と今だったらそう笑い飛ばせるが、当時の幼い私は愚かにも真剣に、十年後に自分は何歳になるのか、どこで何をしているのか、まだ生きているのか、などと考えていた。破局は冬の出来事で、それからの半年間はまるで記憶がなかった。気付けば夏が来ていた。恋の傷には瘡蓋《かさぶた》ができ、時おり痒くなるが、痛みは癒えた。

いかに鮮烈な恋でも、破局してしまえば生産性はゼロになる。私の哀れな初恋もまた生産性がゼロに近い。生産性と言えばこのエッセイの原稿料くらいだ。しかし、生産性のない恋をしたって、あるいは恋などしなくたって、何も悪くない。悪いのは、人間の生まれ持つ属性や、選んだ生き方、ひいては日常的な行いや営みの一つ一つに対し、「自然」「道徳」「生殖」「生物学」「生産性」「国益」「公序良俗」などといった独善的な尺度を押しつけ、それによって人間の価値を断じようとする社会の暴力性だ。

（二〇二二年三月）

ロクな恋

振り返れば、ロクな恋をしてこなかった気がする。

もちろん、それなりに付き合った経験はある。ただ、それらがいい経験だったかどうかと訊かれると、首を捻ってしまう。付き合って一か月で振られたこともあれば、逆に相手の束縛に耐えられず二か月でこちらから別れを切り出したこともある。交際相手がいきなり音信不通になりそのまま消えたこともあれば、別れた後にストーカーと化し警察沙汰にまで発展したこともある。性格や価値観が合わず何度も喧嘩を繰り返したのち破局を迎えたこともあった。

普通に生活していれば至るところに出会いのチャンスがごろごろ転がっている恵まれた異性愛者とは違い、同性を恋愛対象とした場合、出会いの場は極めて限られている。金を払ってイベントに参加したり、出会い系サイトやアプリを使ったりしなければ、同じ性的指向の人と出会う確率は絶望的に低い。私も二十代のうちにさんざん恋活をしたが、残念ながら幸せな恋に恵まれることはついになかった。出会い系サイトで知り合った人と写真を交換したら、「眼鏡の人は嫌だ」と言われそのままブロックされたこともある。おかげさまで二十代は傷だらけの日々だった。

数千年前から、人間は恋というものにロマンティックな幻想を抱いてきた。恋というのは生まれる前に失われた半身を探し求める旅だとプラトンは言った。シェイクスピアは命をも惜しまない感動的な恋の悲劇をいくつも編み出した。千年を越える恋や、生死を越える恋、種の境界を越える恋など、そういった類の神話や伝説も世界各地に残っている。中国の民間伝説『白蛇伝《はくじゃでん》』では白蛇の精・白素貞《はくそてい》が人間の男に恋をしたため雷峰塔《らいほうとう》の下に十数年も封印され、『聊斎志異《りょうさいしい》』では人間の男性と幽霊の女性の恋を描く作品がいくつも収録されている。若い男女の恋愛を描くメロドラマは、今でも毎年大量生産されている。

ところが、現実の恋というのは、本当は極めて厄介で、面倒で、退屈なものかもしれない。生まれ育った環境も、家庭背景も、性格も価値観も趣味も異なり、（多くの場合において）性別も別で、（たまには）国籍も操る言語も違う相手と出会って、付き合い、歩み寄り、互いに適応していき、更には生活をともにする。それはどう考えても途方もない努力を要する長いプロセスであり、しかも報われる保証はどこにもないのだから少しも合理的ではない。恋愛は人間の脳内物質の化学反応によるものだと脳科学者は言う。だとすると、いつかその物質を操る方法を見つければ、人間はいよいよ不合理極まりない恋愛感情から解放され、解脱に至れるかもしれない。

などとクールなことを書いてきたが、私自身もまた性懲りもなく恋を探し求め続ける愚かな人間の一人であり、私が書いてきた小説においても恋は大事な要素になっている。ただ、ロクな恋をしてこなかったせいか、私の描く恋はどうやら理想化されるきらいがあるらしい。その代表格が『五つ数えれば三日月が』の主人公・林妤梅《りんよばい》の、片想いの相手に対して七年間抱き続けた、無垢で純粋な悲恋なのだろう。何もかも猛スピードで移り変わる現代社会において、既婚者に対して七年間も片想いをこじらせるのは、いくら何でもコスパが悪すぎる。私自身がそのような恋情を抱いたことはないし、これからも抱くことはないだろうが、世の中には色々な人間がいる。林妤梅のような一途な人間も、いないとは限らないのだ。

同性愛者の間でたまに話題になるのが、「自分自身と付き合えるかどうか」という問題だ。周りの何人かの同性愛者に訊いた結果、ノーと答える人が大半だった。曰く、自分自身の嫌なところは自分が一番よく分かっていて、隠しようがないから到底付き合えそうにないらしい。私はどちらかと言えばイエスだ。もし自分と全く同じ人間がいたら、たとえそれが自分のクローンでも、その人が最高の恋愛相手となろう。別に自分が大好きだというわけではない。論理的な結論だ。性的指向も性的嗜好も、性格も価値観も趣味も何もかも同じで、あらゆる秘密や情動を共有できる人間なら、これほど理想的な恋愛相手はいないのではないか。たとえその人に何か嫌なところがあったとしても、それは自分自身にもあるものだから責められやしない。恒久的平和を保てる自信がある。

「付き合うのは自分と似ている人間がいいのか、それとも正反対の人がいいのか」という古典的な設問があるが、私は似ていれば似ているほどいいし、何なら完全なる鏡像が望ましい。まあ、こんなひねくれた考えを持っているからこそロクな恋をしてこなかったのかもしれないが。

残念ながら人間のクローン技術が成熟するまでまだ暫くかかりそうなので、今のところは幸せな恋を探し求めて浮世を彷徨い続けるしかなさそうだ。

（二〇二一年九月）

愛おしき痛み

その日、私は歌舞伎町のラブホテルで待っていた。

湿っぽい梅雨の季節だったと思う。エアコンの効く部屋に暫くいると、外でかいた汗が乾いてさっぱりした。服とブラジャーを脱ぎ、持参の長襦袢に着替え、腕時計を外し、長い髪の毛を一つに束ねた。上着をハンガーにかけ、財布の入ったかばんも慎重にクローゼットにしまう。必要な分の紙幣だけ、あらかじめ財布から抜き取って手元に置いておく。これで準備完了。妙に儀式めいた準備作業だね、と心の中で自分に言うと、恥ずかしい気持ちが湧いてきた。まだ誰も来ていないのに、部屋に入った瞬間からずっと緊張している。鼓動がいつもより速まっているのがはっきり分かる。

気持ちを落ち着かせようと、私は部屋を見回した。ラブホテルというのはここで行われているであろう行為の原始性に比して、その内装と設備があまりにも立派に整い過ぎているといつも思う。ふかふかのダブルベッド、鮮やかな色の革張りソファ、大きなテレビ、煌びやかな照明、広いバスルームとジェットバス、バラエティー豊かなアメニティ、そして飲み物や避妊具、アダルトグッズを販売する小型自販機——太古の人間が荒野や洞窟の中で行っていたのとそっくり同じ行為をするために、現代人はこんな小綺麗な箱を無数にこしらえていることを思うと、少し滑稽な気持ちになった。

約束の時間になると、電話が鳴り出した。お、連、れ、の方がお見えです、と受付の人が事務的な口調で告げる。お連れの方、と私は暫くこの言葉を玩味した。なんて便利な日本語。具体的な関係性に少しも踏み込まないこの言い回しは、現代社会の都市生活の礼儀に実に適っている。案内をお願いします、と私は言った。

数分後部屋に入ってきた「お連れの方」は、見た目から判断しておよそ四十代だった。上にTシャツを着、下に花柄スカートを穿き、小さなスーツケースを引きずり、マスクをつけ、額が少し汗ばんでいるその姿は、ごく普通の中年女性に見える。当然、彼女とは初対面だ。

先に精算をお願いします、と言われ、用意しておいた紙幣を差し出すと、彼女はそれを数え、金額が間違っていないことを確認した。

「確かに頂戴しました。では、先にシャワーをどうぞ」

言われた通りバスルームに入り、簡単にシャワーを浴びた。髪までは洗わなかった。

バスルームを出た時、彼女は既に業務用の装束に着替えていた。光沢のあるレザー製のボディスーツに、高いピンヒールの長ブーツ。ボディスーツは胸元に穴が開いていて、柔らかそうな乳房が半分剝き出しになっている。先刻とは見違える、絵に描いたような女王様だ。スーツケースも開かれていて、中には彼女の仕事道具が入っている。茶色と赤の麻縄に、様々な一本鞭、バラ鞭、スパンキングパドル……

それらで痛めつけてもらうために、私は彼女を呼んだのだ。

二十代前半から、私は日本のSM界に出入りしていた。

「出入りしていた」というのは本当に「出入り」だけで、「入り浸る」でもなければ「のめり込む」にも至らなかった。一か月に一回から数か月に一回の頻度で、縄会や鞭会などの集まりや、繁華街にあるSMバーに顔を出していただけだった。

SMというおどろおどろしい響きとは裏腹に、そうした集まりは常に和気藹々としていた。お菓子と飲み物が用意され、参加者がケーキやアイスなどの差し入れを持ってくることもあった。みんな思い思いにお菓子を食べながら雑談したり、縄を回したり鞭を振るったりした。

縄も鞭も、私はいつも受ける方だった。縛られたり鞭打たれたりするのは好きだが、誰かを縛ったり鞭打ったりする気にはならない。そんな欲望を持っていないし、他人を痛めつけるのも性に合わない。それに、縄や鞭の技術を学ぶのも億劫だ。私以外にも受け手がたくさんいた。会では縛り手／打ち手が受け手を誘い、合意の上で縛ったり鞭打ったりする。誰かが縛られたり鞭打たれたりしている間に、他の人は見学しながら、縄の回し方や鞭の振るい方に賞賛の溜息を漏らしたり、助言したりした。

若い女の子もたくさんいた。最初のうちは恐る恐る接したが、何回か会っているうちにみんな仲良くなった。どこにでもある女子会のように、私たちはお菓子を頬張りながら、アニメやアイドルといった趣味の話に花を咲かせた。縛り手／打ち手から誘われたら、よっしゃるかという具合に立ち上がり、着替えたりトイレを済ませたりと、縄や鞭を受ける支度をする。

外の世界の人からすれば、そこはさぞかし異様な空間に映っていたのだろう。長襦袢一枚だけしか身につけていない女の子が麻縄で縛られて吊られたり、鞭で打たれ悲鳴を上げたりする様を、何人もの人間が品定めでもしているように真剣に鑑賞し、そのすぐ傍らで、他の女の子がお菓子を食べながら、何もなかったように談笑している。しかしSM愛好者にとって、そこは普段隠さなければならない欲望を人に見せられる、ほぼ唯一の場所なのだ。みんな年齢も性別も経歴も職業も違うし、素性も本名も明かさないけれど、SMが好きという たった一つの共通点だけで繋がっていた。そんな場に身を置くとほっこり安らぎを感じ、安心感に包まれた。

SMの世界、とりわけ日本のSM界では、「男＝縛り手／打ち手／S」「女＝受け手／M」という図式が圧倒的に多い。SM関係の縁でくっついたカップルをたくさん見てきたが、「S男＋M女」の組み合わせが圧倒的絶対多数で、稀に「S女＋M男」のパターンも見られた。同性カップルは見たことがない。SMバーの料金設定も、カップル料金は男女カップルしか想定されていないものがほとんどだ。

加えて、どの縄会や鞭会、SMバーに行っても、女性は二十代の若い子もいるが、男性は大抵

四、五十代以上のおじさんで、若い男性はほとんど見かけない。したがって、十歳〜二十歳差のある男女カップルはSM界隈では決して珍しくない。
女性を恋愛対象とする女性として、私は男に身体を触られることに本能的な抵抗感を覚える。しかし縛ってもらう時に当然、身体的接触は避けられない。とはいえ、女性の縛り手はほとんどいない。男性でも、年が近ければまだ我慢できるが、自分より二十も年上の男に触られるのは嫌悪感が先行するので、全身全霊で緊縛を楽しむことは到底不可能だ。

公平を期して言うと、縛り手の男たちは大抵いい人だった。本気で縄が好きで、それなりにお金と時間を費やして研鑽を重ねてきた人ばかりで、合意なしに女の子に乱暴したり、縛る時にセクハラを働いたりするような不逞の輩はそう多くない。おじさんしかいないのも、縄や鞭をマスターするために必要なお金と時間を若い男がなかなか持てないからだと思われる。緊縛講習会にしろSMバーにしろ、男性料金は常に高めに設定されており、緊縛用の縄も、SM用の鞭もそれなりに高価だ。そして何事もそうだが、縄と鞭の技術はきちんと時間をかけなければ身につかない。人間を相手にするものだから、中途半端は許されないのだ。

だからこそ、SMの世界に行くと、私は途轍《とてつ》もなく異性愛者のことを羨ましく思う。SMという圧倒的なマイノリティの世界の中でも、私はやはりマイノリティのままだ。

日本にSMクラブというものがあると知ったのは、十八歳くらいのことだった。

当然、きっかけは万能のインターネット。誰にも打ち明けられない秘密の属性を抱え、独りで悩み苦しむ人にとって、インターネットは広い世界への、自由の扉だった。

しかし、私はＳＭクラブを利用しなかった。料金面のハードルはもちろん、そもそもそれらのサービスが想定している客はほとんど男性だった。被虐願望を持つＭ男を相手に女王様が苛めるもの、逆に加虐願望のあるＳ男にＭ女が奉仕するもの——とにかく、私の欲望はそこでは無いものにされていた。

二〇一〇年代中頃から、女性が女性に接客する風俗店——いわゆる「レズ風俗」——が脚光を浴び、女性が抱く多様な欲望にようやく光が当たった。その流れの中でＭ女性専用のＳＭクラブもでき（キャストが全員男性なのは残念だが）、既存の男性向けＳＭクラブも女性用プランを打ち出した。

「せなちゃんは、痛いの平気なの？」女王様はスーツケースから縄を取り出しながら訊いた。長引くコロナ禍で縄会やＳＭバーに行けず、無数の虫が蠢くようなむらむらが身体の奥底から湧いてくるのにとうとう耐えかねて、私はＳＭクラブの女性用プランの利用に踏み込んだ。せなというのは身バレしないように適当につけた名前だ。漆黒の装束を身に纏っている女王様は、感染症対策としてマスクをつけている。ボディスーツに合わせて黒のマスクにしているが、ＳＭとマスクという組み合わせはあまり似つかわしくなくて、どこか滑稽さが漂う。そもそも、いかにも女王様という風体は私の好みではない。世の中にはレザーフェチの方もたくさんいるが、私はそうではなく、どちらかといえばもっと奥ゆかしい格好が好きだ。が、そこで文句を言う私でもない。

「大丈夫、だと思います」恥じらいを隠せず、私はしどろもどろだった。

私の腕を背中で組ませると、女王様は縄を回し始めた。しかしすぐに手を止め、

「せなちゃん、今日は半袖?」と訊いた。

「はい、半袖です」

女王様は暫く考えてから、スーツケースからハンカチを何枚か取り出し、私の手首を包み、肌と縄が直接触れないようにした。

「痕が残らないようにね。帰りの電車の中でとか、見られると嫌でしょ?」と女王様が言った。

気遣いは嬉しいが、少しがっかりした。縄の愛《いと》おしい痕を撫でながら余韻に浸るのが私は好きなのに。知人ならともかく、電車の中で赤の他人に縄痕を見られるくらい、私は何とも思わないのに。

女王様の熟練した手つきに操られ、赤い麻縄が私の手首、腕、胸、肩回りを締め付けていく。心なしか、女王様もどこか緊張しているように感じられた。普段は男性客ばかりを相手にしているから、女王様とて女性客は慣れていないのかもしれない。それで力加減を迷っているのかもしれない。現代では、女性であるだけで様々な場面で気を配ってもらえる。それはもちろんありがたいことだが、そんな気配りは常に様々な不自由と表裏一体でもあるのだ。

簡単な後手縛りが出来上がると、女王様は私の背中の縄を掴み、私をベッドに放り込んだ。布

団に顔を埋めたまま、命じられた通りお尻を突き出すと、鞭が振り下ろされる音とともに痛みが走った。待ち望んでいた痛みだった。最初のうちはウォーミングアップのような軽い痛みだが、次第に力が強まっていき、鋭く強烈な痛みに変わっていった。私は必死に堪《こら》え、時に悲鳴を上げた。大丈夫？　と女王様は心配そうに訊いた。大丈夫、とくぐもった声で返事し、私は自分の身体に降りかかってくる次の痛みを待った。

物心ついた時から、私は縄と鞭に惹かれていた。

縄と鞭だけではない。手錠、足枷、首枷、鎖、磔《はりつけ》台、笞《ち》刑《けい》用の笞《ち》や杖《じょう》――およそ古くから拘束や拷問に用いられ、奥ゆかしさを感じさせる刑具であれば、私の注意を引いていた。

小説やゲーム、テレビドラマなどで拷問のシーンが出てくると、私はいつも視線が釘付けになった。小説はまだ繰り返し読めるが、ドラマは見返せないのが口惜しかった。当時、『仙剣奇侠《せんけんききょう》伝《でん》』という武侠ファンタジーＲＰＧが中華圏で流行っていた。ゲームの中で出てくる、主人公が笞刑を受けるシーンや、第一ヒロインが鎖で巨大な剣の柱に縛り付けられているシーン、第二ヒロインが獄に繋がれているシーンにとにかく憧れていた。男子たちが国語辞書でエッチな言葉を調べる話をたまに聞くが、私が調べていたのは「縄」「笞」「鞭」「縛」「刑」「手錠」「足枷」「断頭台」といった言葉だった。

小学生の頃、両親が出かけていて家には自分一人しかいない時、私は綿ロープで自分の手足や腰を縛ったり、椅子から取り外した木の板でお尻を叩いたりして遊んだ。さほど腕力のない小学生が腕を背中に回して自分のお尻を叩いても大して力は入らないが、それでも数十、数百回と叩くと、肌が切れて血が出ることもあった。ティッシュで血を拭き取ると、どことなく満足感を覚えた。親とは部屋が別なので、寝る時も、手足を縛ってから寝ることもあった。縄で縛られる拘束感や、肌に加えられる痛みが、私にとっての愉しみだった。これはきっと普通ではない、そうはっきり分かっていながらもどうしてもやめることができなかった。

こんな妄想をしたこともあった。新世紀に入ると科学技術が進歩し、拷問体験マシンなるものが発明される。そのマシンを使うと、鞭打ち、笞刑、針刺し、緊縛、縄や鎖による吊り、指の締め付け、磔、火刑、ギロチンなど、どんな拷問でも体験できる。中世のヨーロッパか、古代の中国か、本当に罪を犯して刑罰を受けている状況がいいか、濡れ衣で受難しているだけという状況がいいのか、よりどりみどりだ。そして、あくまでバーチャル空間での体験だから、実際の肉体に後に残るような傷がついたり、命を落としたりすることはない。

それはまだ性や愛、ＳＭやスパンキングといった言葉も知らない年齢だった。そんな年齢から、私は拘束感や肉体的な痛みを希求していた。何故そうなったのかは今でも分からないし、今後も分かることはないだろう。精神分析の観点でいくらでも推測はできるかもしれない——それこそフロイトのお手の物だ——が、私の体感として、そんな押し付けがましい分析は押しなべてデタラメに過ぎない。お尻を叩かれると痛みを鎮める脳内麻薬《エンドルフィン》が分泌されるので、被虐願望がエンドルフィン中毒の表れだという説もあるが、こちらも腑に落ちない。恐らく加虐願望も被虐願望も、全ては遺伝子コードに書き込まれていたのだろう。そうとしか思えないし、それが一番体感に近い。大人になって、SMという言葉を覚えた。それが一種の（ややもすれば倒錯的な）性的嗜好として世間に認識されていることも知った。しかし私にとってSM的な欲求はあくまで肉体的なもので、それは性愛の一形態たりえない。性や愛を知るより遥か前に、そんな欲求は既に私の中で存在していたのだ。それは相手の存在を求める必然性もなければ、性的快感とも異質な快楽である。私にとってSMは嗜好よりも指向、性欲よりも性癖（元の意味での「性癖」、つまり「性質上のかたより、くせ」）なのだ。SMは日本語では「加虐／被虐性愛」と訳されることがあるが、性愛との結び付きを前提としていることの訳語にはかねてから違和感がある。中国語の訳語「愉虐」の方がずっとしっくり来る――「虐」はあくまでも「愉」しむものなのだ。「辛い」というのは味覚ではなく痛覚らしいが、あるいは私の痛みへの欲求は、辛い物が好きな人たちのそれとは質的に大して違わないのかもしれない。

しかし、性とも愛ともリンクせず、他者との関係性も求めず、ただ純粋に痛みを愉しむというSMのあり方は、SMの世界でも少数派のようだ。多くの人はSMをフェティシズムやエロスに接続させたり、そこに主従関係などの関係性を求めたりする。

「私は思うんだけど、SMって関係性なのよね」

歌舞伎町のラブホテルで会った女王様でさえそう言った。

「例えば、今ここには私とせなちゃんしかいない。私たち二人の特別な時間。最初はお互いのことをよく知らないけど、時間を積み重ねていけば、特別な関係性が出来上がる。それがＳＭの醍醐味だと思うの」

言わんとすることは分かるが、私はたぶん、それを求めてはいなかった。私は再度、自分がどこまでもマイノリティだと思い知った。

このようなＳＭ観とそれにまつわる葛藤を、私は「流光」という小説で書いたことがある。しかし担当編集者も評論家も、誰一人そこを読み解ける人はいなかった。

「主人公のＳＭ的な嗜好を遺伝子のせいにするのは良くないですね」

打ち合わせの時、担当編集者はそう言った。「昼間の世界で満たされないところがあって、それをＳＭの世界に求めてるって設定にしてはどうでしょうか？　その方が世間一般が考えるＳＭのイメージに近いと思います」

「世間一般が考えるＳＭのイメージ」のお手本として、私は担当編集者から羽田圭介さんの『メタモルフォシス』を手渡されて読んだ。なるほど、確かにこちらの方がＳＭの世界に対する世間一般の固定観念に近いのだろう。しかし、何故私は二十数年抱いてきた実感をかなぐり捨てて、世間一般の固定観念に迎合する必要があるのだろうか？　とはいえ、当時の私はまだデビューしたばかりの新人作家だったので、自分の意見を強く主張することもできなかった。納得できない思いを抱きつつ、結局「流光」は担当編集者の意見を取り入れ、何とか落としどころを探る形となった。ちなみに、「流光」が『群像』で発表された後、評論家の矢野利裕さんは『文學界』の新人小説月評で「物神《フェティッシュ》的な描写を求めたい」と批判した。いや、それはまさに私が意図的に抑えようとしたものなのだが。

鞭が空気を切る音、けたたましい打撃音、そして私の悲鳴が木霊していた部屋は、女王様が帰ったあとはすっかり静まり返った。世間一般が考えるSMのイメージより、ここで起こっていたことは実に単調だった。部屋には吊り床がなく、吊ってもらうことができないので、大半の時間、私はただベッドでうつ伏せになり、背中、お尻、太ももに降りかかってくる痛みを、歯を食いしばって堪《こら》えながら愉しんでいただけだった。「痛みを通して自己の存在を確認する」とか、「肉体的な痛みで心の痛みを和らげる」とか、「表の世界で溜《た》まったストレスをSMで発散している」とか、SMに対するそんなありきたりな想像は、私の場合、合致しなかった。ただ痛めつけてもらっただけだけど、これでも一応、「風俗を利用した」ことになるのだろうか。ベッドに横たわり、肌にひりひりする痛みの余韻を味わいながら、私は考えた。「風営法」では「性風俗産業」の定義について、「異性の客の性的好奇心に応じてその客に接触する役務」という言葉が度々出てくるが、私の場合、異性でもなければ、性的好奇心とも関係がない。接触だって大してしていない。

要するにこういうことだろう。現実の人間の欲求は極めて多種多様にして千差万別で、簡単にカテゴライズすることができない。にもかかわらず、法律や制度、政治、行政、そして社会そのものがどこまでも硬直していて想像力に欠け、人間の多様性にまるで追いついていないということだ。

ベッドから立ち上がり、私は長襦袢を脱ぎ、下着を下ろして裸になった。洗面所の鏡に、自分の裸身が映し出される。お尻はすっかり赤く腫れ上がっていた。触ってみるとカイロのように暖かく、腫れている箇所はしこりができたように硬い。背中にも鞭の痕が這い回っていて、小さく可憐な赤い花が咲き乱れているように見えた。縄痕はほとんどなく、肌が切れているところもないようだ。背中の痕が一日もすればなくなり、お尻の腫れが二日後には内出血の紫の痕に変わり、どちらも一週間後には綺麗さっぱり消えているであろうことを、私は知っている。それでも今この瞬間、私はこの身体をとても愛おしく思う。

（二〇二二年一月）

何物かである小説

セクシュアル・マイノリティを描く時に私の描くこと

昔、小説を読んでいて、ささやかな疑問を抱いたことがある。日本の松浦理英子や中山可穂といい、台湾の陳雪といい、どこか「ビアン小説」「同性愛文学」と呼ばれるのを本人が嫌がっているように見えたのは何故だろう。書いている小説は女性同士の恋愛がテーマのものが多いから、胸を張って「レズビアン小説です」と言ってくれれば、当事者の読者にとってどれくらい勇気づけられたことだろう。

ところが、自分がデビューしてみて、分かった気がする。結局、昔も今も、作家側が「これはレズビアン小説です」と言えるほど、文学環境（いわゆる「文壇」）はまだ健全ではないというのが主な原因ではないだろうか。

つまり、一度「ＬＧＢＴ小説」「同性愛文学」と表明してしまえば、読む側（文芸評論家ひいては一般読者）はそれ以外の読みを探る努力を怠ってしまいがちだからだ。文芸作品というのは書く側と読む側の協働があってはじめて完成するものだから、読む側が努力を怠れば、それだけ作品の奥行きが狭くなる。そしてそれがまさに作家の一番危惧する事態なのだ。

当たり前のことだが、私たちはある作品を指差して、「これは異性愛文学だ」「これは社会人小説だ」と言って、分かったつもりになったりしない。「日本文学なんてそんなもの」「歴史小説なんて最近書いている人が多くてもう飽きた」と十把一絡げにして語るのが乱暴なのは自明だろう。読者は「異性愛文学」を読むのではなく、それぞれの「作品」を読み、その真価を見極めようと努力する。

ところが「LGBT小説」「レズビアン文学」となると話は違ってくる。作品を読み解こうとする努力を怠り、「LGBT小説だ」などとラベリングを貼って、それだけで分かったつもりになるような怠惰な文芸評論家は、まだたくさんいるのだ。

私がデビューしたのは三年前、二〇一七年である。デビュー作『独り舞』は「レズビアンがテーマなのにエロスの感じがない」(国文学者・石原千秋)と言われたことがある。芥川賞候補作『五つ数えれば三日月が』も『『外国人が描いたLGBT小説』という枠を超えられていない」(西日本新聞文化面)と言われた。どれも勝手に「レズビアン小説」「外国人が書いたLGBT小説」なんて枠を作って、作品を中へ放り込んで閉じ込めるような乱暴な評語である。

当然ながら、どんな駄目な小説でも、まともな読者ならば「会社員が主人公なのにブラック企業の感じがない」「『日本人が書いた異性愛小説』という枠を超えられていない」などと言って一蹴しないのである。駄目出しをするにしても、もっと他に言うことはあるはずだ。

今でさえそうなのだから、松浦理英子や中山可穂がデビューしたての頃はどうなのか想像もつかない。「レズビアン文学」どころか「女流文学」で括られる時代だった。松浦理英子が芥川賞候補になった時に吉行淳之介に「天才少女のつもりはやめて」と、中山可穂が直木賞候補になった時に黒岩重吾に「男女ならもっと感動的に描けるのではないか」と言われたのは、やはり時代の制約なのではないかと想像する。

ビジネス誌が大きく取り上げたことがきっかけで、近年「ＬＧＢＴ」に対する認知度がかなり上がった。これは喜ばしいことなのだが、「一過性」「流行り」のように映ってしまう危険性もある。当然ながら、ビジネス誌が取り上げる遥か前から、同性愛者やＬＧＢＴは存在していた。大衆に認知されていないだけで、ちゃんと生きていた。生き延びようとしていた。

なまじ「ＬＧＢＴ」の認知度が向上したがために、それまでＬＧＢＴの存在を知らなかった人たちからすれば「流行りもの」に映ってしまうのも、ある意味仕方はないのかもしれない。そのため、標準とされる性の在り方を持たない人間を描く小説が出ると、ネットでは「流行りのＬＧＢＴ」などと書き散らされる。しかしそれはつまり、私たちが生きている現状は、まだ「平等」「共生」「相互理解」といった理想とは程遠いということなのだ。

決して忘れてはならない。私たちが生きている二〇二〇年の日本は、まだ「バイバイ、ヴァンプ！」※のような同性愛嫌悪丸出しの映画が撮られ、劇場で公開されるような世界だ。

直木賞作家・東山彰良の言葉にはかなり救われた。「あらゆる芸術はこの確固たる価値観に対する挑戦である。凝り固まった価値観の中で、つまり多数派が支配する領域では生きづらい人々が自分たちの生存場所をもぎ取るためのひとつの闘争形態、それが芸術だ」。

芸術とは元来、のけ者、少数派、マイノリティのためにあるべきものである。弱者の声を掬い上げようとする努力をせず、凝り固まった価値観に迎合するようなものは、芸術でも何でもない。LGBTは決して「一過性」でも「流行りもの」でもなく、LGBTを描く文芸作品も決して「どうせLGBT小説」などと一蹴できるものではないことを証明するために、証明し続けるために、私たちはこれからも文学や、絵画や、映画や、デモや、パレードを通して存在を主張し続けなければならない。セクシュアル・マイノリティを描く文学作品は確かに増えてはいるが、まだまだ足りない。これからもっと書かれなければならない。

セクシュアル・マイノリティはいかに書くべきか。これは個々の作家の文学観や美意識によって違うだろうが、共通する道理というものもあるだろう。小説というのはとどのつまり、他者を扱う表現形式なのだ。その「他者」が実社会では弱者である場合、より一層気を遣わなければならない。現実社会にあるような、必ずしも実状にそぐわない偏見や固定観念を作品世界で再生産しないというのが、倫理的な最低ラインだと思う。これは、小説は差別や偏見、あるいは背徳的な事柄を描いてはいけないという意味ではない。これらのことを描く時の作者の眼差しと立ち位置が問われるのだ。

日本文学の中でも、これまでセクシュアル・マイノリティが登場する優れた小説が数多く書かれてきた。それを踏まえてもなお物足りないと感じるのは、セクシュアル・マイノリティ当事者の等身大の実像、リアリティのある生き様を、真正面から向き合って描く作品が少ないからだろう。ある作品はセクシュアル・マイノリティを美化し過ぎて、ある作品は当事者が直面するであろう現実の困難を敢えて避けて言及しようとせず、またある作品は当事者が抱える生きづらさや受ける差別を過度に相対化（みんな生きにくいよね、みんなどこか他人を差別するところがあるよね）してしまう。

思うに、日本文学は「個」を描くことに力を入れ過ぎている。「個」が抱える葛藤や悩み、生きづらさといったものの出自を内面へ内面へと掘り下げていき、その核にある普遍性を探求しようというのが、「私小説」の伝統だろう。それは決していけないことではないが、そんな作品ばかりで、そしてそれがあたかも規範かのようになってしまっているのは困る。

当たり前のことだが、私たちは一人では生きていけない。生きていくためには必ず他人と関わらなければならないし、必然的に政治や社会といった大きな環境の影響を受けることになる。集団主義的な傾向が強いと言われる日本社会は特にそうなのだろう。しかし、「個」を描くことで

※ヴァンパイア（吸血鬼）がとある街で住人たちを噛んで同性愛者に「目覚め」させ、占領を目論むという設定の映画。二〇二〇年二月に公開され、製作側は「自由な愛」を描いたエンターテインメント作品と説明する一方で、SNS上では差別的な表現だと多くの批判を集めた。

「普遍性」を探求しようとする日本文学は、しばしば「個」や、「個」を含むコミュニティに作用する大きな力と、決して相対化してはならない「特殊性」「固有性」を見落とすきらいがある。それの行きつく先は、政治性や社会性の排除、弱者に対する差別や偏見の無化と不可視化、そして現実に対する批判性の欠如である。

分かりやすく言えば、「人間を愛するという意味で同性も異性も関係ない（だから同性愛を強調しないでくれ）」「異性愛も同性愛もみんな生きづらさを抱えている（だから同性愛への差別は強調しないでくれ）」「人の数だけセクシュアリティがある（だからセクシュアル・マイノリティは別に特殊ではなく、敢えて書く必要はない）」「人間はみんなマイノリティ（だからセクシュアル・マイノリティを取り上げる意味は特にない）」といった、一見まとものように聞こえるがよく考えれば欺瞞と言えなくもない言説が跳梁跋扈《ちょうりょうばっこ》するのである。それはつまり、マイノリティが現実社会で耐えている様々な理不尽な不平等から目を背けるということでもある。文学作品は必ずしも現実社会をそのまま再生産しなければならないとは思わないが、社会から目を背けるのは決していい姿勢とは言えないのではないだろうか。

セクシュアル・マイノリティ当事者の、等身大の実像を描く努力をしていれば、そんなことにはならないはずだ。もちろん、セクシュアル・マイノリティと一口に言っても、実に多様な人たちがいる。個々人のアイデンティティだって曖昧で、決して一様ではない。だから結局のところ、「カテゴリー」ではなく「個」を描くことが重要になってくるのだが、それは前述したような安易な普遍化を意味しない。マイノリティ属性から来る苦しみや生きづらさ（その多くは社会的なもの）といった「特殊性」から目を背けないという前提で、一人ひとりの違いをしっかり見つめながら「個」を描く必要がある。その按配は極めて難しいだろうが、そこが作家の姿勢が問われるところ、そして腕の見せ所である。

二月末に私が刊行した小説『ポラリスが降り注ぐ夜』は、その理想形の一つである。新宿二丁目を舞台とするこの連作短篇集では、国籍も、世代も、操る言葉も、セクシュアリティも、生の歴史も大いに異なるセクシュアル・マイノリティの女性たちが登場し、人生を交錯させていく。彼女たちはマイノリティ属性から来る生きづらさを抱えて悩み、戸惑いながら、それぞれ異なる輝きを放ち、平成最後の冬を生き抜く。そこから見えてくるのは多様性、政治性、社会性、曖昧性と複雑性であり、救いのなさ、切実な生きづらさ、社会の偏見と差別、そして政治の影響もしっかりと描いている。

一九八七年に松浦理英子が『ナチュラル・ウーマン』を書いた時に文壇からはほぼ無視されたが、彼女自身は「間違いなく何物かである小説」と自賛したらしい。三十数年経った今、彼女は間違っていなかったということが証明された。私もこの場を借りて自賛させてもらおう。『ポラリスが降り注ぐ夜』もまた、「間違いなく何物かである小説」なのだ。

（二〇二〇年四月）

Intermission3　芽吹くことなく死んでいく恋の種

男が支配する世界で、女は常に嫉妬深くて醜い生き物として描かれる。

ギリシャ神話で、宴に招かれなかったことに恨みを持つ女神・エリスは、「最も美しい女神に」と書かれた黄金の林檎を宴会に投げ入れ、その林檎を巡ってヘーラー、アテーナーとアプロディーテーの三柱の女神が争った。清の紫禁城の中で、たった一人の皇帝の寵愛を得ようと、やはり数千人の女がいがみ合い貶《おとし》め合い、時には殺し合った。

女の闘争を描くそれらの神話や歴史を読む度に常々思う。男なんか欲望せず、女たちで互いを愛し合えば全てが平和に収まるのに、と。三柱の女神が林檎を分け合い、エリスも交えて女子会ならぬ女神会を開けば楽しいだろうし、紫禁城の女たちが結集すれば小さな都市国家が作れそうだ。

私は才能がある女を愛している。恋の情念に目覚める思春期の頃から、それははっきり分かっていた。才女に惹かれる私にとって、才女との出会いはおしなべて恋の芽を吹き、花を咲かせる可能性を秘める一つ一つの、小さな種だ。若い頃は今よりもっとときめきやすく、いつもそれらの種を後生大事にしていた。にもかかわらず、天性の根暗ゆえ口説く勇気が皆無で、一方通行の想いにひたすら悶え苦しむ日々が続いた。恋の種は冬の凍土の奥深くであえなく死滅するのがほとんどで、成長するのは稀である。

彼女はそんな才女の一人だった。名前からして、才能の輝きを纏っていた。詩文の香りと大空へ羽ばたく自由さを兼ね備える彼女の名前を、かりに「詩羽」と呼ぼう。

彼女と出会ったのは、人生で一番鮮やかで、一番苦しい時期だった。知の羽が生えてきたばかりでまだ充分に育っていないにもかかわらず、激しい向かい風すら乗り越えて宙を飛翔できる鴻《こう》鵠《こく》のつもりになっていた、そんな時期だった。高校一年生の冬休み、私と彼女はとある文学キャンプで知り合った。

文学キャンプというのは台湾の歴史の中で生まれた独自の文化で、参加者が集まって数泊する合宿形式のイベントである。合宿期間中は作家や文学教授を招いて授業を行ったり、参加者同士で交流したりレクリエーションをしたりするのが普通で、誰でも参加できるものから学生限定のものまで、様々な形がある。

それは高校生限定の文学キャンプで、出発前から私と彼女はネットを通じて互いのことを知っていた。あの頃はブログが流行っていて、私も彼女も自分のブログを持っていた。彼女が綴る文章はさながら黒のビロードに銀の粉を満遍なくばら撒いたかのように奥ゆかしく、格調高く、ところどころ控えめな輝きを宿していた。私は文字のフェティシストだった。真っ暗闇の中で名も知らぬ誰かに囁きかけるような幽玄の香りを纏うそれらの文字に、私はすぐ惹かれた。私は彼女と同じ地方都市の違う高校に通っていて、それぞれ文学キャンプが開催される首都・台北へ向かった。

キャンプ参加者は百人を超えていて、いくつかのチームに分けられていた。私と彼女は違うチームだった。会場に着いてから、私はずっと顔も知らない彼女を探していた。そして一日目の夜、首からぶら下げる名札で彼女を見つけた。彼女はぱっつんの長い黒髪で、眼鏡をかけていた。華やかな見た目ではないが、気品が漂う文学少女だった。

「あのっ」私は勇気を振り絞って話しかけた。「李琴峰です」

「あっ」と彼女は言った。「お名前はかねがね」

恋愛小説ならここからの展開が見せ場になるだろう。二人は満月を愛でながら夜の散歩をし、交わされる言葉の中で互いを深く知っていく。そして互いの瞳の中で、太古の昔に失った自分の半身を見出す。

ところが現実はそうではない。私たちは小さく頷き合った。それだけだった。

キャンプが終わり、私たちは知らない者同士としてそれぞれの日常に戻った。同じ都市に住んでいたとはいえ、世界が狭かった当時の私たちにとって学校が違うというだけでそれはもう途方もない距離だった。

あのころ私もまた文学少女で、しかも中国古典文学を読み耽るような、中国語圏ど真ん中の文学少女だった。私は李商隠の「身に彩鳳双飛《さいほうそうひ》の翼なきも、心に霊犀《れいさい》一点の通ずるあり」を読んではうっとりし、林黛玉《りんたいぎょく》の「花謝《しゃ》し花飛び、飛びて天に満つ、紅消え香り断ち、誰か憐れむ有らん」を諳んじては涙し、王羲之《おうぎし》の「死生を一《いつ》にするは虚誕《きょたん》たり、彭殤《ほうしょう》を斉《ひと》しくするは妄作《もうさく》たり」を吟じては長嘆息していた。どんな思潮も主義もイズムもろくに触れたことがなく、社会も構造も権力関係も考えたことがなく、ただ孔子《こうし》の説く仁と孟子《もうし》の説く義を信仰していた。純文学を志し出した頃は、創作というのは悠久なる中国文学の伝統を受け継ぐのが最たる目的だと愚直に信じていた。創作の道を歩んでいけば、いつかは李白や杜甫や李清照と精神的に繋がれると思っていた。

　半年後の夏休み、私は別の文学キャンプに参加した。それは六百人を超える大規模なキャンプで、偶然にも彼女も参加していて、しかも私と同じグループだった。それがきっかけで、私たちはまた連絡を取り始め、文学について語り合った。

　彼女はいわゆる「張迷」、つまり張愛玲《ちょうあいれい》という中国の女性作家のフリークだった。もちろん張愛玲の華やかで物寂しい作風は私だって好きで、有名な作品は読んでいたが、彼女とは比べ物にならなかった。張愛玲の文章はとても古典的で香り高いゆえに、私は静かな場所にいなければとても集中して読めなかったが、彼女はと言えば、「本を開くと周りの音が勝手に遠退いて静かになる」とのことだった。そんな彼女は当然の如く張愛玲の生涯を熟知し、全作品を読破していた。

夏休みが終わり、私と彼女はそれぞれ二年生に上がった。私は二年生から学園誌を作る部活に入ったが、彼女は一年生の時から同じ性質の部にいて、二年生に部長になった。学校が違うとはいえ、同じ性質の部活同士として交流をしたり、合同イベントをやったりする機会が増えた。

台湾の学園誌というのは学内の文芸創作の振興活動を担う側面もあるため、校内文学賞、あるいは数校間の合同文学賞を企画・運営するのも仕事だった。私も彼女も文芸創作をしていて、時々自分の書いた小説やエッセイを互いに送っては意見し合った。公募文学賞の情報を交換したり、受賞したら祝い合ったりもした。苦悶に満ちた高校生活で、それらの文学的な営みが私たちの世界を彩ってくれた。私も彼女も校内文学賞受賞者リストの常連だった。校外の公募文学賞は落選続きだったが、私たちは冗談を言い合った。「傷付いた心を癒してくれる校内文学賞があってよかったね」と、そんな具合に。

交流が増えたとはいえ、これらのやり取りは主としてメールやSMSを介するもので、実際に会う回数は数えられるくらいだった。私たちは学校も違うし、住んでいる家だって遠かった。私は都心部で部屋を借りて一人暮らしをしていたが、彼女は山の中の実家に住んでいた。東京の生活の規模感を基準にすれば、それは会おうと思えば決して会えない距離ではなかったが、当時の私たちの世界はあくまで狭かった。彼女は放課後ほぼ家へ直行していたし、私もまた適当に夕食を取るとすぐ借り家に戻り、パソコンの前に座って原稿を書いていた。さながら蜘蛛の網にかかっているのに自覚もない蝶々のように、私たちは限られた空間の中で、白い紙と黒いインクで積み上がった青春を謳歌していた。

あの頃、彼女には心を寄せる男がいた。その男を仮にNと呼ぼう。彼女がブログで綴る優美な文章の多くは、そのNに宛てたものだった。Nの顔も名前も私は知らないし、彼女とのやり取りから見えてくる人物像もまたぼんやりしたものだった。私たちより何歳か年上の、台北の大学に通う男子大学生で、顔もよくて才能もあるとのこと。背も高く、彼女曰く「キスに便利な身長差」らしかった。浮気を繰り返していたようだがそのことを彼女はあまり気にしていない様子で、早く台北に行って彼と一緒になりたいとばかり願っていた。「詩羽」。私は紙に何度も彼女の名前を書いた。文学の香りが漂うその二文字を繰り返し書いては、その響きを味わった。「詩羽」。

またしても冬休み。私と彼女は誘い合って、同じ文学キャンプに参加した。行く場所はやはり首都・台北。あの頃台湾にはまだ新幹線がなく、台北へ行く方法は数時間もかかる電車かバスしかなかった。バスの方が安かったので、お金がない私たちは当然バスに乗った。キャンプは二泊三日だったが、私たちは一週間台北に滞在し、残りの日はあちこち観光して回ることにした。宿代を節約するために、彼女の親戚の家に泊めてもらった。私たちは台北の観光名所や文学スポットを回った。故宮博物院、旧香居（古本屋）、女巫店（ボードゲームができるレストラン）、紅楼、西門町、林家花園。旅先においても彼女は文学の知識と情熱を余すところなく発揮していた。あるところに着くとこれは誰々の何々という作品の中で登場する場所だと言ってはしゃいだり、朱天心《しゅてんしん》『古都』の主人公の足跡を辿りながら民家の廃墟を写真に収めたりした。必ずしもついていけなかった私は、彼女の瞳の輝きにただ憧れていた。

大体その頃、私は彼女からある話を聞かされた。彼女は一旦休学し、高校二年生をもう一度やり直したいとのことだった。

「少し自分の心を整理する時間が必要なの」と彼女が言った。「本当にやりたいこととは何なのか、少し時間を取って、きちんと向き合いたいと思った」

彼女がそう決意する理由は私には理解できなかったし、永遠に理解できないかもしれない。心を整理するにしたって、やりたいことと向き合うにしたって、何も休学する必要はなかったはずだ。休学するということは、部活をやめ、部長の任を解き、同学年の人たちよりも一年遅れて卒業し、一年遅れて大学に入るということを意味する。そして進学至上主義の台湾では、その一年の遅れは将来に大きな影を落とす。少なくとも私にはそう感じられた。

「大丈夫よ」

将来のことが話題に上がった時、彼女は言った。「本当にだめだったら、最悪実家で饅頭とかを売って暮らせばいい。生きていけないことはない」

それが彼女の勇気だった。そんな勇気を見せつける彼女が眩《まぶ》しかった。文学の道において、彼女は昔から私より勇気のある人だった。

私は寂しかった。彼女がそれまで以上に遠くへ行ってしまうことをどこか予感していた。私は彼女のような勇気が持てなかった。私は文学や芸術の力を信仰し、社会や体制に反抗的な生徒だった。周りが商学部や法学部など就職に有利な学部に入ろうと躍起になっていた頃、私はひたすら文学部を目指していた。それでも昔から、レールを大きく外れないよう注意深く歩を進めるようなところが私にはあった。彼女の決意がやがて私たちの歩む道を岐路へ導くことを予感し、私はただ寂しかった。

「寂しがる必要はないよ」

彼女から届いたメールにはそう書いてあった。「休学ってことはつまり、望めばいつでもそっちに会いに行けるってことだよ？」

もちろん、彼女はそうしなかった。休学している間、彼女は足繁く台北へ通った。彼女は台北にある文学団体に入り、積極的にその集会に参加した。私は相変わらず進学のために勉強する日々を過ごした。書き上がった小説やエッセイを公募文学賞に送っては、時々小さな賞をもらったりもした。ひょんなことで、私は彼女が入っていた文学団体の人との間に軋轢が生じ、それが更に彼女を私から遠ざけた。

高校三年生に上がると、受験勉強はいよいよ本格的になった。私はインターネットの回線を引っこ抜き、メールを含むあらゆる情報を遮断した。

十八歳の誕生日、私は公衆電話で彼女に電話をかけた。

「誕生日おめでとう」

電話口で彼女は気怠そうに言った。それだけだった。私は電話を切った。

その後私は台北にある台湾の最難関大学の文学部に受かり、目まぐるしく展開する新生活にあっという間に呑み込まれていった。彼女は一年遅れて台湾の東の方の大学の文学部に入った。心理的にも物理的にも、私たちは遠く離れていった。

大体同じ頃、私と彼女はＬＧＢＴやクィア理論、アイデンティティ・ポリティクスに触れ始めた。それが私たちの見える世界に変貌をもたらした。ある年の台北プライドパレードに彼女も参加し、私たちは再会した。自分はバイセクシュアルかもしれない、と彼女が言った。

私たちはまた連絡を取り始めたが、住んでいる場所があまりにも遠かった。知り合ってから数年も経ち、会わない日々も長かった。私には私の生活、課題、そして恋があり、それは彼女にしても同じことだった。一度開いた距離は、ついに二度と埋まることはなかった。そちらに転校したいから、転校試験の勉強のために文学部の「文学概論」の授業を録音してほしい、と頼まれて、私は一学期分の授業を録音した。録音したファイルを渡そうとする時、彼女はまた、転校はもうやめたと言った。

それきりだった。

フェイスブックの台頭により、昔の知り合いの近況が好むと好まざるとにかかわらず日に入ることがある。そのせいで私は彼女のその後を断片的に知ることになった。文学の香りが漂う名前の、真っ白な翼を備えたその女の子は作家にはならず、とある若手男性作家と結婚し、そして数年後に離婚した。私と彼女は二度と連絡を取ることはなかった。
芽吹くことなく凍え死んだ若き恋の種を、私は時たま記憶の凍土から掘り返し、優しい手つきで愛でてやることしかできない。

（二〇二〇年六月）

第四章

省

旅と歴史と省察と

最後の海外旅行

屏東《へいとう》を訪ねてみたいと思ったのは、平野久美子『牡丹社事件　マブイの行方』（集広舎）を読んだからだった。

一八七一年、宮古島から首里へ年貢を運送した船がその帰り道で嵐に遭い、六十六名の宮古島島民が台湾南部に漂着した。飢餓に苛まれながら何とか内陸へ進もうとした島民たちが出会ったのは、台湾の先住民族の一つ、パイワン族の人たちだった。パイワン族人は遭難した島民を集落へ受け入れ、水や芋粥でもてなし、寝床も与えた。しかし、文化や習俗を異にし、言葉も通じない他郷の異族に、宮古島民は恐れをなし、三人から五人のグループに分かれてこっそり逃げ出した。

集落を勝手に抜け出すという行動はパイワン族人にとって背信行為に当たり、更には外敵を呼び寄せられる危険性もあった。脅威を感じたパイワン族人はすぐ宮古島民に追いついたが、しかし双方はやはり言葉が通じず、意思疎通ができなかった。結果、パイワン族人は五十四名の宮古島民を殺害し、彼らの首を狩った（先住民族には首狩りの慣習があった）。残りの十二名は近くに住んでいた漢人に助けられ、琉球への帰還に成功した。

言語と文化の違いのせいで生じたこの惨劇を、日本はうまく政治利用した。当時の日本は明治維新の真っただ中にあって、既得権益を損ねられた国内の士族の不満を海外へ逸らし、あわよくば両属関係にあった琉球も併合しようという思惑のもと、殺害された琉球民の仇を取るという名目で、台湾への出兵を決断したのだ。パイワン族人との戦いで、複雑な地形と蔓延るマラリアで日本軍は最初こそ苦戦したものの、やがて近代的な兵器で勝利を収めた。一方、台湾を領有していた中国（清国）は、先住民族は「化外の民」であると主張し、明治政府からの賠償請求を拒否した。協議の結果、清国は日本側の出兵を「保民の義挙」と認めた。これは琉球を日本の属国と認めたのも同然なので、日本はその後堂々と琉球を沖縄県として併合した。

パイワン族の集落名の一つ「牡丹社」から「牡丹社事件」と呼ばれたこの一連の出来事は、琉球王国の命運を決め、日本のアジア進出の野心を窺わせ、また台湾の近代化プロセスを加速させた。中学でも習った事件だが、大人になって平野氏の著書を読んで改めて興味が湧き、その歴史的な舞台を訪ねてみたいと思った次第である。

ようやく屏東に行けたのは、二〇二〇年のことだった。台湾に一時帰国して、いくつかの講演をこなし、総統選挙で投票権を行使し、久しぶりに会った友人と旧交を温めた後、一家四人で台湾南部へ向かったのだ。

熱帯台湾といえど一月にもなると時おり寒波が襲い、日本ほど寒くないもののコートは欲しいくらいの気温になる。石門古戦場に着いたのもそんな肌寒い日で、灰色の層積雲が垂れ込めていた。禿げかけた樹々に囲まれる長い階段を上り切った先は「牡丹社事件記念碑」がある小高い丘で、丘の上から眺めると暗い雲がこちらから向こう側の山々まで連綿と連なって空を覆い尽くし、山間の水田は雲が映っていてやはり灰色に見えた。地肌が剝き出しになっている丘の斜面には彩りを欠いた枯草ばかりが蔓延り、どこまでも荒涼としていた。私たち四人以外に誰もおらず、周りは静寂に包まれていた。

千年や二千年とかの話じゃない、僅か百四十余年前に、正にこの地で、銃器や大砲を携えた日本軍と石や弓矢を武器とする先住民が戦い、辺り一帯を赤い血で染め上げたのだろう、そう考えると不思議な気持ちに包まれた。鬼神や幽霊を信じるクチではないが、寂れた草むらの下に恨みを持つ戦没者の骨が埋もれていないとも限らない、などとぼんやり考えた。

「誰もいないね」と母が誰にともなく呟いた。

「今は民進党政権だからね。国民党政権にでもなってみろ、今頃ここは中国人観光客で埋め尽くされてあちこち痰を吐く音が聞こえるだろうよ」と弟は冗談混じりに言った。

会話には参加せず、私は静かに記念碑を見上げた。男性器を想起させなくもない形をして聳《そび》え立つ記念碑には何の文字も刻まれておらず、でこぼこの灰色の石材が剝き出しになっているだけだった。日本統治時代に、出兵を指揮した西郷従道《つぐみち》を顕彰するために日本政府が建てたこの碑を、戦後の国民党政府が快く思わず、碑文を削って別の文字にした。近年になって史跡を復元しようという動きが出てきて、復元方法を調査するために碑文が外されているのだ。

「どうだ？　実際に来てみて何か感想は？」と父が話しかけてきた。本当に感想が知りたいというより、二千キロを隔てた島国に住んでいて普段は会えない娘と話がしたかっただけなのだ。

私は軽く微笑んで、何も答えなかった。牡丹社事件で殺害された島民も、彼らの首を狩ったパイワン族も、そして台湾出兵を主導した日本の権力者も、みんな男だった。女が不在だった戦いの歴史の遺跡を目の当たりにして、どんな感慨を抱けばいいのか、私は知らない。どんな歴史だって、女は常にその影に隠れていて見えてこない。それでも、私は訪ねてみたいと思った。見てみたいと思った。行ったことのない場所に行き、見たことのない風景と出会う度に、自分が生きられる時空が少しばかり広がり、ほんの少し、人生が息苦しくなくなるような気がした。

数年ぶりの家族旅行が終わり、私は日本へ戻ってきた。台湾で初めてのコロナ感染者が出たのはその翌日で、更に九日後、ＷＨＯから「国際的に懸念される公衆衛生上の緊急事態」が宣言された。屏東への旅は、期せずして最後の海外旅行となった。

（二〇二一年三月）

深い霧の奥のネオン

かび臭い黄金週間。

東京都が初回の外出自粛要請を出してから、一か月経った。日本政府が緊急事態宣言を発出して二週間。四月下旬、日本全国は大型連休であるゴールデンウィークを迎えようとしている。暦を数えてみると、運がいい人はなんと一二連休になるのだ。都民がゴールデンウィーク中に旅行して更に感染を広げることを警戒する東京都は、「ステイホーム週間」と位置付け、連休をウチで過ごそうと呼びかけている。

政府に言われるまでもなく、家に引きこもりがちな作家である私は、三月中旬から日常的な買い物以外にほとんど外出していない。予定していた講演や書店イベントは悉く中止となり、雑誌の取材も、友人との雑談ももっぱらオンラインでこなしていた。数えてみれば、なんと一か月も電車に乗っていない。都民としてはあり得ない記録だ。

ずっと家にこもっているといつかは病んでしまいそうだし、運動不足にも繋がる。かつてないほど、体全体が陽射しと、新鮮な空気と、旅と、そして美しい景色を欲しているのを感じる。時節柄、旅というのはもちろん叶わない。せいぜい旅の写真を見て我慢するしかない。ただ、散歩くらいならできる。ゴールデンウィークが始まる前日、金曜の午後、私はマスクをし、スニーカーを履き、電車に乗って一か月ぶりに新宿を訪れた。

もし散歩がしたいだけなら、本当は家の近くでもできるはずだが、しかしずっと郊外で過ごしていると、伝染病の現状に対して現実感を持つのはなかなか難しい。私は東京都民ではあるが、住んでいるのは東京都のほぼ西の最果て、八王子市なのだ。八王子駅と新宿駅の直線距離はおよそ三二キロ。都心と遠く離れた家の中で日々目にしているのは、変わらず昇っては沈む太陽と、自然の秩序に従って移ろう光と影だった。たまに外に出ると、相変わらず歩行者が行き交い、商店街が賑わうのを目の当たりにする。確かにカラオケやゲームセンター、パチンコなどはシャッターを下ろして休業してはいるが、賑わう街の風景からは、ニュースで毎日流れる厳しい現状がどうしても体感しづらい。日を追うごとに更新される感染者数と死亡者数もまた、一人ひとりの人間ではなく、単なる数字に還元されているように感じた。家にいるのはもちろん安全だが、それは世界と、現実との断絶をも意味している。私は名状しがたい使命感に駆られた。この世界規模の災難を、奪われた日常を自分の目に焼き付けておかなければならない。それは物書きとしての天性ゆえであり、新宿という街に対する思いゆえでもある。他の誰かが撮った写真や映像を通してではなく、今の新宿の様子を自分の目で見て、心に刻んでおきたいと、私は思った。

八王子から新宿までは、中央線一本で行ける。中央快速なら三〇分あまり、各駅停車なら一時間近くかかる。この日は快晴でそこそこ暖かく、午後の陽射しは燦々と降り注ぎ、空は絵の具をはね散らすような青のグラデーションを呈していた。ところどころ不穏な気配を漂わせる厚い雲もぽつぽつ浮かんではいるが、良い天気と言って差し支えない。午後は元々ラッシュアワーではない上、政府が外出自粛要請を出しているお蔭で、電車はかなり空いていて、席は三割ほどしか埋まっていない。みんな大人しく席を二つか三つ空けて座っている。

新宿から八王子へ向かう電車ならば、車窓外の景色の変化だけで田舎に近づきつつあることが分かる。新宿・中野一帯の高層ビル、デパート、集合住宅や高層マンションは、国分寺や立川を過ぎてから次第に姿を隠し、代わりにまばらな一軒家や平屋が視界に入る。たまに畑も見えてくる。今、私は八王子から新宿に向かっている。窓の外の景色が後ろへ流れてゆくにつれ、ビルはだんだん高くなり、やがて見慣れた新宿の高層ビル群に育っていく。高架線からでも、都庁、歌舞伎町、新宿アルタ、そして新宿駅東口ロータリーが視認できる。

一日の乗降客数が三五〇万人で世界一を誇る新宿駅だが、今も人通りが少ない。東口と西口を繋ぐ、いつも喧騒と雑踏に満ちるあの通路は、東口の方から西口まで見通せる具合である。東口改札外も普段なら待ち合わせの人で溢れ返るが、今やほとんど人がいない。

東口改札を出て左へ曲がり、地下通路へ入っていくのが私の習慣だ。ダンジョンと呼ばれるほどの新宿駅の複雑な入り組み具合は、初見の人なら迷うこと必至なのだが、慣れた人にとっては便利この上ない通路である。寒い季節や雨や雪の日などは、地下通路を使えば風雨や降雪に苦しむことなく、優雅に目的地へ辿り着くことができる。歌舞伎町へ行く時、私は大抵地下通路から新宿アルタに入り、その裏口から出て更に北へ向かう。幅が広い靖国通りを渡ると、歌舞伎町のアーチの真下に着く。

しかし今は新宿アルタが休業中で、地下階の入り口が閉まっていて通り抜けることができない。仕方なく、東京メトロの階段を上って地上へ行く。地上に着くと、ルミネエストと一体化している新宿駅の巨大な建築が目の前に立ち現れる。その前にあるのが、決して広いとは言えないがいつも混雑していて、たまにミュージシャンが歌を歌ったり左寄りの抗議活動が行われたりする駅前ロータリーだ。今、ルミネエストは当然休業中で、駅前ロータリーも人がまばらだった。普段交通量が多く、歩道も常に肩と肩が触れ合うほど混んでいる新宿通りは、今も往来が少なく、車の数もおよそ平時の半分以下だった。

歌舞伎町は夜にネオンが灯る繁華街だが、普段なら

人出が少ない新宿アルタ前（筆者撮影）

昼間も寂れてはいない。国内や外国から来る観光客、飲食店の客引き、風俗業のスカウト、はたまたあちこち女に声をかけるナンパ師など、昼間も常に賑わっている。新しいランドマークとも言える大型映画館「ＴＯＨＯシネマズ新宿」ができてからは更に人が集まり、映画館の後ろから頭を覗かせているゴジラ像が多くの観光客を惹きつけ、より一層賑わいが増した。ところが今映画館はもちろん休業中で、映画館の一階にある飲食店も軒並み閉店している。その近くに密集しているカラオケやゲーセン、パチンコなどもひっそり静まり返っている。人通りが全くないわけではないが、何とも寂れた光景だった。

新宿区役所が位置する区役所通り、これもまた往来が少ない。区役所はいつも通り業務を行っており、近くでは警備員や駐車場のスタッフが勤務している。みんなマスクをしていた。区役所通りからゴールデン街へ入る。この街は数十年の歴史を持つ繁華街で、約二〇〇〇坪しかない狭いエリアには木造の長屋がぎっしり並び、二〇〇軒に及ぶ飲み屋が所狭しと集まって営

休業中の紀伊國屋書店新宿本店（筆者撮影）

業している。かつては青線という非合法の売春地帯だったが、のちに女装コミュニティの拠点や、文化人が酒を酌み交わしながら文化や芸術を議論する場所となった。近年は欧米系の観光客が多く、人気ドラマ『深夜食堂』の舞台にもなっている。やはり夜に栄えるこの街は普段でも昼間は大抵寂れているが、ざっと見回っても臨時休業を知らせる貼り紙が貼り出されている店がちらほら。夜になっても平時のように賑わうわけにはいかないだろう。

ゴールデン街のはずれにふと現れる石の階《きざはし》を上っていくと、花園神社だった。これは新宿エリアを守っている神社で、私も何度か鮮やかな朱色の拝殿へ参拝に来たことがある。前回来たのは約二か月前で、新宿二丁目を舞台とする新刊小説『ポラリスが降り注ぐ夜』がよく売れるようにと祈りを捧げたのだ。この神社は花期になると桜が満開し、多くの花見客が集まってくる。たまに骨董市が開かれていたりもする。夏の盆踊りや一一月の大酉祭も屋台と人出でいつも押し合いへし合いしていて、とても賑わっていた。今は桜が咲いていない。桜の木は緑のままで、境内も人が少な

静寂に包まれる紀伊國屋ビル地下名店街（筆者撮影）

く、観光客と思しき外国人が何人か写真を撮っていただけだった。販売時間が過ぎたのか、お守りやおみくじを販売する社務所もまた静寂に包まれていた。

花園神社の横の通路から出ると目の前は靖国通りで、道を渡って右折して少し歩くと映画館「新宿ピカデリー」に着く。映画館は休業中で、壁に貼り出された映画のポスターだけが空しく存在しない客を呼び込んでいる。一階のドアは開いていてホールを通り抜けられるようになっている。隣の無印良品は営業している。映画館を通り抜けると馴染み深いアニメグッズ専門店「アニメイト」と、日本屈指の書店「紀伊國屋書店新宿本店」があるが、どちらも固くシャッターを閉ざしている。紀伊國屋書店の地下の名店街は通り抜けられるようになっているが、骨董や珍品を売っている店は軒並みシャッターを下ろしていて、営業しているのは数軒のレストランだけだった。平時のような賑わいはもちろんないが、意外にもお客さんが入っていた。

地下の名店街を通って地上へ戻ると新宿通りに出た。

休業中のビックロ（筆者撮影）

新宿通りを東へ直行する。途中で目に入る伊勢丹百貨店やマルイ、ビックロなどは全てシャッターを下ろしていた。バスは通常通り運行しているが、車内にも人影があまりなかった。

御苑大通りを渡ると馴染み深い新宿二丁目に着く。これはアジア最大のゲイタウンで、僅か三〇〇×三五〇メートルの狭い土地には、コミュニティセンター、ゲイショップ、ゲイバー、レズビアンバー、女装クラブ、ミックスバーなど四〇〇軒に上るＬＧＢＴ関連施設が集まっている。夜の帳が下りると街のネオンが灯り、地上を照らす煌びやかな星空となる。外の世界では本当の自分を隠さざるを得ない多くのセクシュアル・マイノリティ当事者にとって、この街は友が集う居場所であり、心の故郷である。

こんな特別な場所もまたウイルスの脅威から逃れられず、街には見えない霧がかかっているかのように、景色自体は見慣れたものだが、どことなくうら寂しい。

私は『ポラリスが降り注ぐ夜』にも出てくる「新千鳥街」と「Ｌの小道」へ向かった。「新千鳥街」は一九六七年にできた古い建物である。一九五〇年代、新宿

新宿二丁目（筆者撮影）

二丁目の南の方に「千鳥街」という飲み屋街があり、ゲイバーが密集していた。六〇年代後半、御苑大通りの工事に伴う区画整理で「千鳥街」の飲み屋は立ち退かなければならなくなり、ゲイバーの経営者たちは新宿二丁目のできたてのビルに店舗を移転することにした。だから「新千鳥街」というのだ。「Lの小道」は新宿二丁目の片隅にある、Lの形をした幅二メートルくらいの狭い路地である。八〇年代後半からレズビアンバーが何軒も集まったことから「Lの小道」または「百合の小道」と呼ばれるようになった。街の歴史が眠るこの二つの場所も今は寂れていて、多くの店はドアに臨時休業の告知を貼り出している。

ほんの一か月前、私は二人の女性新人作家と二丁目で食事していた。私たちは互いの作品への感想を述べ合い、今の仕事状況や今年の創作目標について語り合った。食後に新宿二丁目を二人に案内した。その一か月前、とあるオープンリー・レズビアンの作家と文芸誌での対談を済ませた後、やはり新宿へやってきて、三丁目にある中華レストランで夕食を取ってから二丁目へ向かい、二軒ハシゴした。更に一か月前、私は台湾へ戻り、高雄の大学と台中の日本語学校で講演を行い、台北で書店や出版社をいくつか訪問した。人生初めて一票を投じたし、投票日当日は緊張しながら最後の最後までフェイスブックのタイムラインとテレビの開票特番を見守っていた。あの時一体誰が予測できたのだろう。たった三か月後に、飛行機が運休し、イベントが中止となり、株価が暴落した。大学と日本語学校はオンラインへの切り替えを余儀なくされ、出入国はできなくなり、店は軒並み休業や廃業に追い込まれ、何人もの有名人が帰らぬ人となった。私たちが当たり前だと思っていた日常はさながら細い糸で繋ぎ止められたガラス玉のように、朝日を反射して七色の光を放ち、永久不滅の明月のふりをしていたが、ちょっとした衝撃であえなく地に墜ち、瞬く間に砕け散っていく。

二丁目を離れ、新宿通りに沿って新宿駅へ戻る。普段は運動不足のくせにこの日は一気に何キロも歩いたせいで、両足が痛くなり、お腹も空いてきた。空が次第に暗くなり、夜が訪れようとしている。もちろん、新宿の街では日の入りというものは見られない。地平線も夕陽も、幾重にも聳え立つ高層ビルの背後に隠れている。五か月前にミャンマー・バガンで見た落日を思い出す。バガンビューイングタワーの頂上から俯瞰するバガンの広い平野は、鬱蒼と茂る緑に混じって小さな村がいくつも点在し、数百数千の古い仏塔や寺院が各所に散らばっていた。遠くでエーヤワディー川の奔流と群がる山々がぼんやり見え、たまには群れからはぐれた鳥が空を横切っていく。黄金の日輪が地平線に迫ると燃え盛る赤となり、山並みも大地も血の色に染まっていて、仏塔の先端の、金箔が貼ってあるところだけが黄金《こがね》色に光っている。太陽が地平線下に沈むと観光客の群れから拍手が沸き上がり、まるで今しがた壮大なオペラの幕引きを見届けたかのようだった。夢にも幻にも似たあの記憶が、今目の前に広がっている変わり果てた新宿の街とは同じ時間の流れで繋がっていることなど、俄かには信じがたい。もし未来を予見できる全知全能の神がいるとしたら、災難が間もなく到来しようとしているのも知らず、まだ呑気に観光なんかしている観光客たちの愚かしさを、あの時から密かに嘲笑っていたのかもしれない。

私は神なんか信じてはいない。コロナ禍は人間自ら作り出した厄災であり、人間の手で収束を図らなければならない。腹ごしらえに何を食べるべきかと私は考えた。食べ物へのこだわりがさほどない貧乏作家として、一人で外食する際の最優先事項、それはすなわち「安い、美味い、多い」なのだ。選択肢はいくつかある――マック、ファミレス、そして牛丼。今、マックは客席が使えずテイクアウトのみになっていて、道端で蹲《うずくま》って食べるのはどうも衛生的に心配だ。ファミレスは比較的店内にいる時間が長く、感染リスクが高いと見た。消去法的に牛丼にした。誰とも会話する必要がないし、一〇分間で一食を済ませられる。

歌舞伎町へ戻り、松屋に入った。店内は空っぽで客が全くいなくて、店長と一人の店員が暇そうに手持ち無沙汰していた。食券販売機で食券を買い、手指を消毒してから席に着く。暫くして牛丼が出された。全ては沈黙のうちに進められ、飛沫感染のリスクは免れた。

「ステイホーム週間」パトロール隊（筆者撮影）

一〇分でどんぶりを平らげ、みそ汁を飲み込んだ。その間、店に入ってきたのは二人だけだった。一人はテイクアウトで、一人はイートイン。金曜の歌舞伎町の松屋、本来なら席は客で埋め尽くされるはずだった。

松屋を出た時、夜のカーテンは既に下りていて、街のネオンも灯り出した。営業している飲食店の店員はいつも通り店の外で客引きしようとしていた。が、引ける客はそんなにいなかった。歌舞伎町の入り口のところで、何人かの警察官がスピーカーを手に、不要不急の外出はせずそのまま帰宅してください、と呼びかけている。しかし近くのドン・キホーテには人がたくさん集まっている。よく見ると、なるほどマスクが出品されていて、みんな慌てて購入しようとしているのだった。一本西の通りで、ボランティアなのか区役所の職員なのか分からない数人の男女が何列かに並んで、ゆっくり歩を進めていた。彼ら彼女たちはスーツを着ていて、マスクをし、スローガンの書かれたプラカードを掲げていた。なるほど「ステイホーム週間」「ウ

人のいない旧コマ劇場前広場（筆者撮影）

チで過ごそう」と呼びかけているのだ。

　いつもなら人出でごった返している旧コマ劇場前の広場は、今も静寂の中だ。何人かの男が広場の縁に佇んでいて、何かを待っている風だった。私は歩きながら、この歴史的な光景を記憶と記録に刻もうと写真を撮っていた。一人の男が近づいてきて、恐る恐る話しかけてきた。「よかったら――」。私も相当ピリピリしていたので、急に話しかけられてびっくりした。彼の話が終わる前に、そもそも彼が何を言おうとしているのか意識する前に、反射的に手を振って、会話を拒んだ。向こうは何か分かったようで、そそくさとその場を離れた。

　後になって考えた。あの男は何を言おうとしていたのだろうか？「よかったら」なんだ？　場所が場所だけに、私はこう推測した。要は援助交際の相手を探しているのだろう。援助交際でなかったら、ナンパ。とにかくやりたいのだろう。私は心の中で溜息を吐いた。この期に及んで、まだ性欲が盛んなんだね。ネットで見たニュースを思い出す。コロナ禍による外出自粛令は、家庭内暴力のリスクを高めているのだという。家庭内暴力に苦しむ、あるいは元々帰る場

寂れた歌舞伎町の街（筆者撮影）

所がない多くの若い女性にとって、いくら政府がウチで過ごそうと呼びかけても、彼女たちは街を彷徨うしかないだろう。あるいはあの男たちの標的がこれらの女性だったりするのかもしれない。検証する術はない。ともかく、私みたいに家でできる仕事を持っているというのは、思い出した時に好きな街の様子を見に来ることができるというのは、恐らくとてもとても贅沢なことだ。

帰りの電車は混んでいた。全ての席が埋まり、立っている乗客も少なくない。それもそのはず、金曜の夜なのだ。出社せざるを得ない人が帰宅する時間である。とはいえ、これは普段の花金の夜の、あのすし詰めの満員電車と比べれば、もうかなり空いていると言わざるを得ない。

八王子に戻った時、午後の厚い雲はもう空を埋め尽くしていて、小糠雨《こぬかあめ》が降り出した。バスに乗って家へ帰る。マスクを外し、手を洗い、うがいをする。そしてシャワーを浴び、どこかで身体についたかもしれないウイルスを洗い流す。お風呂を出たあと恋人に電話をする。コロナ禍のせいで、恋人とはもう二か月も会っていない。いつになったら会えるのか、私は知らない。

史上最も寂しいゴールデンウィークが始まるまで、残すところ数時間である。

（二〇二〇年五月）

夏と花火と時間のかけら

二〇二〇年の夏は、長引く梅雨と、止まらない感染拡大と、急過ぎる首相退陣の中で終わりを迎えてしまった。花火大会もなければ、夏祭りもない。盆踊りもなく、帰省もままならない。いわんや、世界中から観光客を受け入れ大いに盛り上がるはずだった東京五輪は影すら見えず、「TOKYO 2020」のロゴだけが虚しくあちこちに掲げられて風に揺れている。結局、夏っぽいことを何一つできなかった人も、多いのではないだろうか。

例年であれば、夏にはいくつか定番の楽しみがあった。各地で開催される花火大会、夏祭り、盆踊り、ビアガーデンはもちろん、セクシュアル・マイノリティ映画を上映する映画祭「レインボー・リール東京」や、新宿二丁目振興会による祭典「東京レインボー祭り」にも、ほぼ毎年行っていた。それらの楽しみが悉くなくなった今年の夏は、荒廃した無人都市で働くロボットのように、無味乾燥なルーティンワークを繰り返しながらただ日々を次々と見送っていただけのように思われる。

私は日本の夏が好きだ。短くて、儚くて、終わると何だか物悲しい。あっという間に過ぎてしまうから、手を伸ばして懸命に引き止めたくなる。一日また一日を、大切に、嚙み締めるように過ごしたくなる。終わることを「死ぬ」と表現するのに相応しい季節は、夏をおいて他にない。それは青春の終結にして、絶頂からの転落、その死滅は鮮烈な軌跡をもって弔われなければならない。

それなりに思い出もあった。二〇一七年の夏には生まれてはじめて北欧へ旅をし、世界屈指の高物価に苦しみながらアンデルセンの故郷や『ハムレット』の舞台となった城を見学した。二〇一八年夏は数年ぶりに友人と再会して思い出話に花を咲かせ、その経験を活かして小説「五つ数えれば三日月が」に書いたら、二〇一九年夏に芥川賞候補になった。賞に漏れたのは当然の結果と言うべきだが、ノミネートがきっかけで様々なご縁に恵まれたのも、二〇一九年夏の出来事だった。夏というものの独特な季節感は、実に文学作品に豊かなイメージを提供してくれる。「五つ数えれば三日月が」が評価された原因の一つは、日本の夏の季節感をうまく捉えられたことにあると思う。かき氷に花火、アスファルトの熱気と汗の香り、そしてなりふり構わず前へ前へと突っ走る時間の流れ。そう、あの物語は夏でなければならなかった。日本の夏でな

2019年夏、新宿花園神社盆踊り大会

ければならなかったのだ。実像を結ばない儚い恋は、儚い夏に相応しい。

それがもし台湾の夏だったらどうだろう。まず、儚さなんてものは感じられない。全てを蒸発させる勢いで照りつける烈日は永遠に続きそうに思われ、七月と八月の猛暑となると一歩も外に出たくないほどのもので、花火大会とかお祭りをやっている場合ではないし、浴衣も着ていられない。Ｔシャツ一枚に短パン一枚で、素直に冷房の効く部屋に引きこもるのが正しい過ごし方だろう。それに加え空気の対流が盛んで、毎日のように「午後雷陣雨」（午後に降る雷を伴うにわか雨）が降るので、下手に外出すれば汗でびしょ濡れになるか雨で濡れ鼠になるか、二つに一つだ。日本の気象用語では、最高気温が二五度以上の日を「夏日」というらしいが、そんな基準で見れば台湾は一年の半分以上が夏日になる。当然、そんな夏に儚さなんてイメージはつかない。同じ儚さというイメージを持つゆえに日本では夏に結びがちな「花火」というものも、台湾では夏の風物詩なんかではない。

台湾では花火が特定の季節のイメージに結び付くことはないが、敢えて言うなら秋か冬のものだろう。台湾で最も有名な「花火大会」は何と言っても、台北１０１などで行われる年越

2018年夏、映画祭「レインボー・リール東京」（渋谷スパイラルホール）

し花火で、当然、季節は冬だ。いわゆる「国慶日」（台湾の建国記念日、毎年一〇月一〇日）にも、盛大な花火ショーが見られる。子供の時は花火で遊ぶのが好きで、ロケット花火を壁に向かって放ったり、吹き出し花火を逆さに置いて点火したりなど、スリルを味わうために実に様々な危ない遊び方をしていた。都会では考えられないやり方だが、台湾の片田舎ではそれができたのだ。

毎年秋になると、中秋節（日本でいう十五夜、旧暦の八月一五日）がとにかく待ち遠しかった。中秋節になると花火ができるという習慣が、何故か台湾にはあった。中秋節が近づくと、あちこちからロケット花火の「ビューン」という甲高い音が聞こえてきて、中秋節が近ければ近いほどその頻度も上がり、夜中まで鳴り響く日もあった。スーパーや個人経営の商店にも様々な花火が入荷される。手持ち花火、ロケット花火と吹き出し花火が定番で、蛇玉、煙玉、癇癪玉、ねずみ花火、コマ花火など、実に多種多様だった（ただし日本でいう線香花火はなかった。線香花火はやはり日本ならではの夏の情緒だ）。それらの花火を束で購入し、夜になると何

2017年夏に訪ねた、『ハムレット』の舞台であるクロンボー城（デンマーク）

人か友達を呼んで近くの空き地へ行き、盛大な花火パーティーを繰り広げる。どの家にも絶対置いてある、握りの部分に棒がついているお線香に火をつけて、それを使って花火に点火するのだ。はしゃぎ過ぎてお線香の火で火傷したこともあった。大人たちが家の前でバーベキューをしているので、肉が焼けたらそれを頂きに行く。体力の有り余る子供にとって月見の情緒なんて分かるはずもなく、満月を見上げた回数は数えるほどしかなかった。嫦娥《じょうが》（月に住んでいると言われる仙女）や兎よりも、肉と花火。それが台湾の田舎の子供の中秋節の過ごし方だった。

なんで中秋節に花火やバーベキューなんてやるのかはいまだ謎だが、文化や伝統というのはおよそそんなものだろう。聖ヴァレンティヌスが殉教した日に意中の相手にチョコレートを贈って告白することに理屈は要らないし、ホワイトデーに返礼をするのも大した根拠はなく、クリスマスにケンタッキーのフライドチキンを食べるというのはいよいよ謎の領域に入り込んでいる。「建国記念の日」やその前身の「紀元節」の成り立ちだってかなりいい加減なものだった。国家や民族は祝祭を必要とし、商人と庶民はイベントを望む。きっかけがビジネスでも何でもよく、人々が進んで楽しんでいるのならそれが定着し、こうやって文化や伝統が出来上がる。「文化」や「伝統」というと重々しい雰囲気を纏いがちだが、案外ちょろいものだ。

日本に移住してから、日本の季節感覚がだんだん身に沁みて、台湾にいた頃はそんなに気にしていなかった四季折々の景色を楽しむ感性が養われた。かの有名な漢詩、春に百花有りて、秋に月有り。夏に涼風有りて、冬に雪有り。
もし閑事の心頭に挂《か》かる無くんば、便ち是れ人間の好時節。
（中国宋代の禅僧、無門慧開和尚作）

が示す通り、どの季節にも愛でるべき景色があり、文学作品に異なる養分を与えてくれる。夏の熱気と儚さが「五つ数えれば三日月が」となったし、冬も冬で、身を切る寒風のような哀しみと痛み、温もりへの希求、そして春へ向かう再生の兆しが、『ポラリスが降り注ぐ夜』に通底して存在している。出会いと別れには春が相応しく、寂しさの予感を描くには秋が持ってこいだ。

当然、台湾にだって春夏秋冬、四季がある。例えば卒業式というのはもっぱら夏の行事で、燃え盛るように咲き乱れる鳳凰木が卒業式の象徴だ。春には桜やアブラギリ、ツツジなどが咲き、お花見の名所には観光客が殺到する。雪が降ることはないが、クリスマスを祝ったりもする。しかしそんな季節感が庶民の生活に緊密に結びつくほど鮮明なものじゃなかったように思う。いずれにしても、全ての季節感がコロナ一色で塗り潰され、花の香りがマスクの臭いに取って代わられた二〇二〇年は、作家にとって最も創作しづらい年になるかもしれない。

何年か経ってから振り返った時、二〇二〇年の夏に何をしたかはまともに思い出せないだろう。七月末まで続いた梅雨のせいで夏の気配が全くなく、ようやく梅雨が明けたと思えば感染者数がまた増えて、都民としてはどこへ出かけようとしても申し訳なさが伴い、結局引きこもりがちになる。新刊が予定通りに出たはいいが、当然、サイン会も刊行記念イベントも開催できず、書店回りもままならない。ツイッターでエゴサをするとぼちぼち本に対する感想は拾えるが、読者の顔がいつまでも霧の向こうにあるようではっきり見えてこない。作家は孤独を好み孤独に慣れる生き物だというが、ここまで来ると流石に耐えがたく、新宿二丁目や歌舞伎町に出かけてパーッと夜通しで遊びたい気分にもなるが、感染リスクが高いしどこの店も短縮営業している状況においてはそれも叶わない。

唯一の潤いは有志で開催された海辺での物書きたちの合宿会で、七人の女性の物書きが一堂に会し、一泊の合宿をした。午後には海辺を散策し、夜には花火をやり、早朝には朝日を眺める。興が乗ってきたら西瓜を頬張ったり、ゲームをしたり、日本のダメ男の悪口に花を咲かせたりする。このささやかな合宿会の記憶は、今年の夏の時間が残し得た、たった一つのかけらとなるだろう。

時間は過ぎ去っては砕け散り、一つ一つのかけらとなって記憶に宿る。それらの時間のかけら

2019年夏、新宿二丁目「東京レインボー祭り」のバルーンリリース

は時おりひょっこりと顔を出して私を微笑ましい気分にしたり、あるいは尖った鋭角で切り傷を負わせたりする。仲間で過ごす夏の海辺の午後や、恋人と喧嘩別れして一人で過ごす寒い冬の夜。舞い落ちる桜の花びらや、燃え盛る鳳凰木の炎。打ち付けるように降る雷雨や、押し寄せる蟬時雨。賑わう御神輿の掛け声や、唐紅に染まる紅葉。しとしとと滴る冷雨や、しんしんと降り積もる白い雪。そんな無数の時間のかけらの上に、今の私が生きている。

願えるものなら、それらの時間のかけらに、もう一度蘇ってほしい――。

（二〇二〇年一〇月）

2020年夏、書き手たちの合宿会、海辺で見た朝日

あなたが私を外人と呼ぶ前に

たぶん、二〇一一年のことだったと思う。

交換留学で初めて日本に中長期滞在していた私は、ある日、高田馬場駅の近くの不動産屋の立て看板に書いてある文言を見て、目が点になった。看板には英語で「Are you "Gaijin?"」とある。要は外国人向けの物件を提供しているよというアピールだったのである。

「Gaijin」という綴りは明らかに日本語なのだが、その言葉を当時の私はまだ知らなかった。が、知らなくても、恐らく漢字で書くと「外人」なのだろうと想像がつく。家に帰って調べると、確かにその通りだった。何だか嫌な言葉だなあと、直感的に不快に思ったのを覚えている。

思えば、その不快感の出自は中国語の語感だったのだろう。「外人」という二文字は、中国語ではもろに「よそ者」「部外者」といった意味合いになる。それが日本語では「外国人」を指しているのだなんて、つまり「外国人＝よそ者」という排外主義的な発想から来る呼称なのだろうと思い、ただただ不快だった。そのため、後にある講演会で、ある研究者が「『外人』というのは差別用語だ」と述べたのを聞いて、やっぱりそうなんだねとすとんと腑に落ちた。

今でも私は「外人」という言葉を快く思っていない。だが、よく考えれば、中国語の語感で日本語の言葉を理解するのは、それこそ初級の日本語学習者がよくやってしまうようなミスに近い気がする。いや、日本語上級者の私の経験からすれば、中国語の語感は日本語学習において大いに役立つ。しかしもちろん全て通用するわけではない。日本語の言葉は、最終的にはやはり日本語として理解されなければならないだろう。

「『外人』は差別用語だ」という説について、ネット上でも賛否両論がある。差別用語だと考える人は、その言葉は排外的あるいは侮蔑的なニュアンスを帯びており、そう呼ばれるのは不愉快だと主張する。差別用語じゃないと考える人は、「外人」は単なる「外国人」の短縮形であり、それ自体には差別的な意味合いが含まれていないと主張する。

前者の印象論はともかくとして、「『外人』は『外国人』の短縮形」という主張は、言語学的な検証ができるはずである。「『外人』は『外国人』の短縮形」であることを証明するためには、少なくとも①「外国人」という語が先にあり、②ある特定の時期から「外国人」の短縮形が必要とされ、それに応じて「外人」という語が生まれ、③現在においても「外人」と「外国人」の語義とニュアンスはたいして変わらない、という3つの条件を満たす必要がある。もし④「外国人→外人」のような短縮例が他にもたくさんあれば、なおさら言語学的な実証に繋がるだろう。

しかし、「『外人』は『外国人』の短縮形だ」と主張する人たちの意見を読んでも、①②を証明する文献は出てこない。④について、「外国人→外人」のように、三文字の漢語の一文字目と三文字目を取って略語とするような例は、少なくとも私にはあまり思い浮かばない。せいぜい「外国車→外車」くらいのものではないだろうか。そして③、残念ながら現代の日本語において「外人」と「外国人」の意味合いは大いに違うように思う。「外国人」は「日本国籍を持たない人」を指すのに対し、「外人」は往々にして「見た目（肌の色、顔立ちなど）から、（生粋の）日本人ではないと判断される人」を指す。前者は「国籍を持っているか否かという状態」が判断基準だが、後者は明らかに「種族、血統、外見」などを基準にしているのだ。

外見的な特徴が日本人とほぼ区別がつかない外国人（台湾人、中国人、韓国人など）は、「外人」と呼ばれることが滅多にない。アメリカ国籍の黒人は日本国籍を取得すれば「外国人」でなくなるが、恐らく（その子供世代も）「外人」と呼ばれ続ける。特別永住者は法的には外国人だが、「外人」という言葉を聞いたとき彼らを思い浮かべる人は少ないだろう。このように、「『外人』は『外国人』の短縮形だ」という主張は、残念ながらどうも無理がある。違う言葉だと考えた方がよさそうだ。

では、呼ばれる側の感じ方だけで、ある言葉が差別用語だと断言できるかどうかというと、そうとも言い切れない部分がある。第一、言葉の感じ方は人それぞれである。アンケートを取ればいいという話でもない。ある言葉が指し示す対象に対してアンケートを取り（実際にはそういうアンケートを網羅的に実施することは不可能に近いが）、七〇パーセントの人が「不愉快だ」

「侮蔑的だ」と思っているという結果が出たところで、それが数の暴力ではないという保証はない。頭数だけで、言葉の良し悪しないし生き死に（みんなに忌避される言葉はいずれ死語になる）を決めるのは、どうも違和感があるのだ。

思うに、ある言葉が差別用語とされるかどうかは、その言葉が生まれた背景と、使われてきた歴史的な文脈に依存するところが大きいのではないだろうか。

現代で差別用語や侮蔑用語とされている言葉は、大雑把に言えば二種類に分けられると考えられる（実際にはどちらにも分類し難いグレイゾーンもあるだろうが）。

一つは、歴史的に確かに差別語や侮蔑語として機能していたし、今でも言葉の字面からはっきりマイナスな意味が読み取れるような類である。表意文字である漢字を使う日本語と中国語では、この類の言葉がたくさん思い浮かぶ。

かつて中国が東アジアの覇権を握っていた時代、自らを世界の中心と目し、周辺の国々を文化的後進国と見なしていた。自分たちが「中国」「華夏」「天朝」「礼楽之邦」であるのに対し、周辺の国々を「蛮夷」「化外之地」と呼んで蔑んでいた。東西南北の異民族をそれぞれ「東夷」「西戎」「南蛮」「北狄」と呼び、異民族の漢字の訳名にも、「けものへん」の漢字（「玁狁《けんいん》」）や「奴」などマイナスイメージの漢字（「匈奴」「倭奴」）を多用した。

近代になって西洋列強が中国に攻め込んだ後、「夷」は西洋人の呼称としても使われた。抗日戦争中に、日本や日本人を「小日本」「日本鬼子」と呼んで蔑んだ。台湾でも、オランダ人を「紅毛番」と、先住民族を「蕃人」と呼んでいた。日本語でも、古い言葉に「穢多」「非人」などの例がある。この辺りの言葉が差別用語なのは自明だろう。「蝦夷」についても、漢字の当て方から侮蔑的な意味合いが読み取れる。

流石に現代の中国語話者は外国人を「夷」と呼んだり、日本人を「日本鬼子」と呼んだりしないが、現代中国語でもこの種類の差別用語が多数生きている。台湾の中国語で、性別移行者を「人妖」と、言動が女っぽい男性を「娘娘腔」と、中国人を「426（死阿陸）」と呼ぶのがそうである。もともと障碍者を「残廃」「残障」と、ハンセン病を「麻瘋病」と呼んでいたが、今はポリティカル・コレクトネスの観点から「身心障碍人士」「漢生病」などと言い換えている。ちなみに、恥を晒すことを「出洋相」と言い、字面から見れば西洋人を蔑む意味合いが読み取れそうだが、語源が分からないので言い切れない。

もう一つの種類は、字面からは必ずしも差別的な意味合いが読み取れないが、歴史的に侮蔑的な文脈で使われることが多かったので、差別用語と見なされるような類である。

中国語では同性愛者を「同性恋」と、性別移行者を「変性人」と呼んでいたが、どちらも差別的な文脈に使われることが多くて語感が毒々しくなったため、「同志」「跨性別（トランスジェンダー）」と言い換えている。「娼妓」「妓女」を「性工作者（セックスワーカー）」と、「外籍労工」や「外労」（＝外国人労働者）を「移民工作者」「移工」、「外籍配偶」や「外配」（＝

外国人配偶者）を「新移民」と言い換える例もこれに該当する。これらの例はいずれも字面だけ見れば（例えば中国語を初めて学習する人の場合を想像するといいだろう）、なんら侮蔑的な意味合いが読み取れないが、そうした言葉は実際に差別的に用いられてきた歴史的な事実を蔑《ないがし》ろにすべきではないだろう。

日本語においても例がたくさんある。「ホモ」「レズ」「オカマ」「オナベ」などがそうだろう。「レズビアン」という言葉は「ビアン」と略せばよくて、「レズ」と略すと差別用語になるというのは、一見ナンセンスなように聞こえなくもないが、「レズ」は差別的な文脈（「ほら、レズだぜレズ」「レズAV」「レズに混ざりたい」）で使われることが多かったという事実は無視できない。「めくら」「おし」などが差別用語とされている理由も同じだろう。

当然、この類の言葉は往々にして自明ではなく、「差別だ」「差別じゃない」などの論争になりがちなのだろう。また、差別用語になり得る言葉を全部禁止すれば差別がなくなるわけではないし、逆に、何ら差別的な意図がなくても、単に知識がないため差別用語とされる言葉を使ってしまうケースもある。言葉を使う表現者として、私は過度な言葉狩りは好ましくないと考える。「屠畜」といった言葉は一切使わず、小説の中でも全て「食肉処理」に直せと言われても困る。「障害者」が駄目だから「障がい者」に直せというのは、漢字に親しむ者としてどうも受け入れがたい。だからせめて「障碍者」と書くようにしているが、結局「害」が「さまたげ」になるだけだ。最近書いている小説で「漢族」という言葉を使ったが、校閲者に差別語だと指摘された時は、流石に違うのではと思った。

　また、言語や文化の違いが誤解を生む例もある。「原住民」は日本語では差別的な意味合いが含まれているが、台湾では正式名称である。「部落」「百姓」も中国語では差別的なニュアンスがない。逆に台湾では「外籍労工」「外籍配偶」は用語として好ましくないとされているが、字面は「外国籍労働者」「外国籍配偶者」という意味で、日本語の用語として何ら問題はない。もともとは差別用語だが、当事者のムーブメントによって差別的な意味合いが消え、言葉が奪還される例もある。英語の「クィア」がその例である。最近、レズビアン当事者は自分を「レズ」と呼ぶ人が増えているが、当事者以外はまだ控えた方がよさそうだ。

「外人」が差別用語かどうか見定めるためには、この言葉がどんな文脈で使われてきたか調べる必要がある。そして恐らく、「外人お断り」といった差別的な用例も、「かっこいい外人さん」といった肯定的な用例もたくさん出てきて、結論がないままだろう。

　結局、「外人」が差別用語かどうか、私には分からない。ただ、この言葉がまだ（本人の意思ではどうにもならない）外見的な特徴を基準にしている限り、そして物珍しさのニュアンス（「ママ見て、外人さんだ！」）を帯びている限り、私はこの言葉で呼ばれたくはない。

　だから、あなたが私を外人と呼ぶ前に、どうか考えてみてほしい。目の前にいる相手を不快な気持ちにさせてまで、本当にその言葉を使う必要があるのかということを。


（二〇二〇年五月）

愛しき日本、悲しき差別

「日本には差別なんてない」と頭がお花畑の右の人が言う。
「日本は差別大国だ」と社会に失望した左の人が言う。

今日の日本で、差別について語ることはますます難しくなってきていると感じる。差別を指摘するとしばしば過激派と見なされ、即座に「パヨク」「反日」などのレッテルを貼られ、「差別ではなく区別だ」というもっともらしい反論ではぐらかされ、場合によっては「そんなに日本が嫌なら出ていったら？」と嘲られる。しかし、どの国、どの共同体にも差別は存在し、それを指摘することは当の共同体に対する攻撃には直結しない。臭い物に蓋《ふた》をしても、桶の中でぷんぷんする悪臭はいずれ溢れ出る。にもかかわらず、溢れ出る不快な臭いにも見て見ぬふりをしようとし、時にはきつい香水を吹きかけてそれをかき消そうとする今の社会の雰囲気には、とても違和感を覚える。何かが腐って臭っているのなら、臭いの発生源をきちんときれいにするのが正しい対策ではないだろうか。

日本という国を無条件に擁護し、「美しい国・日本」と褒めそやすことも、この地に居住している愛しい人間の存在を無視し、「差別大国」と貶《けな》すことも、私はしたくない。日本でも台湾でも、私は人間の温もりを垣間見たことがあり、涙ぐみ、憤るような差別を受けたことがあったからだ。

台湾から脱出を図り、日本へ渡ってきたのは二十代前半だった。十代から二十代前半の私は、台湾で数々の暴力を受けていた。世界から孤絶した幾多の暗い夜、その根源にある、理不尽に押し付けられた生の在り方、今でさえ回想すると涙が溢れ出てくるような記憶、それらの物事から逃れようと日本へ渡った時にやっと手に入れた僅かな自由の空気に、二十代前半の未熟な私はどれほど救われたことか。そんな私を受け止めてくれた日本が、日本語が、実に懐が深い存在だと今でも思っている。私にとって日本は異郷ではなく、第二の故郷である。

日本との確かな繫がりができたのは、東日本大震災があった春だった。当時大学生だった私は交換留学で東京へ渡ってきたのだ。地震に見舞われたばかりの東京は、しかし台湾での人間関係で悩まされていた当時の私にとって避難所のように感じられた。誰も知り合いのいない土地に一人で住むのは寂しくもあるが、それ以上に心地良かった。人嫌いというわけではない。誰かと繫がり過ぎるのを恐れていただけだった。東京の人間は他者と適度な距離を取り、他者の個人的な領域に無闇に踏み込むのを避ける傾向がある。その距離感は私には好ましかった。

一年間の留学生活で、私はさまざまなサークルやイベントに参加し、ゆっくり人間関係を展開していった。今はなき、女性が好きな女性のための友達作りイベント〈ピアフレンズ for girls〉（通称〈ピアフレ〉）で、後に続く友人が何人もできた。

交換留学というのは帰国を前提としたプログラムである。一年後、帰国を控える私に、〈ピアフレ〉の友人数人が送別会をやってくれた。新宿西口のレストランでビュッフェを食べた後、都庁の展望台に上って夜景を堪能した。終電が近づくと新宿駅で解散し、それぞれのホームへ向かった。東京メトロのホームで電車を待っていると、ふとピアフレメンバーの一人、K氏から電話がかかってきた。

「どうしたの？」

私が聞くと、K氏はもごもごした声で言う。

「あのさ……もう電車に乗った？」

K氏のハスキーボイスが電話越しに耳殻《じかく》に伝わった。

「まだホームだけど、電車もうすぐ来るよ」

「急で申し訳ないけど」

「うん？」

「今日……オールしない？」

K氏は元々、意表を突く言動をたまにする人だったが、その急な申し出は私には嬉しかった。

当時、K氏はもう一人のピアフレメンバー、T氏とは恋仲だった。しかし数か月付き合っているうちに二人の関係性が行き詰まり、そんな中でT氏とも仲が良かった私は何度かK氏の恋愛相談に乗った。オールしようという急な申し出をしたのも、私に相談したいことがあったからだろう。名残り惜しいという気持ちもあったかもしれない。ともかく、知り合って数か月しか経たない、おまけに滞在期限付きの留学生の私を、K氏は信用してくれていた。そのことが嬉しくて、二月の寒冬の中でも暖かい塊が胸の底から込み上げた。

本当は翌日に別の場所で、別の人とランチを食べる予定があった。今ならそんな元気もないだろうが、当時は翌日に予定があるにもかかわらず、私はオールを快諾した。

私達は一度解散したメンバーを再び招集し、アルタ前で待ち合わせることにした。一行は新宿二丁目にある〈ココロカフェ〉に入り、グラスを片手に一夜を語り明かした。話の内容は何一つ覚えていないが、机に置いてあるキャンドルの火で遊んでいたこと、そして瞼《まぶた》がとても重くて何度も寝落ちしそうだったことだけは覚えている。数時間後、滲むように降り注ぐ朝日の中で、私達は二度目の解散をした。今度は本当に解散なのだ。この人達に次いつ会えるか分からない。そう思うと涙ぐみそうになった。

別れ際に、T氏がかけてくれた言葉は今でも忘れられない。

「今度また日本に来た時は『ようこそ』じゃなくて、『おかえり』って言ってあげるね」

恐らくそれが私にとって、日本が異郷から故郷に変わった瞬間だろう。いつか絶対また日本に来る。山手線の車内で端っこの席を確保して目を閉じ、微睡《まどろ》みに浸りつつ私はそう思った。再び目を開けたとき山手線は既に何周か回った。渋谷駅で降り、私はそのまま次の約束の場所へ向かった。

その一年半後に、私は再び日本に上陸した。それが今に続く滞在である。

「第二の故郷」での生活はいつの間にか六年が経った。振り返ると、台湾のどの都市よりも私は東京に詳しくなり、また愛着を抱くようになった。日本語が堪能で、外見も日本人と変わらないため、東京生活では自分が外国人であることを意識させられる場面が少ない。留学生の奴隷労働など、日本社会のどこかで確実に起こっている、外国人が食い物にされているような事態も、私は幸いあまり経験せずに済んだ。

それでも外国人差別に直面した瞬間が、私にもあった。部屋を借りる時である。

去年、フリーランスに転身することを機に住居を変えた。二年半ぶりの引っ越しである。その前は会社の寮に住んでおり自分で部屋探しをしたわけではないため、この国の賃貸市場には根強い外国人差別があることを私は忘れかけていた。いざ部屋を探そうとすると、たとえ永住許可を得ていても、どれほど日本語が堪能でも、安定した大企業に勤めていたとしても、書類上は外国籍である、たったそれだけの理由で問い合わせの段階で何度も拒否された。

辛うじて家賃が負担でき、間取りも設備もまあまあ気に入り、外国人でも入居が可能な物件を見つけたはいいが、今度は保証会社利用料で問題が生じた。物件を管理している不動産会社のルールでは、外国人は日本人と違う保証会社を利用しなければならず、日本人の保証会社利用料は賃料の五〇パーセントで、外国人は一〇〇パーセントだと告げられた。

こんな差別的な待遇は受け入れられるものではないと考え、私は不動産会社の担当者と交渉してみることにした。担当者は二五歳くらいの気さくな好青年で、私がルールの差別性を指摘すると、彼も「確かにそうだ」と認めた。その上で、日本人と同じ条件で入居できないか、本社に掛け合ってみると約束してくれた。翌日に彼から折り返しの電話があった。彼の努力の結果、本社も私の言い分に耳を傾け、日本人と同じ保証会社を利用することを認めてくれた。

やっとオーナーよし、不動産会社よし、借り手よしという状況になったが、ところが今度は保証会社の方で突っぱねられた。〈全保連株式会社〉という名の、話を聞くと業界最大手らしい保証会社が、借り手が外国人と聞くと連帯保証人を立ててくれと言ってきた。本来、保証会社というのは連帯保証人のいない借り手のための保証サービスである。なのに連帯保証人を立ててくれと要求してくるのはどういうわけか、私は首を傾げずにはいられなかった。しかも日本人じゃないという、それだけの理由で――私はすぐさま〈全保連〉に電話し、交渉しようとした。しかし電話に出た男は話し合う気が全くなく、「うちはそういう決まりなんで」の一点張りだった。結局私は、日本人の二倍以上の保証会社利用料を支払わざるを得なかった。

時事通信社の報道によれば、半分近くの外国人は部屋を借りる時、「外国人である」というそれだけの理由で入居拒否を経験しているらしい。私に言わせれば、それはとても真実味のある数字だ。いや、もっと多くてもおかしくない。

国籍だけで人間を判断し、入居を拒否したり高い料金を徴収したりすることは、たとえ違法でなくても紛れもない差別である。そうした賃貸市場の根強い外国人差別問題は、恐らく構造的な課題がいくつもあるだろう。ひとっ飛びで解決できるものではないかもしれない。しかし差別があることを認め、問題を解決しようという姿勢がまず重要である。単純労働分野でも外国人労働者の受け入れが加速している今こそ、問題に向き合わなければならない。

信念や信条と言えば大仰だが、私にはいくつかの理想、あるいは夢想がある。人間はその出生地や国籍、性別やセクシュアリティ、人種や肌の色などの属性によって、規定されることなく、制限されることなく、自らの意志で人生の進路を選び、自由に生きられるべきである――改めて言語化すると夢想でしかないなと笑えてくる。しかし、自分の意志で、自由に、好きなように生きてもわがままと言われないような世界が、どれほど風通しの良いものか。振り返れば、私が書いてきた小説でもそんな世界に対する希求の念が滲み出ているのではないかと思う。

『独り舞』の主人公・趙紀恵は、過去の傷から逃れようと台湾から日本へ渡り、それでも「自分自身」からは逃れきれない故、今度は人生そのものから逃れようと死の跳躍を試みる。「誕生とは自身の意志と無関係に生を押し付けられること。その不条理さに対抗する術が無いのなら、せめて逃避を選ぶ権利はあってもいいはずだ」、そう語る趙紀恵が下した決断は、自己決定権の極致的な行使なのかもしれない。『五つ数えれば三日月が』の主人公も、話す言葉、住む国、勤める職場、さまざまな事柄を自ら選択できるようになるまでには、色々な規定と制約を受ける不安定な少女時代を生き延びなければならなかった。

私達はさまざまな属性を生まれた瞬間から不可避的に背負っている。そんな属性を引き受けつつ、それによって規定されない世界を、私は夢想したい。女／男だから、同性愛者／異性愛者だから、外国人／日本人だから、トランスジェンダー／シスジェンダーだから――そんな言葉が意味を持たなくなった時に、人間はやっと、ただの人間という純粋な存在に戻り、自由になれるのかもしれない。

（二〇一九年一〇月）

日本人は銃剣で子どもを殺していたのよ

日本に住んでいると、初対面の人から「出身はどこ？」と聞かれる時がある。それなりに日本語を巧みに操っているので、ほとんどの場合、相手は日本の地名が返ってくるのを想定している。そこで「台湾」と答えるとちょっとしたカミングアウトになるのだ。

ありがたいことに、「台湾」と答えて嫌がられることはあまりない。逆に、「私、すごく台湾が好き！」と言ってくれる人が多かった。東日本大震災以降、「台湾は親日国」という印象がかなり定着したように思われる。実際に台湾を旅行した日本人も「台湾人は日本人に優しい」と口々に言う。各分野での民間交流が進んでいることもあり、日本では今、ちょっとした「台湾ブーム」が起こっているようだ。嫌われるよりかはもちろん好かれる方がいいので、台湾出身者としてはこの状況をありがたく思っているが、一方、「親日台湾」といった言葉を耳にするたびに、少しばかり違和感を覚える。

私自身はもちろん大の親日派と言えよう。自らの意思で日本語を学び、日本に移住し、こうして日本文学の作家として活動しているのだから、日本と日本語が好きという感情は誰にも決して否定させない。そしてふとした瞬間に周りの人間を見回すと、類は友を呼ぶということだろうか、やはり同世代では日本好きな友人が多い。ところが不思議にも、私自身は成長過程において、「台湾は日本好きが多い」という印象は特に持ったことがなかった。

今でもひりひりするような記憶がある。小学校一年生か、二年生の時のことだった。担任の先生がクラスでこのようなことを言ったのだ。

「日本人はとても残虐な民族だよ。台湾を植民統治していた頃は、台湾人をたくさん殺した。霧社事件という事件があって、日本人の圧政に反抗した台湾人はみんな殺されたんだ」

先生の表情は非常に痛切で、口調も切実なものだった。「日本人がよくやっていた遊びがあった。皆さんよりも小さい子供、まだ歩けない赤ちゃんをたくさん捕まえて、宙に放り上げるんだ。そして赤ちゃんが落ちてくる時に銃剣で——つまり鋭い刀をつけた銃で、刺し殺すんだ。そうやって、誰が一番上手に、一番多くの赤ちゃんを殺すことができるのか、競い合って遊んでたのよ」

どのような文脈でそういう話になったのか今となってはもはや覚えていないが、話の内容だけがどっしりと記憶の底に鎮座している。そうして幼い私にとって、「残虐で怖い人たち」というのが、日本人に対する第一印象になった。

後になって考えれば、あの先生は田舎の保守的な教育システムの一端を担う一人に過ぎなかった。年齢的に日本統治時代を実際に経験したわけでもない。つまり彼女が語る「残虐な日本人エピソード」というのも、誰かから聞いた話に過ぎないのだ。

戦後、日本は台湾の統治権を失い、代わりに台湾にやってきたのが共産党との内戦に敗れた国民党政権だった。戒厳令を敷いた国民党政権の独裁政治の下、反共思想と愛国教育は教育システムを通じて島の隅々まで浸透した。自らの政権を正当化するために、日本による統治を「占拠」と位置付け、日本人を「敵」と見なした。当時の国語教科書には蔣介石が日本の軍部に留学時の教官に逆らったエピソードが収録されていて、文中では蔣介石を「愛国青年」と讃えた。あの先生は恐らくそうした反日教育の中で、「残虐な日本人エピソード」を叩き込まれたのではないだろうか。そして今度、彼女は自分の受けた教育内容を私たちに向かって再生産しようとしたのだ。台湾には反日教育が行われる時代が厳然とあった。そんな教育を真正面から受けた世代の一つ下の世代として、私もその名残を感じないわけにはいかなかった。

子供の時にピアノを習っていて、好んで弾いていた童謡があった。「長城謡」という、有名な抗日歌曲である。中国音楽の「五声」で書かれたこの曲はメロディーがとても優美で、子どもながらノスタルジアを感じずにはいられなかった。歴史を学び、歌詞の意味を知ったのは随分後のことだった。ここで歌詞の一部を摘訳する。

万里の長城は万里ほど長く、長城の外はかつて故郷だった。
コーリャンは実り、大豆は香り、辺り一面は黄金色で災難も少ない。

大難が平地に起こって以来、強姦略奪が横行して苦しみに耐えられない。
苦しみに耐えられず、他方に逃げ、肉親が離散して父母も失う。

一九三一年満州事変後、中国の東北が日本軍の手に落ち、日本は自らの息がかかった政権「満州国」を成立させた。そんな日本軍に蹂躙《じゅうりん》される東北の惨状を歌うのが、この「長城謡」である。こんな歌が童謡（本当は「長城謡」は作曲当時、童謡ではなかったが、私が小さい時にそれは確かに童謡集の楽譜に収められていた）？　と驚く人もいるかもしれないが、特定のイデオロギーを植え付けようとする為政者は、童謡をプロパガンダとして使わない手はない。台湾でとても有名な童謡「只要我長大（大人にさえなれば）」も、男性中心主義を当然視し、反共思想を宣伝するための戦争・兵役礼賛の歌である。

このように、今にして思えば自分も成長過程の中で多くの「反日的」な要素に触れてきた。中学では歴史の授業で当然ながら日清戦争や台湾割譲、霧社事件、日本軍による中国侵略、南京大虐殺、抗日戦争、慰安婦問題について習った（因みに国民党が引き起こした二・二八事件や白色テロの惨劇はある程度棚に上げられ、詳しくは語られなかった）。担任は国語の教師で、やはり日本嫌いで、授業で日本人を「有礼無体（表面的な礼儀ばかり重んじ、実態が伴わない）」と批判した。中学二年生の時に私は日本語を独学し始めたが、そのことを担任はあまり快く思わなかった。当時のクラスでは英語を練習するために、一日一文、自分で英語の文を作り、中国語訳とともに学校の連絡簿に書かなければならなかった。ある時期から私は英語と中国語と共に、日本語の文も併記することにしたが、そのことがある程度担任の顰蹙《ひんしゅく》を買ったと思う。さすがに真正面から怒られはしなかったが、何度か「なんで侵略者の言語を学ぶんだ?」「日本語の文字ってどうせ漢字のパクリでしょ?」と嫌みを言われたことがあった。両親は私の日本語学習を妨げたりしなかったものの、やはり時折「なんで日本語がそんなに好きなんだろう」と不可解に首を傾げたこともあった。

「日本が嫌いな人たちは確実に、身近なところに存在している」、私は早くからそう分かっていた。そして多かれ少なかれ、彼らの影響を受けていた。「日本人は残虐で怖い」という第一印象は前述の通りで、慰安婦問題を教わった時には本気で日本という国が汚らわしいと思った。一九七二年の日本と中華民国の国交断絶を習った時の素直な感想として、「やはり現金な人達だ、中華民国が国連から追放される(一九七一年)と真っ先に国交を絶ったんだな」というものだった。それでも私がそれ以上反日思想を増幅させることなく、今日のような「親日的」な人間に育ったのは、結局のところ「言語」と「文化」のおかげだったと思う。

中学二年生の時にふとした思いで習い始めた日本語、その美しさが私を魅了した。子どもの頃から親しんでいた『名探偵コナン』や『ポケットモンスター』といったアニメも、日本と日本語に対する親近感を抱かせた。後に触れた芥川龍之介や村上春樹といった日本文学の作家、彼らが作り出した世界もまた魅力的なものだった。もちろん、『涼宮ハルヒの憂鬱』や『らき☆すた』

といったオタク系アニメが見せた日本のもう一つの側面も、非常に興味深いものだった。

主に歴史的な事柄から来る日本への嫌悪感（の種子のようなもの）と、言語や文化を通じて感じた日本の魅力。自分の中にある相反した二つの感情との付き合い方を、私は自分なりに模索する必要があった。かつて日本軍や日本政府が犯した罪に、そして現代になってもその罪状を認めようとしない歴史修正主義者が存在することに、私は強い憤りを感じた。しかし一方で、私は現代日本に少なからず興味を持った。大嫌いな世界地理の授業で最も興味深く習ったのが日本だったし、授業の他では喜んで日本語の世界に浸り、日本の流行文化を消費した。嫌悪と愛情の線引きを、私は自分なりに決めて、割り切る必要があった。

今にして考えれば非常に浅はかだったが、一時期において私の割り切り方はこのようなものだった。「悪いのは昔の日本人で、今の日本人には罪がない」「罪を犯したのは昔の人間で、今の文化や言語には罪がない」「日本だって被害者であるアジアの国で、米国が日本を侵略していなければ日本も加害者になっていなかった、つまり全ては欧米列強の責任だ」——このように、自分の中にある「日本が好き」という感情を受け入れるのに、私はある意味必死だった。

しかし皮肉なことに、そのハードルを乗り越えた先に、今度は「好き」の度が過ぎることになった。台湾社会の現実に対する様々な不満のはけ口として、私は勝手に日本という国を利用した。「台湾は何もかも遅れていて、日本は何においても優れて進んでいる」——このように、自分の理想と憧憬《しょうけい》の投影として勝手に日本を祭り上げ、そんな幻想を見出していた。言うまでもなく、これもまた無知極まりない考えだった。思い込みの激しい年頃だったということもあり、一つの国と適切な距離感を保って付き合うことは、私には難しかった。その距離は時には近過ぎて、時には遠過ぎた。恐らく他人や世界との距離感についても同じだったのかもしれない。

日本に移り住んでから、私は自分なりの日本との適切な付き合い方を見つけていくことを心掛けた。扶桑《ふそう》の国での生活を通して、私は多くの興味深い文化と愛おしい人達に出会い、またそれと同じくらい、保守的で後進的な面や、社会の隠れた闇を垣間見た。この両者によって自分の中の天秤に重しが絶えず足されていき、天秤は交互に傾き続けた。光があれば影が生じるように、天秤の両側にあるもの、どちらも本物の日本に違いない。

一つの国、一つの地域を無条件に貶め、嫌悪することと、一つの国、一つの地域を無条件に褒め称え、愛すること——そうしているうちは、あるいはその国や地域についてまだまだ無知である証なのかもしれない。「光」しか「観」えてこないうちは、いつまでも「観光」しかできない。そのことを私は自らの体験を通して実感した。やがて私は、一つの国や地域を一つの総体として語ることの無意味さに気付いた。台湾が好き、日本が好き、中国が嫌い、韓国が嫌い——そんな言葉を口にする時に私たちが口にしているのは、結局のところどういうことなのだろうか。

「親日」「反日」「好き」「嫌い」、そんな言葉はもちろん便利で、私も便宜的に使うことがよくある。しかし本当のところ、そういった表面的な言葉を越えたその先に見えてくる何かこそ、本当の意味での理解に繋がるものではないだろうか。

（二〇一九年七月）

終わりなき「越境」の旅　東山彰良『越境』台湾版刊行に寄せて

東山彰良さんのエッセイ集『越境』の繁体字中国語訳を手がけさせてもらったご縁で、このエッセイを執筆する機会を賜った。

自著やライトノベルを除けば、『越境』は私が初めて翻訳した文芸書ということになる。東山さんの文章はとても明晰なので翻訳作業自体はさほど難しくないが、何しろ私が苦手とするスポーツから時事問題やローカルネタに至るまで、話題が広汎にわたっているため、リサーチにはそれなりに苦労した。中国語は日本語より親族関係の呼称が複雑なので、原文だけでは正しい訳語の判断がつかないことが多い。そんな時は東山さんに確認した上で、適切な訳語を選択した。「ガリガリ君」など、台湾の一般読者にあまり馴染みのないものに関しては適宜訳注を付した。リサーチの途中、日本語版の記述が間違っていると判明したところも数か所あり、それらも繁体字中国語版で修正した。自画自賛で申し訳ないが、我ながらいい仕事をしたと思う。

さて、台湾生まれ台湾育ちで中国語を第一言語としながら、今は日本に住み、日本語で小説を書いている私は、恐らく「越境文学」について論じる時によく名前が上がる常連の一人なのではないかと思う。実際、私は確かに国境的そして言語的に越境しているのだから、私の作品が「越境文学」（この言葉自体、厳密な定義はないようだが）として読まれること自体にはあまり抵抗がない。とはいえ、東山さんが書いた「わたしは自分の作品を越境文学と見なしたことはない」という言葉について、私も同意見である。

いや、もちろん私と東山さんはかなり違う。性別も世代も住まいも違うし、これまでの経歴だって違う。彼は五歳で日本へ渡ってきたが、私は二三歳。彼は日本語の環境で育ったが、私は中国語の環境で育ち、日本語を第二言語として学習して獲得した。私と彼の共通点と言えば、どちらも台湾にルーツを持っているということくらいだろう（そして敢えて言うならば、一口に台湾といっても、私たちは出生地も違うし、エスニックグループも違う）。

しかし、東山さんが自分のことを「台湾で生まれて日本で育った一個人」としか認識していないと書いているが、それは痛いほど分かる。私も台湾人とか日本人とか云々する前に、自分のことを「台湾で生まれ育ち、自らの意志で日本に移住した一個人」に過ぎないと思っている。当たり前だが、私は今外国人として日本に住んでいるけれど、（選挙の時や在留カードを更新しなければならない時を除けば）「自分は外国人だ」と意識しながら毎日を生きているわけではない。国境線なんてどうせ愚かな人間が地球に残した落書きに過ぎず、国籍というのも所詮自らの意志とは無関係に押し付けられたものだ。創作に関しても、「越境文学」といったレッテルとは関係なく、私はただ自分自身の生の痕跡、そしてこの世界、この社会においてもっと書かれなければならないにもかかわらず、いまだ見えぬ表現を、何とか言葉にして、文学という形で残そうとしているに過ぎない。

ところが、国籍というのはどこまでも纏わりついてくるものだ。日常生活で自分は〇〇という食べ物が苦手だと表明すると、十回に八回は「台湾では〇〇を食べないんですか」と訊かれる。ネットで政権批判の発言をすると、「今の政権は台湾に友好的なのに」といった趣旨のリプが飛んでくる。何かの文学賞の候補に挙がると、「台湾人では前にも△△さんが同賞の候補に挙がっている」みたいな報じ方をされる。まあ、そんな無理解な有象無象によるマイクロ・アグレッションはどうでもいいが、しかし文筆業界内においても国籍ばかり注目されるとなると、やはり困る。というのも、私に依頼された書評などの仕事は、何故か台湾や中国に関連するものばかりである。ちなみに、私は台湾の出版社からも時々仕事を受けるが、面白いことに、台湾側から依頼されたものは日本に関連するものばかりになる。

日台の橋渡し、と言えば聞こえはいいが、結局私は自分の大して重要視していない国籍という属性によってカテゴライズされてしまっており、そのカテゴリーに合致した仕事しか声をかけてもらえていないのではないか、と思えてならない。もちろん、そういった仕事自体は嫌いではない。台湾には非常に優れているが、国際社会的な現実のせいで十分に認識されていない作品がたくさんある。そういった作品が日本でもっと広まるように手助けはしたい。直近で言うと、『私たちの青春、台湾』がこの一〇月末に日本でも上映されるが、これはぜひ観てほしい素晴らしい映画である。一方、日本文学にも商業的に必ずしも華々しい成績を残していないがとても優れている作品がたくさんある。そういった作品がもっと当たり前のように翻訳されることを望まない日はない（日本にとって台湾というのは大きなマーケットではないだろうけれど）。もっと言うと、台湾で二二年間暮らした経験が私に影響を与えないはずはないし、私の作品にもそれなりに台湾的な要素が登場している。私の作品がきっかけで台湾に興味を持った人や、あるいはその逆のパターンの人がいれば、それ自体はとても喜ばしいことである。

しかし——それだけではないだろう。もし本が、文学が何かを与えてくれるとしたら、それは自分の視線では決して届き得ないような広大な世界が実際に存在しているという気付きなのではないだろうか。そんな世界においてさえ人間が国籍によってカテゴライズされているのなら、それはやはりとても息苦しく、そして寂しいことだ。思えば、そんなカテゴライズの暴力から絶えず逃れようと、脱出しようとする——それが、私にとっての「越境」の努力なのかもしれない。そしてそれはきっと、永遠に終わりの見えない闘争の旅になるに違いない。

（二〇二〇年一〇月）

だから私はタピオカミルクティーにさよならしなければならない

タピオカブームなるものが来ているようである（というかそろそろ衰退か？）。

周知の通り、タピオカドリンクというのは台湾発の飲料だ。台湾で爆発的に流行ったのち、欧米にも進出した。二〇一五年に初めてアメリカへ旅行に行き、街角で賑わう台湾発のドリンクスタンドを目にした時はかなりびっくりした。距離が近い中国や香港ならまだしも、遠い海を越えてアメリカにまで店舗を展開したのだから驚きものである。逆に距離の近い日本では、当時はまだその類のドリンクスタンドがほとんど見えなかった。

ところがとうとう、日本にもタピオカブームが来ているのだ。

このブームの到来を喜ぶ台湾出身者や台湾関係者は大勢いるらしい。「タピオカドリンクは台湾の光だ」とはしゃぐ人もいるし、台湾の若者が台湾の食文化を日本で広めるためにドリンクスタンドをオープンしたところ成功を収めた、なんていう美談も時々目にする。しかし、街に次々と展開されるタピオカドリンクの店舗、その店舗に並ぶ長蛇の列、「タピ活」「タピリスト」「タピる」のような流行語、タピオカを取り上げるテレビのワイドショーやネットのトレンド、タピオカのインスタ映えの写真、タピオカランドという謎の施設、しまいにはタピオカオムレツにタピオカ麻婆にタピオカ筑前煮、そしてタピオカのアクセサリーからストラップからテンガカップまで……とかくタピオカでゲシュタルト崩壊を起こし眩暈がしてしまいそうなこの社会現象を、私は常に冷めた目で見ている。

何を隠そう、私はタピオカが嫌いなのだ。

私にとってタピオカの存在は、子供時代からの謎である。

そんなもちもちしていて噛んでも噛んでも噛み切れないものを、一体なんで人々は飲み物の中に入れて好んで飲んでいる（食べている？）のだろうか。人々は喉が渇いたからこそドリンクを飲むのであって、飲むからにはごくごく飲みたいのであって、そのドリンクの中にごくごく飲むことを邪魔してくる物体を入れるというのは、一体どういう了見だろうか。

えー、台湾人のくせに！　と、これまで何度言われたことか。

タピオカだけじゃない。パイナップルケーキもマンゴーも蚵仔煎《オアゼン》も、サツマイモご飯も四神湯《スーシェンタン》も杏仁茶も、台湾料理とされているものの多くを、私は嫌いなのである。というより、そもそも食べ物として認識していないのである。夜市（夜市自体は好きだ）を漫ろ歩きしていても、これらの料理は自動的に目のフィルターに濾過され、脳の認識範囲に入らないのである。

この通り私は偏食者である。辛いものも苦いものも酸っぱいものも、魚介類も生野菜も味覚的には受け付けないので、食事会や飲み会では散々苦労してきた。「これ、辛くないよ？」と言われて食べたものが辛くて舌が火傷しそうになったり、「全然酸っぱくないから」と言われて飲んだものが酸っぱくて頬っぺたが萎んで抜け落ちそうになったり、これまでの経験から人間不信になってもおかしくないレベルである。どうやら私にとっての「辛い」「酸っぱい」の境界線は他人とはかなり違うようだ。他人が引いた境界線への盲信は禁物である。

日本に来てから、自分は辛いもの／苦いもの／酸っぱいもの／海鮮が食べられないと表明すると、往々にして「台湾ではあまり辛いもの／苦いもの／酸っぱいもの／海鮮を食べないの？」と言われる。十回で九・五回は言われる。耳にタコができそうである。その度に心の中で叫んでいる。「台湾では食べないのではなくて、私が食べないのだ！　お願いだから、私を台湾人というカテゴリーとしてではなく、個人として見て！」と。

もちろん、こう見えても小心者だからこれはあくまで心の叫びであり、よっぽど仲の良い友人でもなければそうは言いづらいのである。しかしそうしたマイクロ・アグレッション（悪意なき、小さな差別）を受ける度に、溜息を吐かずにはいられない。たとえ台湾から日本に渡り、物理的な「国境線」を越えたとしても、人々の心の中にある無形な「国境線」までは越えられていないようだ。

私は時々不思議に思う。どうやら人々が想像している「国境線」なるものはとても厳然としていて、話す言葉から住む家の様式、慣れている交通手段から物事に対する考え方、政治観価値観そして食べるものまでも、その線によって全てが決まるようである。臭豆腐を食べない台湾人だって、納豆を食べない日本人だっているのだから、少し考えてみればそんなことはあり得ないと分かるはずなのに、人々は国境線の向こうにいる他者と対峙するといとも簡単に個体への想像力を失い、ついその線で全てを解釈しようとしがちである。

歴史を紐解けば、国境線というものはふとした拍子にいとも簡単に移り変わるものであることが分かる。それは決して固定したものではなく、常に変動する可能性を内包していて、場合によっては曖昧性すら帯びるものである。最近小説の取材で、与那国という西国境《さいはて》の島に行ってきたが、この島はまさに好例である。

一六世紀以前に与那国は絶海の孤島で、海を通して色々な島と緩やかな交流を持っていたものの、どこの国にも隷属しなかった。一五一〇年に琉球の侵攻により、与那国は初めて琉球王国の版図に入り、一六〇九年の薩摩藩による琉球侵攻以降、薩摩に対して納税せざるを得なくなった。殺戮による口減らしを蔓延らせた人頭税の施行もおよそこの時期である。一八七〇年代の琉球処分によって与那国は大日本帝国の一部となったが、日清戦争後に台湾も大日本帝国の領土に入り、一一一キロしか離れていないこの二つの島は盛んな人的・物的交流を開始した。与那国の人々は、進学先、就職先、食料や生活物資を帝国の内地よりも、至近の台湾島に求めたのである。しかしいざ敗戦してみると、大海原にいきなり国境線が引かれ、それまで与那国の人々の生活を支えていた台湾との海上貿易は一夕にして違法な密貿易となった。沖縄と共にアメリカの占領下となった与那国は十分な物資が与えられず、台湾との「密貿易」を続けるしかなかった。与那国の歴史は、その時々の権力者の方針や国々の勢力によって決められた国境線に翻弄される歴史、と言い換えてもいい。島民からすれば、越境も何も、勝手に境界線を引かれているだけなのに、ともどかしい気持ちになるのではないかと想像する。

越境も何も、勝手に境界線を引かれているだけなのに――この地球という星、見渡せぬ海原、荒漠たる蒼穹、そこに人類が勝手に引いた国境線がまるで子供の落書きのように思われる人は、私だけだろうか。ただの子供の落書きなのに、私達は無力にも翻弄され、規定され、場合によっては食べるものにまで先入観を持たれる。「○○人」である以前に、私達は独立した、一個の人間としてこの世界に生まれたはずなのに。国境線だけではない。人種、性別、性的指向の境界線についても、同じことが言えると思う。そうした属性による規定から解放され、真に一個の人間として互いに向き合えるようになるその時こそ、「越境」は本当の意味で達成され得るのではないだろうか。

だから私はタピオカミルクティーにさよならしなければならない。パイナップルケーキにもマンゴーのかき氷にもだ。台湾人だからでも、台湾人離れしているからでもない。私は独自の好悪、独自の価値観と世界観を持っている、李琴峰という一個の人間だからである。

（二〇二〇年二月）

新宿二丁目の煌めき

『ポラリスが降り注ぐ夜』刊行に寄せて

二丁目はどんな色をしているか

都市にはそれぞれの色があると思う。

例えば京都は緑で、台北は灰色。北京は真っ白で、西安は橙色。カイロは砂ぼこりの黄色で、シドニーは澄み渡る青。

何故そう思っているのかと言うと、最初に京都を一人で漫ろ歩いたのは桜も紅葉も雪もない真夏で、あるのはそこら中を埋め尽くさんとばかりの、鬱蒼とした樹木だけだったからだ。台北に住んでいた頃は人生で一番苦しかった時期で、見上げると灰色の空が広がっていたように思われた。初めて北京を訪れたのは大雪の日で、紫禁城も万里の長城も真っ白な雪に覆われ、西安は橙色の光を放つ鐘楼が町の中央に鎮座しているのが印象に残った。カイロは砂漠に囲まれているせいで空気までもが黄土色に見え、港町であるシドニーの三月は海も空も心が痛むほど青かった。

もちろん、そうしたイメージには個人的な主観が多分に含まれているだろう。しかし都市に対するイメージは常に主観的で、人間の記憶と都市の記憶が溶け合った時にはじめて「意味」が現出するのではないか、とも思う。

新宿二丁目の色は思い出すまでもない。暗闇に毒々しく煌めく、色鮮やかな看板の群れ、そんな繁華街らしい絵があまりにも鮮明に浮かぶので、烏羽色《からすばいろ》とでも言おうか。吸い込まれるような深い黒だが、それ故にあらゆる光を際立たせ、濡れたような艶を持たせる。誰でも簡単に溶け込んで隠れてしまえるような、それ故に安心感を覚えるような深い黒。

しかし記憶の糸を手繰っていくと、それが二丁目に対する第一印象ではないことに気付く。初めて見た二丁目は黒どころか、真夏の午後の陽射しが降り注いでいた。

あの時、私は四週間の短期留学で東京に来ていた。ある日の午後、友達に案内されて二丁目を訪れた。もっとも、当時の私はまだ「新宿二丁目」という地名も、その場所が持つ意味も歴史も何一つ知らなかったし、日本語もまだ複雑な話題を理解できるようなレベルには至っていなかった。ただ案内されるがままに、曲がりくねった路地をいくつも通り抜け、古ぼけた雑居ビルのエレベーターに乗り、僅かに開いている扉を開くと広々としたフリースペースに辿り着いた。十年以上前の話である。

今にして思えば、あの時訪れたのは「akta」というコミュニティ・センターで、確かに外国から初めて東京に来た未成年の大学生を案内するのに相応しい場所だったが、当時どんな人達に会い、どんな話をしたのかは今一つ覚えていない。日本語力の制約もあり、大抵の話題にはついていけず、聞き流すことしかできなかったと思う。ほとんど何も記憶に残らなかった、そのワクワクもドキドキもない安穏な訪問が、私の二丁目初体験である。

十数年の時が経ち、日本語が上達し、日本に移り住み、二丁目という街の性質と歴史を多少なりとも分かっている私は、いつしかこの街へ通うようになった。暗闇に煌めくネオンの群れと、その下を行き交う人々の物語に思いを馳せながら、この街を舞台にした小説『ポラリスが降り注ぐ夜』まで上梓することとなった。ぜひ紐解いてみていただきたい、これが私の見ている新宿二丁目の色だ。

二丁目はどんな顔をしているか

「二丁目は、何だか怖くて行けない」

時々、そう言われることがある。

何が怖いの？　と訊いても、なんとなく、とか、何だかね、とか、ぼんやりした答えしか返ってこないから、恐怖を克服するのを手伝おうと思ってもどうすればいいか分からないのが常である。

それも無理からぬことだろう。人間というのは分からない物事に対して恐怖を覚えるようにできている生き物だ。恐怖を感じる物事は敬して遠ざける、触らぬ神に祟りなし、そうした本能が人類を生存競争から生き残らせた。そして二丁目なんてアジア最大のゲイタウンときてる。見るからに胡散臭い。そこは背徳と頽廃が跋扈し、乱交と性病が蔓延り、いずれは天から降ってくる硫黄と烈火で焼き払われるソドムの街だ。まともな人間なら一歩踏み込むが最後、その街に巣くうおぞましいホモやレズにオカマを掘られたり純潔を奪われたりするに違いない。

ごめん、流石に言い過ぎた。恐らく多くの人はただ遊び方を知らないだけかもしれない。その街特有の文化を知らずに軽い気持ちで立ち入れば、自分の言動で他人が傷付いてしまうことも、ないとも限らない、そう懸念しているのかもしれない。であれば素晴らしい心遣いだ。確かに、単に物珍しさに惹かれて冷やかし目的で行くのなら、どこに行っても大して歓迎はされないだろう。大いにやらかして思いっきり出禁を食らうといい。しかしそうでない限り、今の二丁目はそこまで来る者を拒むような場所ではないと思う。

そう言う私も、一時期は二丁目は行きづらいと感じていた。私は特にお酒は好きじゃないし、煙草の臭いもとても嫌いだ。人見知りで、知らない人に話しかけたり、逆に話しかけられたりするのも苦手だった。恋に関しては一目惚れすることがほとんどなく、じっくり時間をかけて相手を知っていくタイプだから、酒場で運命の人と出会って即恋に落ちるといった素敵な出来事に恵まれる可能性も低い。身体を動かすのが下手だからクラブイベントにも向かない。そんな私は二丁目を心から楽しめず、なかなか行こうとは思えなかった。

あの頃の私にとって、二丁目はとてもよそよそしい顔をしていた。お近づきになりたいと思っても なかなか振り向いてくれない女のように、その冷たそうな横顔を眺めているとこちらもつい怖じ気づいてしまう。今でも恋仲になれているとは言い難いが、少なくともお互い顔を見知っていて、会った時に挨拶くらいはする程度には仲良くなっている。

ある街がどんな顔をしているか、それは見る人によって大きく異なる。かつて治安が悪いというイメージがあった歌舞伎町でも、その街で生まれ育った人々や、そこで生業を営んでいる人々にとってはとても愛おしい顔をしているだろう。

新宿二丁目もまた然り。拙著『ポラリスが降り注ぐ夜』は二丁目を舞台とした連作短篇集だが、小説の中では色々な人が、色々な思いを抱いて、色々な目的でこの街を訪れてくる。視点が違えば、街の表情もまた違って見えるのだ。是非このめくるめく世界を堪能してみてほしい。

さて、あなたにとって、この街はどんな顔をしていますか？

二丁目にどんな過去があるか

街にはそれぞれの歴史がある。私達は歴史の積み重ねの上で生きている。

言ってみれば当たり前のことだが、なかなか実感を持つのが難しい。七千万年前に日本列島はアジア大陸と繫がっていて日本人はみなそこから来ているのだと言われても、今住んでいる家は数十年前は戦後の焼け野原なのだと言われても、多くの人は「あっそう？」「だから？」と言うだろう。歴史には女性天皇がたくさんいると分かっていても保守派は伝統維持のために天皇は男性でなければならないとこだわり、アイヌ人という先住民族がいるにもかかわらず自民党の大臣は日本は二千年にわたって一つの民族しかないと言い続ける。

歴史に関してもし現政権に教わったことがあるとすれば、それは、歴史というのは時の権力者の都合によっていとも簡単に歪められ得るということのみである。それと比べ、書物から得る学びの方がずっと大きい。

二丁目の歴史を教えてくれたのが、三橋順子『新宿「性なる街」の歴史地理』（朝日新聞出版）である。この本を読んではじめて、それまで何気なく通っていた新宿の街に眠っている数多の記憶と物語を知り、それ以来、街の景色がまるで違うように見えた。夜な夜な人が集まる人気ゲイバー「AiiRO CAFE」は昔は「はるな」という赤線の店で、かつて新宿遊廓のメインストリートである大門通りが今の要通りになっており、「茂利家」は売春の生業をやめて今は同じ屋号で鉄板焼屋を営んでいる。何より、今やセクシュアル・マイノリティを主体とする新宿二丁目は、昔は男が女を買う売春地帯だったというのが驚きである。

私達は一体どんな歴史の上で生きているのだろう。それを忘れるととてもまずい気がする。

しかし新宿歴史博物館を訪ねると、歴史が選択的に忘れ去られようとしているのが分かる。旅籠屋《はたごや》から、遊廓、赤線、青線。売春地帯として繁盛した新宿だが、歴史博物館ではまるで消毒されているかのように買売春の歴史への言及がほとんどなかった。ミュージアムショップで販売されていた、一九三五年頃の地図をもとに作られた「新宿盛り場地図」に至っては、まさか新宿遊廓の妓楼があった場所が灰色に塗られ、「その他娯楽場」と雑に括られている。年表でも当然ながら、一九二二年に「新宿遊廓開業」の記述が見当たらない。

新宿二丁目には太宗寺という寺がある。夏目漱石が境内の地蔵菩薩像に上って遊んでいたという逸話はよく知られているが、閻魔堂の玉垣に刻まれている文字に目を留める人はそんなにいないかもしれない。それらの刻銘は「不二川楼」「港楼」など、かつての新宿遊廓の妓楼の名前を示しているのだ。どんなに隠そうとしても、歪めようとしても、忘れようとしても、歴史を完全に消し去ることは不可能である。

拙著『ポラリスが降り注ぐ夜』も、歴史を刻もうとする努力の一つである。前へ前へと突っ走ろうとするこの時代だからこそ、しばし立ち止まり、土地で眠っている歴史を紐解き、昔の物語に耳を傾け、その上で自分達の歴史を書き綴っていく必要があると思う。自分達のよって立つところを確認するためにも、である。

（二〇二〇年二月～四月）

Intermission4　自転車にまつわる出会い

新居が駅から遠いので、ネットで自転車専門店をやっている方から中古の自転車を購入した。今日の午後受け取りに行ったら、Fさんという白髪の優しそうなおじいさんだった。

新しく購入した自転車に乗って出かけたが、しかし五分も経たないうちになんとチェーンが切れてしまった。仕方なくもう一度Fさんに電話をして状況を伝えると、すぐ様子を見に来てくれた。自転車を直すために彼のミニトラックに同乗して一緒に彼の店に向かうことにした。

道中色々と取りとめのない話をした。私の名前を見て彼は、「中国の方？」と訊いたが、「台湾です」と答えた。そこから話が弾んだ。

奇しくも彼も台湾の縁者で、父親が台湾で生まれたのだという。なんでも、戦前に祖父は専売公社の仕事で（お砂糖を販売していた）台湾に赴任し、あちこち回っていて、父親はその時に生まれた、と。そして母親もまた台湾生まれだった。戦後に祖父と父親は全てを捨てて日本に引き揚げ、Fさん自身は滋賀県生まれだという。

「大変な時代だったんだ」とFさんが言った。「戦争は絶対やっちゃいけないんだ。何百万人も死んだとか想像もできねえ」

話は八田與一《はったよいち》に飛び、自転車の輸出入に飛んだ。「むかし日本の自転車は全部日本製で、高かったけど、大量生産のために生産拠点をどんどん台湾に、最近は中国に移転したんだ。そんで一万ちょっとの値段になった。ほんとは良くないけどね」

私はこの前読んだ『自転車泥棒』の話を思い出し、「昔の台湾の自転車も、やはり日本の技術を盗んだり真似していたらしいですね」と言った。「『自転車泥棒』という小説があって最近読んだんですが、自転車の歴史とか色々書いてあって面白いですよ」

「『自転車泥棒』って、イタリアの？」

「いいえ、台湾の作家が書いた小説で、最近日本語に訳されてて」

「どこから出てるんだ？」

「文藝春秋です」

「面白そうだな」とFさんが言った。「『自転車泥棒』って、本当に盗んだんじゃなくて、技術を盗んだって話か？」

「いえいえ」と私が言った。「二〇年前に父親とともに消えた自転車が主人公のもとに戻ってきて、その自転車の軌跡を辿っていくうちに色んな話が出てきて、自転車の歴史の話もあるし、戦争時の日本軍の自転車部隊の話もあって」

「ああ、自転車部隊、マレーシアとか走ってたな」Fさんも銀輪部隊のことを知っていたのだ。

「私も読んでみようかな」
話しているうちにFさんの店に着いた。まず目に入ったのが積み重なった自転車の山だった。その光景は『自転車泥棒』の中のアブーの洞窟を想起させた。自転車の山には、完全そうに見えるものもあれば、チェーンがなかったりタイヤが欠けたり、フレームとタイヤもろとも消えていたりするものもあった。何故かキャスター付きのソファ椅子もその中に紛れ込んでいて、しかもその上に温水洗浄便座が置いてあった。よく見ると自転車の山の間には一人の人間がギリギリ通れそうな細い道があり、家の入口に繋がっていた。トタンでできた狭く古い家屋だった。Fさんは買ったばかりの白菜とお米が入ったビニール袋をぶら下げながら家に入っていった。ここに住んでいるらしい。

暫くしてFさんが道具箱を手にまた出てきた。彼は自転車の山の中から一台を物色し、そのチェーンを外し、そして私が購入した自転車のチェーンも外し、二本のチェーンを入念に見比べた。「こちらの方が太いのかね」と彼は私の意見を訊いた。私にはどれも同じように見えた。「太いとギアに嚙み合わないから使えないんだよな」と彼は言った。

彼は新しいチェーンを自転車に取り付けようと試みたが、やはりうまくいかなかった。仕方なく、自転車の山からもう一台取り出し、素早くミゼットカッターでそのチェーンを切断して外した。そして道具箱から名前のよく知らない道具を取り出し、あちこち叩いたり回したり、きつくしたり緩めたり、色々なパーツを外してはまた取り付けたり、そうこうしているうちにチェーンを自転車のギアに取り付けることに成功した。Fさんはペダルを回してチェーンが回るのを見て、満足げに笑いながら頷いた。

大学時代の私にとって、自転車は八〇〇台湾元くらい払えば中古品が買えるような安価で、そこに存在して当たり前のもので、その一つ一つのパーツに興味を持ったこともなければ、修理の過程もまともに見たことがなかった。壊れたら捨てて、また買えばいい。卒業する時にネット通販に出すと、買い手はいくらでもいる。そんなものだった。『自転車泥棒』を読んでいなければ、私は恐らく職人が自転車を修理するところをこんなにも興味津々と眺めることはなかっただろう。

「どこに行くんだい？」Fさんはチェーンに潤滑オイルを注いでくれたあと、私に訊いた。ミニトラックで送ってくれるらしい。それもそのはずで、この店は私の家から結構遠く、こんな寒い中で自転車で帰るのは辛い。そもそも今回の件はFさんに責任があったのだ。

帰り道、私とFさんはまた少し話をした。日本で何をしてるか、と訊かれると、仕事です、と私は答えた。どんな仕事？　職場は家の近くなのか？　と訊かれ、会社員です、職場は二三区にあるのですが、家賃が安いからここに住むことにしました、と答えた。私とFさんは所詮自転車を買う側と売る側の関係性でしかないので、変に興味を持たれるのを防ぐために、作家であることはとうとう言わなかった。

「今おいくつですか？」と私はFさんに訊いた。

「六七」とFさんは言った。「日本は今みんな長生きだよな。私の祖父は五五歳で亡くなったのに、私はまだ元気だ。最近は人生一〇〇年時代とか言うしね。そんなに長生きしてどうすんだって思うよ」

「じゃ、あと三三年ですね」と私が言った。

「長いな」とFさんは笑って言った。「でもまだやりたいことがたくさんあるんだ」

「何がしたいんですか？」

「学校を作りたいんだ」

「どんな学校？」

「自転車の学校」とFさんが言った。「自転車の技術が習える学校だ。今は自転車業をやってる人はほとんど六十代か七十代の人で、あと五年もしないうちにみんな年を取って辞めてくんだ。そうすると自転車の店がほとんどなくなる。自転車が壊れたら修理もせずそのまま捨てて、新品を買う。そんなんじゃだめなんだ」

「もったいないんですよね」

「もったいない」Fさんは頷いた。

他にも、中国の政治や、台湾の選挙、日本の経済などの話もした。Fさんは年を取っている割にニュースを見ているから色々なことを知っていた。

「中国も日本も、経済が発展してるように見えるけど、儲かってるのはほんの一握りの企業だけだ。一般市民は大して変わらない。なのに消費税は上がる」

来年の休日が増える（天皇即位）ことに対しても不満を垂らした。「私からすりゃ、休み過ぎだよ。私は休みなんてないんだから」

「自営業だからね」

「もっと休めじゃなくて、もっと働けと言ってもいいのに」とFさんは言った。

目的地に着き、Fさんはミニトラックを止めても暫くはドアを開けようとせず、話し足りないらしい。「フェイスブックやってる？」とFさんが私に訊いた。

「店にフェイスブックのページがあるのは知ってますよ」と私は笑って言った。自分のフェイスブックを教えたくない、という意思表明であることを察したのか、Fさんも、「じゃ、もしよかったら是非」とはにかんだ。

私は車を降り、Fさんに再三お礼を言ってから、自転車に乗って走り出した。

自転車のチェーンが切れるという滅多に起こらないことのおかげで、Fさんと話す機会があった。これからFさんとまだ会う機会があるかどうか、私は知らない。

（二〇一八年一二月）

第五章

星

芥川賞受賞記念エッセイ

十年一たび覚む　文学の夢

作家と呼ばれる人種は概ねそうだが、私も例に漏れず、子供の頃から読書が好きだった。ただ、私の幼少期ないし思春期の読書体験は、もっぱら中国語で行われていた。

小学生の頃、家には子供向けに書き直された世界文学全集があり、それを読み漁った。内容をあまり覚えていないものもあるが、『嵐が丘』『アンネの日記』『夏の夜の夢』などはその時に読んだ。ウィリアム・ハリソン・エインズワースの『ロンドン塔』（夏目漱石は関係ない）で描かれる若き女王ジェーン・グレイの悲惨な生涯は、今でも胸に残っている。一方、学校の学級文庫にはやはり子供版の中国古典全集があり、『史記』『水滸伝《すいこでん》』『紅楼夢』『三言二拍《さんげんにはく》』など、色々借りて読んだ。他にも、台湾の女性ロマンス作家・瓊瑤《けいよう》の小説を読み耽っていた。中国の清代、乾隆帝《けんりゅう》の治世を舞台とし、武芸に長けて詩歌管弦にも精通する美男美女がたくさん登場する『還珠姫《かんじゅひめ》』が特に好きで、いつも両親に隠れてそのテレビドラマを観ていた。

小説を書き始めたのは中学生の時だった。はっきりとしたきっかけは覚えていないが、青少年向けの文芸誌を読んでいるとふと「こんなの私にも書けるじゃん」と思って書き始めたのかもしれない。どれも今から見れば読むに堪えない代物だが、いくつかは新聞や雑誌に掲載され、僅かばかりだが原稿料ももらった。幼い私はそれで味を占め、身の程知らずにも作家を志し始めたのだった。当然、作家の世界の厳しさなど露も知らずに。そう言えば、あの頃はプログラミングなどにも興味があったので、もし小説を書いていなかったら、高校は理系を選び、大学は情報工学を専攻していたのかもしれない。

しかしこの世界線では私は文系を選び、文学部に入った。文学部の中でも中国文学と日本文学を専攻した。いわゆる「純文学」を意識し始めたのは高校時代で、簡媜《かんてい》という台湾の女性エッセイストのエッセイ集『水問《すいもん》』を読んだのがきっかけだった。それは彼女が大学時代に書き上げたエッセイ集で、中国古典文学の確固たる知識と教養に裏打ちされた、美しく凝った文体が特徴だ。タイトルの『水問』は、『楚辞《そじ》』の「天問《てんもん》」に因んでいる。それを読んで、文章というのはこんなにも美しく書けるんだ、これが純文学というものなんだと、かなり衝撃を受け、自分が書く小説やエッセイの文体にも意識的になった。高校時代のいくつかの習作を今読み返しても、内容や思想性はまだ貧しいものの、文体自体はまあまあ見るべきものがあるかなと、我ながら感心する。

それが私の文学の啓蒙時代だった。台湾の文学好きの青少年の中では割とありきたりな読書遍歴だし、あの頃、文章が上手い人なら周りにはいくらでもいた。中には私が羨望せずにはいられない、煌めくような早熟な才能を秘めている人もいた。私は子供の頃からドストエフスキーやトルストイなど世界的文豪を愛読するような天才少女では決してなかった。私に備わっているのは天賦の才などではなく、弛まぬ努力と、自らの視座を高めようとする向上心、そして私をして表現せずにはいられなくさせる、命に関わる根源的な苦しみだと思う。

　日本文学と出会ったのも高校時代だった。一番読んでいたのは芥川龍之介だ。芥川賞を取ったからそう言っているわけではない。芥川の童話「蜘蛛の糸」が中国語訳で高校の国語教科書に入っていたのだ。当時の国語の先生はかなり文学的な教養がある方だったので、「藪の中」や「羅生門」もプリントとして配ってくれて、更には授業の時間を使って黒澤明の映画『羅生門』を上映した。それがきっかけで芥川の小説に興味を持ち、短篇集を買ってきて色々読んだ。中国の故事にインスパイアされた「杜子春」や、桃太郎伝説を逆転させた「桃太郎」、芸術至上主義が色濃く反映された「地獄変」などが特に印象に残った。もちろん、まさか将来芥川賞を取ることになるなど、あの時は想像だにしなかった。そもそも芥川賞の存在すら知らなかったのだ。

　賞と言えば、台湾でも色々な公募文学賞に応募し、いくつか小さな賞を取ったが、作家として認められ、単著を刊行することにはついに至らなかった。

　それだけに、初めて書いた日本語の小説『独り舞』が「群像新人文学賞」に選ばれ、奇跡的なデビューを果たした時の感動はひとしおだった。『独り舞』が初の単著として刊行された際に、記念として書いた漢詩をここに再録しよう。

誌小説独舞付梓二首　　小説『独り舞』の付梓を誌《しる》す　二首

之一
十載苦吟窮鹿島、
一朝独舞進扶桑。
漂漂浮芥帰何処、
四海八荒有故郷。

之二
未有白翁蒼浩筆、
也無邱女冷繊魂。
孤琴偶得周郎顧、
漢柱和絃究道源。

その一
十載《じゅうさい》　苦吟《くぎん》すれど　鹿島《ろくとう》にて窮し、
一朝　独り舞ひて　扶桑に進む。
漂《ひょうひょう》々たる浮芥《ふかい》　何れの処にか帰らん、
四海八荒《しかいはっこう》に　故郷あらん。

その二
未だ　白翁《はくおう》の　蒼浩《そうこう》たる筆有らず、
また　邱女《きゅうじょ》の　冷繊《れいせん》たる魂も無し。
孤琴《こきん》　周郎《しゅうろう》の顧みるを　偶に得たれば、
漢柱《かんちゅう》と和絃《わげん》もて　道源を究《きわ》めん。

紙幅の関係で現代日本語訳は省こう。要は、十年間も台湾で筆を磨いたがついに文名が立たず、日本へ移るとデビューできた、かくなる上は自分が持っている二つの言語で書いていこう、という意気込みだ。

デビューから四年、今度は芥川賞を受賞した。芥川賞は新人作家にとって通過点に過ぎず、受賞も運によるところが大きいというのは重々承知だが、それでもここまで歩いてきて、振り返ってみると、随分と遠いところまで来てしまったと、しみじみとした思いになる。

昔、唐の詩人・杜牧《とぼく》が、「十年一覚揚州夢、嬴得青楼薄倖名（十年一たび覚《さ》む　揚州の夢、嬴《か》ち得たり　青楼薄倖《せいろうはっこう》の名を）」という千載に伝わる名句を残したが、私の場合はまさしく、

十年一覚文学夢、　十年一たび覚む　文学の夢、
嬴得芥奨作家名。　嬴ち得たり　芥川賞作家の名を。

（二〇二一年八月）

フィクションの力

最近、『サピエンス全史』という本を読んでいる。面白い本だ。この本によれば、我々現生人類（ホモ・サピエンス）が他の動物、そしてかつて存在していた他の人類種との最大の違いは、「認知革命」を経験しているという点だそうだ。

認知革命を経た人類は、フィクションを創造し、フィクションを信じる力を手に入れた。それは知恵の樹の果実を齧ることに似ている。知恵の樹の果実を齧った人類は楽園から追放され、地上で人間の世界を築いた。フィクションの力を手に入れた人類は、数多くの神々や精霊を想像し、それらの想像を共有することで見ず知らずの人間と協力体制を作り、大小様々な共同体を築いた。共同体は原始集落から、やがて都市国家、王朝、帝国、そして近代国家へと変わっていく。時代が違えば、人々が信じるフィクションもまた違う。中世ヨーロッパはキリスト教を共有することで結集し、近代国家は資本主義や共産主義といったイデオロギーのもとで成り立つ。

目からうろこだ。確かに周りをぐるりと見回せば、我々は様々なフィクションに取り囲まれている。フィクションは自然物や建造物といった客観的実在とは違い、実体のない想像上の存在だ。

太陽、火星、万里の長城やセント・パトリック大聖堂は客観的実在だが、天照大神、マールス（ローマ神話の神）、始皇帝の権威、そしてキリスト教はフィクションだ。資本主義や共産主義、国家や貨幣もまたフィクションである。新型コロナウイルスは人間が信じなくても存在するが、誰もが貨幣の価値を信じなくなれば、それはただの金属や紙切れになる。

フィクションは、多くの人間が信じることによって力を獲得し、客観的実在を生み出す。オリンピックはフィクションだが、国立競技場や夥《おびただ》しい数の公式グッズは客観的実在だ。芥川賞はフィクションだが、「芥川賞受賞作」の帯を巻かれた『彼岸花が咲く島』というタイトルの出版物は客観的実在だ。会ったこともなく、これから一生会うこともないだろう遠くにいる人とのコミュニケーションが容易になったネット時代に、フィクションによる求心力が更なる勢いをつけた。それは、特定の国の代表チームを応援する時や、特定の人物に誹謗《ひぼう》中傷を浴びせる時などに、絶大な力を発揮する。矛盾するフィクション同士が出会うと、ネット上のリプライバトルから宗教戦争やテロ攻撃まで、さまざまな形で衝突する。

フィクションの力は絶大だ。そう考えると、次々とフィクションを生み出す小説家という職業は規制すべきだと思われるかもしれないが、そうでもない。フィクションは、人間が真実だと信じ込んではじめて力を発揮する。小説家というのは、あらかじめ与えられた「虚構」という枠の中でフィクションを作っている。魔法世界が本当に存在すると信じている人は極めて少ないだろうから、『ハリー・ポッター』が『聖書』や『毛沢東語録』のような影響力を持つことはない。

しかしそんなストッパーがかかっているからこそ、我々小説家は自由に、何でも書くことができる。自由に書いていいはずだ。

（二〇二一年八月）

崩壊の深夜

芥川賞を取ると忙しくなる、とあちこちで言われていた。忙しくなるといってもたかが知れるだろう、と思っていた。実際、受賞後の記者会見や写真撮影、取材、テレビ出演、記念エッセイなどはそつなくこなしているつもりだ。既存の仕事に影響を与えず、各種締め切りにも間に合うようにスケジュール管理をしている。波のように押し寄せるお祝いや仕事依頼のメールも、割かし速いペースで返信した。山羊《やぎ》座の計画性と元キャリアウーマンとしてのスキルが遺憾なく発揮できていると思う。

崩壊は受賞翌日の深夜に予兆もなく訪れた。夜中目が覚めると、急に泣きたくなった。そして久しぶりに泣き出した。啜《すす》り泣きではなく、号泣だった。嬉し泣きではない。不規則な生活でホルモンバランスが乱れ、情緒不安定になったのか、知らずのうちに溜まっていたストレスがとうとう臨界点を越えたのか、芥川賞という眩し過ぎる光を急に浴びてしまい、それに付随して生まれた影の濃さに恐れを成したのか、とにかく誰もいない一人暮らしの狭い部屋のベッドの上で、暗闇の中で、思いっきり声を出して泣いた。ティッシュを何枚も何枚も使った。全てを放り出して、地の果てまで逃げたかった。でもどこにも行けない。やらなければならない仕事がたくさんある。ネットで「急に泣きたくなる」を検索すると、「うつのサイン」みたいな情報ばかり出てきた。何よりも度し難いのは、泣いている最中も、ああ、このことはエッセイのネタにできる、と考えている自分がいたということだ。

朝になった。南向きの窓からは北東に昇る朝日が見えないが、住宅街のマンションも、駅前の高層ビルも、駐車場に止まっている車も、みな鮮やかなオレンジ色の光を纏い、きらきら輝き出した。線路の上で、かたんことんと始発の電車が走り出す。何か予言めいたその景色を眺めながら、私は静かに涙を拭き取った。そして自分に言い聞かせた。ここから始まる、これから始まるのだ。

（二〇二一年七月）

芥川賞の三日間

家のすぐ隣のビルが解体工事をやっているため、昼間は耳を劈《つんざ》くほどの騒音が間断なく響き、地盤も乗り物酔いを起こすくらい揺れている。家にいるだけでストレスが溜まるので、芥川賞発表の前日から新宿のホテルに泊まることにした。

睡眠不足のせいで食欲がなく、昼食は紀伊國屋書店の地下にある名店街のファストフード店で適当に済ませた。名店街のほとんどの飲食店が近々閉店することを知り、少し寂しくなる。紀伊國屋書店の芥川賞コーナーで自著が並んでいるのを確認し、安心した。歌舞伎町とゴールデン街をぶらぶら歩き、花園神社で受賞祈願をした。新宿は母校・早稲田の所在地で、来日直後の居住地で、心の故郷だ。新宿鎮守の花園神社なら、私のことも守ってくれると思った。

芥川賞発表当日。前日は睡眠導入剤を飲んだため午後二時半までぐっすり寝た。版元の文藝春秋に着いたのは午後四時だった。選考会は午後三時から既に始まっていて、文春の会議スペースで、私と担当編集者が二人、計三人で結果を待った。息を吸ったり吐いたりするのも苦しい時間だった。文学賞の結果を待つ時はいつもそう。自著には自信があるが、何しろ前日、某大物書評家に酷評されたばかりだ。もしまた落ちたら、という想像をせずにはいられない。編集者は頑張って気を紛らわそうとしてくれているが、やはり、気が気でなかった。

一時間強過ぎたあたりで、トイレに立った。個室に入り便座に腰かけると、いきなり電話がかかってきた。選考結果を知らせる電話に違いない。さすがにトイレの中で出たくない。何しろ、音姫が鳴っているのだ。暫く迷った後、受信拒否した。すぐまたかかってきて、また拒否した。三度目にかかってきた時、これは受賞したな、と予感した。落選だった場合、とりあえずこちらを後回しにして先に他の候補者に電話するだろうから。それで電話に出た。予感が当たった。

その後の展開は目まぐるしかった。帝国ホテルに赴き、記者会見を行った。台湾の行政組織である文化部の出先機関の方から花束を受け取り、台湾メディアの取材にも応じた。その場で人生初の、念願の重版も決まった。コロナ禍でなければ、選考委員の方々にもお目にかかり、飲み会があるはずだったが、それはなくなった。緊急事態宣言下で店は早々に閉まっているため、打ち上げもなかった。タクシーでホテルに戻ったが、その夜、ずっとベッドに入っているのに一睡もできなかった。明らかに交感神経が高ぶっていたのだ。

翌日はまた取材と撮影の連続で、睡眠不足の中でも何とかこなした。エッセイの依頼が六本来て、その上に雑誌取材やテレビ出演。普通なら一日当たりのアクセス数が二〇〜三〇人しかない個人ホームページが、その日二万人に上った。騒動は暫く落ち着きそうにない。全てが一段落したら、また花園神社へ行って、お礼参りしようと思う。

（二〇二一年七月）

日本語との恋

初めて耳にした日本語は何だったのか、思い出そうとした。すると、遠い記憶が蘇った。物心ついた頃に、カラオケで誰かが歌ったニック・ニューサの演歌「サチコ」だった。調べてみると、一九八一年の歌らしい。一九八九年生まれの私には流石に渋過ぎる！　とは思うが、事実だから仕方ない。歌の中で繰り返し呼ばれる「サチコ」という名前は、「一円を捨てる」という意味の台湾語と響きが似ているから、子供の時は内心面白がっていた。

子供の頃、スーファミやゲームボーイなどのゲーム機はかなり身近にあり、一番やり込んでいたのは初代『ポケットモンスター』だった。初代のポケモンゲームは漢字が全くなくて仮名文字だらけだから、当然読めやしない。会話もストーリーもよく分からない。それでも、仮名文字の形を覚えながらやっていくと、何とかクリアできたし、一五〇匹のポケモンをゲットして図鑑まで完成させた。

私の覚え方はざっくりこんな感じだった。「キズぐすり」と名のつくアイテムはHPを回復するためのもので、名前が長ければ長いほど効果が高いっぽい。ゆえに「キズぐすり」よりも「いいキズぐすり」のほうが、「いいキズぐすり」よりも「すごいキズぐすり」のほうが強い。「かけら」という形がつく七文字のアイテム（げんきのかけら）を使うと復活できる。小さい「ゅ」という特徴的な文字が入っているワザ（さいみんじゅつ）は強そうだ。実際、相手を眠らせて戦闘不能にできる。「ゆめくい」には大きい「ゆ」がある。魚みたいな可愛い形だけど、相手のポケモンが眠っている時に使うと血が吸えるらしい。血を吸う魚と覚えておこう。「ゴ」という四角い文字で始まる四文字のポケモン（ゴースト）は幽霊で、色々な攻撃を無効化することができて、強いから好きだ。こんなふうに、発音は全く分からないし意味も解せないが、文字の形だけを覚えてプレイしていた。

もし日本語が分かっていれば、もっと豊かな（？）子供時代が過ごせていたのかもしれないが、何故かあの時、日本語を勉強しようという発想には繋がらなかった。ようやく日本語を習い始めたのは中学生の頃で、日本の幼稚園児と同じようにまず五十音から頭に叩き込んだ。勉強すればするほど、日本語が好きになった。あれから十数年が経ち、まさか今は日本語を使って小説を書き、芥川賞を取ることになるなど、当時の自分には全く想像できなかった。

芥川賞作家の名前を全て見出し語として収録する国語辞書もあるらしい。自分の名前が日本語になる、何よりも私はそれが嬉しい。日本語と十数年間も恋をしてきて、今ようやく実ったと言うべきだろうか。少なくとも、日本語に対する私の愛情は、暗い酒場の片隅で待ち続ける名もなき男の、「サチコ」という名の女性に対するそれに負けることはない。そう断言する。芥川龍之介に誓う。

（二〇二一年八月）

筆名の由来

名前は大事だ。日本語では「名は体を表す」という諺《ことわざ》があるし、『論語』にも「名正しからざれば即ち言順《げんしたが》わず」という言葉がある。

作家にとって、ペンネームというのは表向きの顔だ。出生時に与えられた本名よりも、自分でつけたペンネームの方が、作家の作風や真価をよく表出できると思う。

群像新人文学賞に応募した時は、初めて日本語で書いた小説だからどうせ受賞できないだろうと思って、適当に日本人風のペンネームをつけた。それが奇跡的に優秀作に選ばれ、作家デビューとなった。そこで、担当編集者から「台湾の方だと分かるようなペンネームにしては」と相談された。そもそも日本人風のペンネームにしたのは、台湾人という身分を強調したくなかったからなのだが、しかし日台を横断し、往復するような作風を見ると、確かに担当編集者の意見も一理あると思ったので、それに従った。

決まるまでなかなか大変だった。こちらでいくつも案を出しては、「少女小説家っぽい」「響きがあまり」などと却下され、最終的に李琴峰という名前に落ち着いた。

ペンネームをつけるにあたって、いくつかこだわりがあった。まず、日本で使われる新字体と台湾で使われる繁体字で、字形が同じ漢字を使いたい（簡体字は考慮に入れなかった）。次に、日中両用の名前、つまり中国語では普通にありそうで、日本語でも響きが良い名前でなければならない。

李琴峰の「李」は、中国古典文学における「詞中の三李」、つまり詞を書くのが上手な三人の詩人（李白、李煜《りいく》、李清照）を踏まえている。私はこの三人の詩作がとても好きで、中でも李清照は、中国文学史上の数少ない才女にして女性詩人であり、中学生の頃から彼女に憧れていた。名詩人の名前にあやかっているわけだ。

名前の「ことみ」という響きは、前からとても好きだ。それはアニメ『CLANNAD』に出てくる天才少女・一ノ瀬ことみの影響を受けていないと言えば嘘《うそ》になる。「ことみ」という響きにするから、「琴」という字を使うのは必然となった。「琴」は、古代の文人に求められる素養「琴棋書画《きんきしょが》」の一つでもあり、とても雅だ。

最後の「峰」という漢字だが、これは清代の詩人・王国維の詞「試上高峰窺皓月、偶開天眼覗紅塵、可憐身是眼中人」から取っている。ざっくり翻訳すると、「明月を愛《め》でるために高い山に登ったら、まるで神の視点で下界の浮世を眺めているような気分になった。しかし残念ながら、私自身もその浮世の中の一人だ」という意味。これは小説を書くことの本質にとても似ている気がする。小説家は、人間の愚かしさと愛おしさを描くために、しばしばこの世界に対して俯瞰的な視点を持たなければならない。しかしいくら俯瞰的な視点を持ったところで、自身もまた一人の凡人に過ぎないので、小説家が描いた人間性は往々にして自分自身に返ってくる。人間の愚かしさを描くと、自身も愚かしい人間の一人だと気付かされる、という具合に。この詞は、そうした小説家の業をとてもうまく言い当てていると思ったので、どうしてもここから一文字取り入れたかった。「峰」という漢字にすると中国語ではやや男性的なイメージになるが、仕方あるまい。そうやってできた「李琴峰」というペンネームに、私はとても愛着を抱いている。欠点はといえば、「り」で始まるので、文学賞の候補リストなどで五十音順で並べられた時、いつも最後尾に来るということだ。

作家は様々な理由で、様々なペンネームを使っている。他の作家がどのようにペンネームを決めているか、興味がある。しかし、自ら選んでペンネームを使っている以上、本名は当然踏み込んではいけないプライバシーの領域だ。作家の本名を知りたいがために、あの手この手を使って詮索しようとする好事家たちは、他人を尊重することを知らない最も愚かな種類の人間であることは言うまでもない。

（二〇二一年八月）

筆を執ること四春秋

二〇二〇年に続き、世界中が感染症で苦しんだ二〇二一年。ありがたいことに、第一六五回芥川賞を頂いた。華やかな授賞パーティーもなければ、お祝いの会食もできなかったが、それでもありがたいのに変わりはない。

受賞直後の記者会見でのハキハキとした応答を見て、私を自信に溢れる作家だと思った方もいるかもしれないが、必ずしもそうではない。ただ、過去の芥川賞受賞会見を振り返ると、男性の受賞者に比べて女性の受賞者は概してどこか恐縮しているように見えた。男性受賞者では「(芥川賞を)もらっといてやる」と言い放った方もいるのだから、優れた作品を書き、読者から愛され、賞からも評価されている女性受賞者も縮こまらず、もっと堂々としていればいいのに、とその都度思った。だからこそ、自分が受賞したら堂々と振る舞おうと心に決めていたのだ。

実は、こと文学創作について、私は昔から自信が持てないタイプだった。台湾で文学賞に応募していた高校時代から、私は常に他者の評価を気にし、選考結果に一喜一憂する質《たち》だった。賞に漏れる度にひどく落ち込み、激しい自己懐疑に苛まれ、自分は本当に才能があるのか、書き続けていいのかと思い悩んだ。二〇一七年、初めて日本語で書いた小説『独り舞』が群像新人文学賞優秀作に選ばれ、日本（語）文学の作家としてデビューした時も同じだった。作家になれたことを素直に喜びながらも、これは実力ではなく単なるまぐれではないのか、そのうち自分の才能のなさが見破られるのではないかと、どこか恐れてもいた。

今でも覚えている。その年の群像新人文学賞の応募作は二〇一六もあり、選考の結果、受賞作こそないものの、優秀作は二作選出された。倍率にして一〇〇八倍だ。客観的に考えて、そこらの大企業の求人をゆうに上回る高倍率を乗り越えての受賞だから、才能の片鱗みたいなものは少しはあるはずだ。加えて、日本語は私の母語ではなく、十五歳以降に習得した第二言語だ。母語ではない日本語で作家デビューした人は、過去に何人もいない。これもまた、快挙に違いないはずだ。それはもちろん分かっていた。分かっていたが、自分の力を信じ切れずにいた。実際、あの回の選評を読む限り、野崎歓さんを除き、全ての選考委員は私の受賞に消極的だった。野崎さんが選考委員でなければ、李琴峰という作家も生まれなかったのかもしれない。

芥川賞を受賞した今でも、私は自分を信じ切れずにいる。自己の達成を内面的に肯定できず、自分はただの偽物ではないかという疑念を常に抱いている症状は「インポスター症候群」と言うらしいが、言い得て妙だ。「芥川賞を受賞したら十年は作家の地位が保障されると言われるが、それはあくまで過去の話」「受賞してから書けなくなりそのまま消えていく作家だってたくさんいる」「本が売れなければ芥川賞を受賞しても大事にしてもらえない」――このように、どうしてもネガティブに考えてしまう。

デビューから着実に、年に小説を一～二冊刊行してきた私は、傍からは順風満帆に見えるかもしれないが、そうとも言い切れない。特に最初のうちは書き直しやボツが続き、編集者からも大事にされず、四苦八苦していた。

日本文学にとって、私は外来者だった。本を読むのは好きだが、文学賞や文壇システムといったものには無知だった。自分がデビューするまでは「芥川賞」と「すばる文学賞」の違いも分からず、「五大文芸誌」や「文芸時評」も聞いたことがなかった。群像新人文学賞受賞の報を受けた時、電話口で「デビューおめでとう」と言われたが、その言葉を理解するまで暫く時間を要した。私が生まれ育った台湾には、「これを取ったら作家デビューできる」という新人賞システムは存在しないからだ。

新人賞だけではない。印税や流通といった業界の慣行から、文芸誌のあり方、文芸時評というシステム、ひいては作家と編集者の関係性まで、日本と台湾の文壇や出版業界では実に色々な違いが存在している。台湾では、作家の作品の内容に対して、編集者が口を出すことは稀だ。ライトノベルや大衆文学ならいざ知らず、純文学の場合、作家の表現が全てであり、それは最大限に尊重される。編集者は誤字脱字を指摘することはあっても（台湾の出版社では校閲部がないのがほとんどなので、編集者は校閲の仕事もする）、小説のプロットや作法、人物造形などに物申すことはほとんどない。ところが日本では純文学の分野でも、編集者は小説の内容について非常に踏み込んだアドバイスをし、場合によってはダメ出ししたり、原稿をボツにしたりする。

このような仕事の進め方は、作家にとって非常に助かる側面もある。相性のいい編集者と仕事をする時、その助言と指摘を取り入れることで作品の質が大いに向上する。しかし相性の悪い編集者と組まされると文学観や価値観が嚙み合わず、やり取りもちぐはぐで、もどかしい思いをさせられる羽目になる。ありがたいことに、私はそれなりに相性のいい編集者に恵まれてきた——デビュー直後の担当編集者・M氏を除いては。

デビューして間もない頃、編集部に異動があり、M氏は週刊誌から『群像』に異動してきて、私の担当についた。残念ながら、彼とは相性がいいとは言えなかった。それだけではない。彼の言動を通してしばしば、私は、自分が見下されているような、作家として大事にされていないような感触を受けた。

二作目（歌舞伎町のSMバーの群像劇を描く「流光」、二〇一七年）を発表した時、彼は原稿料の計算を間違えた。文芸誌の原稿料は枚数で計算すべきところを、彼は文字数で計算し、過少払いしたのだ。恐らく異動したばかりで文芸誌の慣行をよく知らなかったのだろう。指摘したら不足分が正しく振り込まれたので、私はあまり気にしなかった。

ところが三作目（台湾人女性と日本人女性のカップルがともに過ごした聖夜を描く「セイナイト」、二〇一九年）発表直前、ゲラ確認作業の際、彼は送付すべきゲラを間違えた。他の作家の小説のゲラを私に送ってきたのだ。「これは違うのでは？」と返信すると、謝罪とともに正しいゲラが送られてきた。それは私の小説のゲラには違いないが、中身を確認すると二ページ分抜けていた。「ページが抜けているのでご確認を」と返信すると、再度ゲラが送られてきた。が、またしても他の作家のゲラだった。流石にしびれを切らし、ちゃんと確認しておくようにと強めに伝えたところ、四回目にしてようやく正しく、ページ抜けのないゲラが送られてきた。

私も三年弱、会社員をやっていた。大企業に勤める、多忙な会社員だ。私の経験では、会社員が電子メールを送る時は非常に神経を使う。特に目上の人や社外の人に送付するメールなど、文面を推敲するだけでなく添付ファイルも何度も確認を重ねるものだ。にもかかわらず、少し確認すれば避けられるようなミスを、M氏は私相手に連続で何度もした。村上春樹さんや山田詠美さんのような大ベテランに送るメールなら、ちゃんと確認はしていたはずだ。原稿料の件もそうだが、確認を怠ったのは、当時はまだ実績も受賞歴もない新人作家の私を「ぞんざいに扱っても構わない人」と認識していたからだろう。そう思えてならない。

ところで、二作目と三作目の間に、まるまる一年半の空白があった。遊んでいたわけではない。その間、私は二〇〇枚を超える中篇を二作書き上げ、どちらもM氏にボツにされた。そのうちの一作は確かにダメだった。M氏曰く「李さんにはまだ早い」とのことだが、その通りだと思った。しかしもう一作はそうとは思えなかった。その作品に対してM氏は「まあまあ面白く読めたが、ちょっとエンタメ寄りで、『群像』では載せられない」とボツを言い渡した上で、いくつかダメ出しをしたが、どの指摘も私には表面的なものにしか聞こえず、納得できなかった。その作品は結局一年間寝かせてから、少し手直しをして、『すばる』で発表し、単行本にもなった。台湾人日本語教師とウイグル人留学生の恋愛と葛藤を描く『星月夜《ほしつきよる》』なのだ。芥川賞候補にこそならなかったものの、各紙の文芸時評欄や『群像』の創作合評で好評を得、『文學界』の新人小説月評でも二人の評者ともベスト5に挙げた。自分でも傑作だと思う。

正直、『星月夜』がボツにされた時はかなりショックだった。満を持して書き上げた渾身の力作が、手直しの余地もなくボツを言い渡されたことによって、もともと自信が持ちにくい私は作家デビューしたことで手に入ったなけなしの自信を粉々に打ち砕かれたのだ。本当にこの先作家としてやっていけるのかと不安に陥っていた時、『文學界』から小説を書いてほしいと声がかかった。そこで四作目、日本人女性に対して台湾人女性が抱く仄かな恋情を描く「五つ数えれば三日月が」（二〇一九年）は『文學界』で発表した。こちらは初めて芥川賞候補になり、それが自信回復に繋がった。『文學界』と『すばる』には今でも感謝している。

後になって、敬愛する作家・中山可穂さんのエッセイを読んで、彼女の山本周五郎賞受賞作『白い薔薇の淵まで』も一度はボツにされたことを知り、私の経験は実はよくあることかもしれないと思えるようになった。だからといって、あの時はよくボツにしてくれた、などとM氏に感謝する気はさらさらないけれども。

そう言えば、「文芸時評」のシステムもまた台湾にはないもので、デビューした当初はかなり新鮮だった。新人作家が文芸誌で小説を発表すると、各新聞紙や週刊誌の文芸時評欄や『文學界』の新人小説月評、『群像』の創作合評などで取り上げられ、自動的に三大新人文学賞——芥川龍之介賞、三島由紀夫賞、野間文芸新人賞——の選考対象になるというシステムは、かなり特殊ではないかと思う。そこには隠然と、しかし明らかな「文壇」というものが形成されていた。それは一種の安心感にも繋がった。自分がいかに無名の作家でも、文芸誌で作品を発表すれば必ず読んでくれる人がいる、読んだ上で評を書いてくれる人がいる、そう思えたからだ。新作を発表した翌月、文芸時評欄を読むのをいつも楽しみにしていた。

もちろん、文芸時評で取り上げられた経験は全ていい経験とは言い難かった。評者の中には作品に少しも歩み寄ろうとせず、ただ上から目線で一刀両断しようとする人や、作品の肝心なところを理解しておらず的外れな批判をする人がそれなりにいた。文芸時評とは名ばかりで、持論をただ延々と展開するだけの人や、差別的な発言やセクハラまがいのことを書いてしまう人もいた。こんなことを書かれると、作品の生みの親として、作家は当然いい気がしない。作家の反応や文壇のしがらみを気にせず、作品に対して率直な意見を述べる評論家はもちろん必要だが、経験上、「自分は歯に衣着せぬ物言いをしているだけだ」と思っている評論家ほど、直言と暴言を履き違えているような気がする。昔、文芸時評はもっと影響力を持っていたらしいが、その影響力が減っていてよかったと思う時がある。文芸時評の評者（昔は大抵おじさんだろう）の批評一つで作家の将来が決められては、とてもじゃないがたまったものではないだろう。文芸時評自体はありがたいシステムだからこそ、もっと多様な読み方ができる多様な評者が出てきて、実作側と同じ百花繚乱の様相を呈してほしい。

　影響力と言えば、今の文壇で最も影響力を持っているのは、何をおいても芥川賞だろう。これも日本ならではのシステムで、毎年二回、私を含め、多くの新人作家はその結果に一喜一憂している。新人賞を取ってデビューした新人作家は大抵、芥川賞を目指して頑張ってほしいと言われる。前出のM氏も私に、「書くならやはり芥川賞を目指してほしい」「芥川賞を取るまでは新人作家だ」と言ったことがある（ちなみに本当に取った時は各方面からお祝いのメールが届いたが、M氏からは来なかった）。デビューから二年後に芥川賞候補になり、更にその二年後に受賞した当事者として、「新人作家の登竜門」としての芥川賞の知名度、威力とありがたさは骨身に沁みて分かっている。

　しかし一方、「賞を狙おう」といった、受賞が全てと言わんばかりの空気に疑問を覚えていたのも事実だ。賞の有無よりも、表現の内容こそ重要ではないのか。そう考え、芥川賞の選考基準を度外視して書いた作品がある。新宿二丁目に集う多様な人たちの生と性と緩やかな繋がりを描く『ポラリスが降り注ぐ夜』だ。一般的に芥川賞は文芸誌で発表される中篇と短篇小説を対象とし、その枚数の上限は二百五十枚〜三百枚と言われている。『ポラリスが降り注ぐ夜』は書き下ろしのつもりで書いた小説（後になって『早稲田文学』への掲載が決まったのだが）で、形式は連作短篇、枚数は三百六十枚に上る。どの点を取っても芥川賞の選考対象にはなり得ないが、それでも書きたいものを表現するためには、あの形式、あの枚数でないとダメだった。

意外なことに、そしてありがたいことに、『ポラリスが降り注ぐ夜』は「芸術選奨文部科学大臣新人賞」を頂いた。こちらは文科省・文化庁主催の賞で、つまりは日本政府の賞だ（賞金は国庫から出ている）。同時受賞した人に米津《よねづ》玄師《けんし》さんや『鬼滅の刃』の作者の吾峠《ごとうげ》呼世晴《こよはる》さんがいて、過去には宇多田ヒカルさんや水樹奈々さん、文学部門では平野啓一郎さん、川上未映子さん、谷崎由依さんなど錚々《そうそう》たるメンバーが受賞者リストに連なっている。非常に格式高い賞に違いない。しかし残念ながら、この賞を取った『ポラリスが降り注ぐ夜』の発行部数は、芥川賞を受賞した『彼岸花が咲く島』より一桁少ない。この数字はそのまま賞の知名度を反映しているのだろう。要するにこういうことだ——作家には理想とする表現があり、それを形にするためには時間と労力を費やし、精魂を傾け、身骨《しんこつ》を砕くのも惜しまないが、部数というものはいとも残酷だ。それでも、『ポラリスが降り注ぐ夜』は私の中では初期の代表作にして、広く読まれてほしいナンバーワンだ。

〈ニホン語〉〈女語〉〈ひのもとことば〉という三つの架空の言語が登場し、架空の島を舞台にしたファンタジー風小説『彼岸花が咲く島』は、私の中では新章展開と言える作品だ。十数年後に研究者たちが振り返った時、この小説は李琴峰文学の転換点として位置づけられるかもしれない。それまでの作品は現実の時間と場所を舞台とするリアリズム小説だが、今作で初めて架空の舞台に挑戦し、ファンタジー風の寓話に仕立てた。架空の舞台とはいえ、現実世界の史実や伝承を踏まえており、現代社会へのメッセージも込めている。この新たな試みが成功したのか失敗したのかは読者や評論家の間で賛否が分かれるところだろうが、著者の私は手応えを感じている。少なくともデビュー当初、5ちゃんねるで「李琴峰はマイノリティばかり描いていて作品の幅が狭そう」と匿名で書き込んでいた輩に一矢を報いられたと思う。

セクシュアル・マイノリティの人たちを描く作品をいくつも発表してきた作家として、「マイノリティばかり描く＝作品の幅が狭い」という陳腐な言説にはほとほと飽きている。そもそもマイノリティがマイノリティであるのは、「大多数の人と違う」からだ。それは弱者であり、はみ出し者であり、社会不適合者であり、偏見を持たれ、差別や排除を受け、時には生きる空間を奪われて死の淵へ追いやられる人たちのことだ。どの時代でも文学と芸術は、そうした人々の受け皿となってきた。そうした人々の幽《かす》けき声を掬おうとしてきた。私たちの生きている世界は途轍もなく広く、複雑で、混沌としている。数千年の歳月をかけて、人類は世界の事象に、人間のあり方に一つ一つ名前を与え、整理し、分類してきた。それでも名付けられていない感情、光の当たっていない人たちがいる。名前という名のラベルを貼られただけで、十分に認識されていない人たちがいる。人類が作ってきた様々なカテゴリーに当てはまらず、社会や法律の枠組みからもはみ出ていて苦しんでいる人たちがいる。現実社会では無いものにされてきた人たちを、せめて無限の可能性を秘める創作の世界ではきちんと存在させ、可視化すること、それこそ文学の、芸術の役割だと私は信じている。

マイノリティを描くことは「作品の幅が狭い」わけでも、「隙間産業」「マイノリティ要素てんこ盛り」「普遍性がない」わけでもない。「ポリコレ」が目的ではないし、「物珍しさ」を求めるためでもない。それは一人の作家が、創作者が、芸術家が、世界に誠実に向き合い、世界を丁寧に観察し、世界の実相を掬い上げようとした時の必然的な結果だ。逆に、仮に「マジョリティばかり描く作家」が存在し得るとしたら、それは、彼らが陳腐でありきたりな世界しか見ていないということを意味する。そちらのほうがよほど作品の幅が狭いはずだ。

ＩＴ技術の普及により、私たちは百年前の人よりも遥かに遠くの世界を見渡せるようになった。グーグルマップのストリートビューを使えば地球の裏側の街並みが見られ、ウィキペディアにアクセスすれば膨大な量の知識が得られ、ニュースサイトを読むと縁もゆかりもない国の政治経済や社会問題について勉強できる。こんな時代を生きる私たちがもしなおも、誰かに刷り込まれた「普通」を固守し、見たいものしか見ようとせず、蔑ろにされてきたものに蓋をし続けるような ら、怠慢もいいところだろう。複雑にして多様で、混沌に満ちる世界と人間の様相をありのままに捉える、それが現在ないし未来の文芸のあり方ではないかと、私は思う。

（二〇二一年一二月）

Intermission5　生き延びるための奇跡

芥川賞受賞スピーチ

「生まれてこなければよかった」

いつからそう思うようになったのか、もはや思い出せません。

「生まれて、すみません」ではなく、「生まれてこなければよかった」です。自分で選んで、自分の意志で生まれてきたわけではないのだから、生まれ落ちてしまったことについて、なんら申し訳なさを抱く必要はありません。それより寧ろ、生まれさせられてしまったことに対して、やり場のない怒りと絶望感を抱きながら生きてきました。

それは「死にたい」という感情とも、少し違います。生まれてしまった以上、自ら進んで死のうとする気にはなかなかなれないし、たとえ死んだところで、存在したことに変わりはなく、完全な無にはならないのです。また、自分の死に対して、自分の制御不能な領域で様々な憶測や解釈や考察が加えられるのも、想像するだけで癪に障ります。

やはり、最初から存在しなかった状態、喜怒哀楽も、愛別離苦も、何もかも生まれ得ない状態というのが、一番望ましいのでしょう。

一体全体、そう思うようになったのは何故なのか。恐らくうんと幼かった頃から、私は世界のひび割れに気づいていました。世界のひび割れ、不条理の壁、陽の当たらない片隅。自分は世界から祝福され、歓迎される種類の人間には決してなれないと、早くも気づかされたのです。その気づきにより、私は絶望し、打ちのめされ、心の底にこびりつく根源的な不安を抱えながら生きる羽目になりました。それでも、一縷《いちる》の望みは抱いていました。大人になると、歳を取ると、全ては良くなるのかもしれないと、自分に言い聞かせていました。

しかし、そうはなりませんでした。寧ろ、大人になる過程において、私は世界の悪意が具現化される瞬間を、幾度となく目にしてきました。世界の悪意はあまりにも巨大で、個人はあまりにも小さい。しかも、世界は決して間違ったことを認めようとしません。いくら個人を踏み躙《にじ》り、痛めつけ、絶望の淵に突き落とし、死の闇へ葬ったとしても、世界というのはただけろりとしながら、何もなかったように回り続けるだけ。全ては個体の脆弱性のせいとして片付けられてしまう。そんな理不尽なほど途方もなく、得体も知れない獣が相手だと、思わず立ち竦み、打ち震え、死による解放を希求するのも道理でしょう。実際に悪意や敵意を向けられ、嘲笑や中傷を浴びせられ、傷だらけになり、死の淵を彷徨ったこともありました。

今日まで生き延びてこられたのは、他ならぬ知識と文学の力だったと思います。知識は私に客観の目を授けました。それによって、自分自身の置かれた状況や境遇を、時間的・空間的に距離を置いた視点で見ることができ、更には苦痛の根源を模索する手がかりを手に入れることができました。文学は私に表現の手段を与えました。それによって、絶望や無力感、怒りや憎しみ、悩みや苦しみといった主観的な感情を消化することができました。世の中の浅薄な雑音に耳を傾けるより、私は書物を読み耽り、自分自身を刻みつける代わりに、私は文字を刻みつけました。それでも怯えに震える孤独な宵があり、涙を流す眠れぬ夜がありましたが、それらに耐え忍びながら今日、私はこの芥川賞贈呈式の壇上に立っています。

今回の受賞作、『彼岸花が咲く島』は、私のこれまでの作品を読んできた読者の方々からすれば、恐らく「李琴峰らしくない」と感じる方もいらっしゃるでしょう。逆に「ようやく本領発揮だ」と思う方もいらっしゃるかもしれません。今回の作品は、形式的にはこれまでの『ポラリスが降り注ぐ夜』や『星月夜《ほしつきよる》』とは一線を画す、ファンタジー風の小説になりましたが、ここで描かれているのは従来の作品と共通した問題意識、つまりは言語や国家、文化や歴史に対する思索、更には現代社会や政治に対する危機感や、カテゴライズされることの苦しみ、などと言えると思います。

受賞が報じられた七月中旬、およそ私が書いたものを何も読んだことがないと思われる人たちから、夥しい数の暴言や誹謗中傷、ヘイトスピーチが私のところへ飛んできました。「外国人は日本の悪口を言うな」「反日は出ていけ」。私を傷付け、黙らせることを目的とするそれらの暴言の数々は、しかし皮肉にも、私が『彼岸花が咲く島』の中で表している現代への危機感を、非常にリアルな形で裏付ける結果となりました。彼らは心無い言葉によって、『彼岸花が咲く島』という小説を、寓話的なフィクションから、より一層予言に近づけたのです。

また、一部では「李琴峰は外省人だから、本物の台湾人じゃない、だから反日だ」といった、二重も三重も間違っているデマも流されていました。どこから突っ込めばいいかも分からない滑稽で、事実に反する風説なのですが、しかし人間というのはいかに、他者をカテゴライズすることによって安心したがる生き物なのかということを、まざまざ見せつけられる形となりました。「あなたは○○だから、○○であるべきだ」「あの人は○○だ、道理で○○なわけだ」。彼らはそういう形で、本来であれば極めて複雑な思考を持つ人間を、極めて単純な属性と条件反射的な論理によって解釈しようとします。そのような暴力的で、押し付けがましい解釈は、まさしくこれまで、私が文学を通して、私の文学を通して、一貫して抵抗しようとしてきたものなのです。『彼岸花が咲く島』の中で、こういう台詞がありました。「私たちが生まれ育った〈島〉は、もともといつ沈んでもおかしくない船だ」と。ユヴァル・ノア・ハラリの『サピエンス全史』によれば、私たちは今、幸いにも、人類史上最も平和な時代を生きているらしい。しかし、この瞬間に私たちが享受している平和だって、いつ突如消滅してもおかしくない状態にあります。今後、『彼岸花が咲く島』という作品は予言になるか、それとも単なる寓話に留まるか、それは著者の私に決められることではありません。この国、そしてこの世界に生きる一人ひとりが、その行動によって決めることです。

今回の芥川賞受賞は、史上初の台湾人受賞者ということで、台湾の方でもかなり注目され、大々的に報道されました。海外で活躍する台湾人を称える際に盛んに使われる「台湾の光」という常套句も用いられました。それらの反応を嬉しく思う一方、少し距離を置きたい自分がいるというのもまた事実です。

言うまでもありませんが、自分が生まれ育った台湾も、自分の意志で移り住んだ日本も、どれも私にとって大事な場所です。私を育んできた日本と台湾の言語と文化も、間違いなく私の文学の血肉となっています。もし私の作品が、あるいは翻訳が、一種の文化交流的な役割を果たせているのなら、それもまた喜ばしいことでしょう。しかし、文学にとってそれはあくまで付加的な価値に過ぎないし、私もまたあくまで、「台湾で生まれ育ち、自らの意志で日本に移住した一個人」に過ぎません。作家は永遠の異邦人、とどこかで読んだことがあります。自分自身以上のものを——例えば国家とか、日台友好とか、祖国の繁栄といったものを——、私は背負うつもりがないし、背負いきれないのです。付け加えるならば、今日私がこの衣装（注：漢服）を着ているのは、ただ単にこの服を着たかったからだけであり、そこにはナショナリズム的な連想が介在する余地は一切ありません。

初めて日本語で書いた小説で、デビュー作となった『独り舞』の結末では、主人公はとある奇跡に恵まれることによって死を回避しました。それを「ご都合主義」「願望充足的」だと、批評家たちは批判しますが、しかし生き延びようとしていた私に必要だったのは、まさしくあのようなご都合主義で願望充足的な奇跡なのだと、今では思います。今回の芥川賞受賞も、生き延びるための奇跡の一つになると、強く信じています。

そして、もし贅沢を言うことが許されるのならば、いつか文芸誌で李琴峰の追悼特集が組まれるその日が来るまでに、あと何作か、世を驚かす小説を残すことができたら、作家冥利に尽きると言えましょう。

この賞を、世界のひび割れに戸惑っていた二二年前の自分に、「あいうえお」を独学していた一七年前の自分に、そして世界の悪意に苛まれ、苦しめられていた一二年前の自分に、捧げます。賞は過去の自分に捧げるとして、読者には、作品を捧げます。これからも捧げ続けます。ありがとうございました。

（二〇二一年八月）

第六章

静

読書と映画

大人になった王寺ミチルと彼女の愛の国　中山可穂『王寺ミチル三部作』

私のそう長くない読書歴の中で、『愛の国』が六冊目の中山可穂作品になる。作風に飽きもせず六冊も読もうと思えた作家は、今のところ村上春樹と中山可穂だけである（J・K・ローリング『ハリー・ポッター』といったシリーズ物は別）。中山可穂の小説は痛い。そして美しい。絶望の核心にいとも精確に突き刺さってくる痛みと、闇夜に煌めく宝石のような美しさに、私は心底惹きつけられているのである。

『愛の国』は「王寺ミチルシリーズ三部作」の完結篇であり、一九九三年の『猫背の王子』、一九九五年の『天使の骨』に続いて、二〇一四年に発表された、実に一九年ぶりの続篇である。デビュー作『猫背の王子』発表当時に三三歳だった作者も、『愛の国』発表時には五四歳になっている。また、『愛の国』は作者のスランプ脱出の復活作でもある。『愛の国』を執筆する前に作者は深刻なスランプに陥り、何も書けない状態が何年も続いたが、デビュー作の主人公を時の彼方から呼び戻すことで見事に起死回生を遂げ、今も精力的な創作活動を続けている。それだけ王寺ミチルという登場人物が作者にとって重要なのだ。作者曰く、ミチルは「わたしの分身のようなものであり、もう一人のあるべき自分のような存在」である。

さて、このミチルというのは実に気性の荒い女だ。痩せ細っていて、繊細で、無垢な少年のような風貌を持つ彼女は「筋金入りのレズビアン」にして「天然の女たらし」であり、「男とは寝ない主義」を貫き通し、「女のひとを抱くときは、エルガーの行進曲のように典雅に」をモットーとしている。芝居の神様に愛され、芝居は命懸けでやるものだと思っている。自分から口説くことは滅多にないが、ベッドを共にする女には困らない。それでいて破滅的な性格の持ち主で、常に死にたがっている。

『猫背の王子』のミチルは二十代前半で、知る人ぞ知るマニアックな小劇団「劇団カイロプラクティック」（カイロプラクティックとは脊椎矯正のことで、ミチルの猫背に由来している）を主宰し、「過激で、華もあるが毒もあ」る、「不道徳極まりない」芝居で自ら少年役を演じ、「観客を挑発し扇動し欲情させ戦慄させ嫌悪させ唾を吐きかけビンタを食らわせふいに抱きしめ、ひとり残らずわたしという少年に恋をさせることだけを考えていた」。同時に書き出しの「自分とセックスしている夢を見て、目が覚めた」という一文に象徴されるような、激しい自己愛の持ち主だ。劇団を取材に来た劇評家に台本を投げつけたり、稽古中に女優に湯呑をぶつけて眉間に傷をつけたりもしたし、執事に頼まれてお金持ちの老婆とセックスして腹上死させたり、家庭教師の教え子の女子中学生と心中したりもした。

『天使の骨』のミチルは二十代後半で、その時劇団カイロプラクティックは既に潰れていた。性格の激しさが幾分は治まったが、嫌な仕事を断るためにふとした思いで海外の旅に出るくらいの無茶は平然とやってのけた。しかも新宿の路上で、西の方へ旅に出ると死ぬよと占い師に告げられ、旅の目的地をわざとヨーロッパにしたのだ。旅先でも女たらしの本領を遺憾なく発揮し、行く先行く先で女の子に声を掛けられては身体を重ねた。そして彷徨の旅の果てにミチルはパリに辿り着き、女優の稲葉久美子と出会い、彼女に「宿命的に恋をした」のだった。

『愛の国』のミチルは三六歳で、『猫背の王子』や『天使の骨』の時代と比べてかなり大人になった。若気の至りともいうべき荒い気性や、激しい自己愛、後先を考えぬ衝動的な行動がなりを潜め、この時のミチルは過去の喪失が落とした黒い影に覆われ、深い哀しみに浸っていた。自らの信念に一途で、たとえ収監され拷問にかけられても決して悪に屈しない気骨や、ゲイをも虜にしてしまうほどの中性的な魅力、生にこだわりがなく常に死にたがっているところは若い頃のままだが、大きな悲哀を経験してこその陰翳と、全てを失ってこその諦観を持つ三六歳の王寺ミチルは、永遠の少年でありながら、紛れもなく大人に成長したのだ。

文庫本で五百頁超えの『愛の国』は堂々たる長篇だが、あらすじは言うなれば単純明快なものである。ナチス統治下のドイツさながらのファシズム政権に治められ、同性愛者が迫害される近未来の日本。ヨーロッパから稲葉久美子を連れて日本に帰り、劇団カイロプラクティックを復活させたミチルは、精魂を傾けた最後の公演で落下事故に遭い、最愛の稲葉久美子に先立たれ、自身も重傷を負い、記憶を失った。秘密警察の追跡から逃れるべく四国遍路を行いつつ、匿ってくれる駆け込み寺を目指したが、あえなく捕まり、同性愛矯正を目的とする収容所に送られた。電気ショックを含む、人間を狂気に追い込む過酷な拷問に耐えつつ、やがてレジスタンスに助けられ、海外への脱出に成功した。過去の記憶を探し求めながら、ミチルはスペインのカミーノ巡礼路を歩き続ける。終盤では、自分を助けた命の恩人が政権に抗議すべくハンガーストライキを行い、もうじき死ぬことを知り、ミチルは殉死を決心し、日本へ帰国する。

あらすじを見ても分かるように、「王寺ミチルシリーズ三部作」完結篇に当たる『愛の国』は、他の二作とは明らかに異なる趣向を有している。ミチルが大人になっただけではなく、数年ぶりに長篇を発表した作者の心境の変化も窺えると思われる。それまでも作者は女性同士の恋愛を中心に書いていたが、政治的なことにはほとんど触れていなかった。耽美的な世界観を作り上げるために意図的に政治的な事柄を排していたとさえ感じる。集英社文庫の『白い薔薇の淵まで』の文庫版あとがきでは「わたしはフェミニズム運動にもゲイ・パレードにも二丁目にも興味はない」とさえ明言している。中山可穂はセクシュアル・マイノリティという極めて政治的なテーマ（「マイノリティ」と「マジョリティ」の関係自体が政治的である）を扱っているにもかかわらず、良くも悪くも「非政治的な」――あるいは「非政治的に」――小説を書いていたのだ。

ところが、『愛の国』は良い意味で非常に「政治的」である。愛国党というファシズム政党が政権を握り、同性愛者が国から迫害を受ける近未来の日本――この設定を立ち上がらせるためには、政党、選挙、議員、国会、法律、デモ、反政府運動、レジスタンスなど政治的な事柄への言及が不可欠である。そこで王寺ミチルが闘う怪物は『猫背の王子』や『天使の骨』のように、孤独、貧乏、報われぬ愛、叶わぬ夢といった彼女自身の内面的なものではなく、国家権力そのものと、途方もなく巨大な差別構造である。題名の「愛の国」は作中では久美子によるミチルの芝居への賛辞だが、字面がよく似ている「愛国党」が皮肉にもそんな「愛の国」とは全く対極の存在である。この鮮明な対比も右傾化していく世界で台頭してくる狭隘な愛国主義やナショナリズムに対する批判として読めなくはない。

作者は文庫版特別収録の「台湾版前書き」でこう書いている。「二〇一三年六月、ロシアで同性愛プロパガンダ禁止法が成立し、事実上の反同性愛法が施行されたことでミチルの（そしてわたしの）反骨精神に火がついて、物語の舞台設定が固まった……絶対にそうなってはならないという警鐘を込めて、祈るような気持ちでこの小説を書いた。」一読して分かるように、現実世界で起こっている差別が政治的な眼差しを作者にもたらし、作者も意識的に小説という（非力でありながら強力な）媒体で現実世界に影響を与えようとしている。他の作品ではほとんど出てこない「レインボーフラッグ」という、セクシュアル・マイノリティを象徴する政治的な記号が、『愛の国』では収容所の中と外を繋ぐ命綱のような機能を発揮していることも、作者のそうした政治的な眼差し故の按配と言えよう。

勿論、政治的であることは文学の必要条件ではないし、ましてや充分条件でもない。山本周五郎賞受賞作『白い薔薇の淵まで』も、直木三十五賞候補作『花伽藍』も、私を含め多くの読者を魅了し、酔い痴れさせ、耽溺させ、底なしの闇に墜としてはまた暖かな光で包み込み、あげくの果てに引き返せないほど虜にしてしまうような素敵な小説である。しかし、『愛の国』で示されている現実世界への峻厳な眼差しに対して、一ファンとして改めて敬意を表したい。

末筆ながら、『愛の国』は中国語に翻訳され、台湾に紹介された唯一の中山可穂作品である。パターン化した大量生産のライトノベルが次々と台湾へ輸入されているにもかかわらず、中山可穂作品のような痛烈で典麗な小説があまり紹介されていないことに対して、驚愕の念を禁じ得ない。願わくは、いつか拙訳で中山可穂の他の作品を台湾に紹介する機会に恵まれれば、それはきっとまたとない幸福となるだろう。

（二〇一八年一〇月）

自転車は時間の魔術　呉明益『自転車泥棒』

二〇一五年に白水社より邦訳出版され、日本でも広く読まれた『歩道橋の魔術師』に次ぐ、台湾作家・呉明益氏の二冊目の邦訳となる。十の連作短篇からなる前作とは異なり、本書は邦訳で四百ページを超え、作品内の時間が百年にわたる重厚な長篇である。台湾文学金典奨受賞、中国時報開巻年度好書奨受賞、イギリスブッカー国際賞ノミネートなど、内外ともに高く評価されている。訳は前作に続き、故・天野健太郎氏である。

二十年前、中華商場が取り壊されたあと失踪した父とともに消えた「幸福」印の自転車が、二十年後に「ぼく」のもとに戻ってくる。二十年もの間にその自転車がどこで、誰に所有され、何をしていたのか、辿っていくうちに「ぼく」は一つまた一つの物語に関わり、巻き込まれていく。日本統治時代に受けた空襲と、庶民と動物達の離合集散の記憶、古物コレクターのライフストーリー、原住民青年の撮影家が兵役中に経験した異界、台湾の蝶の貼り絵の工芸史とそれに携わる女子工員の半生、戦時中にマレー半島で活躍していた旧日本軍の銀輪部隊、ビルマのジャングルで起こった過酷な戦い、戦後台湾の二・二八事件と白色テロ、そして中華商場の庶民の生活……

大戦中に旧日本軍に使役され、後に中国軍の捕虜となり、戦後に国民党とともに台湾に渡ったアジアゾウ・林旺《リンワン》の記憶に象徴されるように、日本から中国へ統治権が移転され、いまだ「国家」と「地域」の狭間を彷徨っている台湾の激動の百年史が、一台の自転車の記憶を辿る旅に凝縮されているのである（ちなみにブッカー国際賞ノミネート時に主催側が勝手に著者の出身地表記を「中国・台湾」に改めたが、著者の抗議により「台湾」に修正された）。

様々な時代、様々な人の人生が、あるいは書簡、あるいは口述、あるいはカセットテープによって変幻自在に召喚され、接合され、融合されていくが、物理的な重さと違って本書は「重い」小説ではない。そこに描かれる戦争の歴史と苦難の記憶はどれも「重い」現実に違いないが、現実の重みに怯まずに直面し、かつ小説として軽やかな語り口を保ち、面白く読ませることができるのは、他ならぬ著者の才能と、丁寧な取材と、「時間への敬意」の賜物と言えるだろう。

自転車の記憶を追う中で主人公が発した「時間への敬意」という言葉が正に、本書の執筆動機と、一つのテーマに思えてならない。「時間への敬意」が根底にあるからこそ、歴史と記憶を扱う時の手つきはセンチメンタルなものに陥らず、かといって上滑りもしておらず、著者が経験した時代と経験し得なかった時代の情景が一つ一つ丁寧に描き出されている。そうした敬意は感情を持たないモノにも向けられている。大学時代の私にとって自転車というのは二千円以内で中古品が購入できる安価な乗り物に過ぎなかったが、著者の手にかかれば、それは戦争、宗主国と植民地の関係性、家族史ないしは個人史の投影になる。「アンティーク自転車を通して、昔の台湾の庶民の生活様式と工芸技術、ひいては文化的な権力関係を窺い知ることができる。例えば、昔の台湾の自転車は大抵日本の作りを真似していたが、それに象徴されるように、台湾の文化にはところどころ帝国日本の影が潜んでいる。」小説を執筆するうちに自らもアンティーク自転車のコレクターとなった著者は、講演でそう語った。

敬意と同じくらい、二十年の執筆活動や、撮影や絵画など他分野の活動で培ってきた観察力と表現力が、この壮大な作品をしっかり支えている。マレー半島とビルマのジャングルの過酷な環境や、空襲で生と死が隣り合う戦時下の台北城へ読者を誘う著者の言葉は、『歩道橋の魔術師』の中で時間や物理法則を捻じ曲げ、動物の生死すら自在に操る魔術師を想起させる。時間は決して歩みを止めないけれど、言葉ならそれを呼び戻し、現前させることができる。私は二〇〇〇年代に初めて台北に上京したため、一九九二年に取り壊された中華商場も、二〇〇三年に死去した林旺もまともに知らなかったが、それでも著者の時間の魔術に魅せられ、あの「哀悼さえ許されない時代」を振り返り、旅することができた。最終章を読む時にまるで自転車に乗っているように耳元を吹き抜けていた微風が、本を閉じた後も暫く続いてから静かに止んだ。しかしペダルを踏む足は止められない。どんな向かい風であろうと、どんなにペダルが重かろうと、明日に向かって一歩また一歩、漕ぎ続けるしかない。

残念なことに、本書の邦訳を手がけた天野健太郎氏は病で亡くなった。本書が発行されて数日後のことだった。著者によれば、天野氏は彼にとって「最高の翻訳者」だった。『歩道橋の魔術師』も本書も、小説に出てくる様々なディテールについて——自転車のパーツの名前から、中山堂のアーケードの向き、九九とアルファベットが貼ってあるテーブル付き折り畳み椅子の形、ひいては登場人物の禿げ度合いまで——、天野氏は適切な訳語を見つけるために事細かに著者に確認したらしい。本書出版前の確認メールに「ほんとはもう何回か読み返して自分で答えを見つけるべきですが、残念ながら時間が許さないんです」と天野氏が書いたそうだ。「時間が許さない」という言葉はまるで予言のようで、本書は氏の翻訳の遺作となった。過ぎ去った時間がそうであるように、亡くなった人は蘇らない。幸い、時間が言葉によって現前させられるように、氏もまた彼が紡いだ言葉の中で生きている。本書ならびに氏のその他の訳書が、日本で永く読まれることを切に願う。

（二〇一九年一月）

完璧（じゃ）な（い）あたしたち

王谷晶『完璧じゃない、あたしたち』

最近、日本の文壇で未だ根強い純文学とエンタメ文学の区分についてだんだん嫌気が差してきた。もちろん、そうした区分を作り出した伝統と、この区分をまだ必要としている読者や編集者、出版社に対して敬意を払うつもりでいるが、書き手としてどちらかを志向するあまり、作品が小ぢんまりしたり、表現が保守的になったりするのは好ましくない。純文学とエンタメ文学は対極にある存在ではなく、それぞれ非常に幅が広いグラデーションを成していて、その大半が重なり合っているのだ。なんてのは小説を書く人なら誰でも考えているはずのことで、新人作家の私が改めて指摘するほどのことでもない。

王谷晶『完璧じゃない、あたしたち』はまさに分類に困るような幅の広い作品だ。女と女が主人公の二十三の短篇を収めたこの作品集には、女主人の夫を殺した下女の独白「ばばあ日傘」のようなハラハラドキドキミステリーもあれば、スナックでアルバイトをしている惨めな女の子の話「ときめきと私の肺を」のような物静かなヒューマンドラマもある。狩人が宇宙に出向いて隠《ハー》者《ミット》を狩る短篇ＳＦ（「姉妹たちの庭」）や、震災と津波を遠景とした女二人の逃避譚（「陸のない海」）、更には小説の形を取らない滑稽な落語（「腹の町」）や戯曲（「グロい十人の女」）といった作品もある。真正面からとあるレズビアンカップルの不器用なセックスと、やがて訪れる必然的な別れを描く「Same Sex, Different Day.」がいとも哀切で愛おしい。

王谷晶という作家はツイッターで知った。いかにもレズビアンっぽい表紙と、プロフィールに同性愛者とフェミニストと書いてあったので気になってはいたけれど、最初に読んだのは本書ではなく、文芸誌『文學界』二〇一八年七月号掲載の「女が好き」というエッセイだった（翌八月号に私のエッセイ「ある夢」が同じコラムで掲載されていたのでその縁で）。短いけどリズミカルで痛快な文章が印象に残った。そのあと『完璧じゃない、あたしたち』を入手したが、なにぶん積読が山ほどあるのですぐには手をつけられず、最近エジプト旅行のお供として持っていったらやっと読み終えることができた。「ばばあ日傘」は深夜三時のほとんど誰もいないルクソール空港で読んだので、この文章を書いている今でもあの狭くて寂れた空港の情景がありありと浮かび上がる。余談だが、エジプト旅行のお供として持っていったもう一冊の本はバカ売れしているらしい『コーヒーが冷めないうちに』だったが、こちらはあまり面白くなくて半分読んで諦めた。

本書で一番好きなのは「東京の二十三時にアンナは」という短篇である。夫の赴任とともに東京に引っ越してきた黒人女性の写真家アンナは、乗りたい電車が止まっているため駅で立ち往生する。人身事故で止まっているのだが、日本語が読めないアンナにはそれが分かる術もない。友人も知り合いも誰一人いない全くアウェーな東京という巨大都市で、言葉も通じず、行く当てもなく、困り果てたアンナはある女の子に出会う。女の子は綺麗だけどとても不機嫌で、口調が悪く、よく悪態を吐く。ご飯に誘われ恐る恐るついていったアンナは、女の子はイ・サニョンと言って、ソウル出身の韓国人だと知る。ソウルはいい街？　とアンナはサニョンに訊く。旅行好きのサニョンは答える。「いい街なんてこの世のどこにもない。どんなキレイな場所でもクソな奴に怒鳴られたら最悪の街。何にもない場所でも、誰かが優しくしてくれたらいいところ」。
そして、こう続けた。

好きな俳優がいたの。有名な人。ハリウッドで活躍してるハンサムな人。その彼が、なんかのインタビューで言ってた。「旅は素晴らしい。生まれ故郷を離れて世界を巡ると、人種や宗教や肌の色の違いなんて人間にとってすごくちっぽけなものだと感じる。どんな人でも、みんなただの人間なんだってシンプルな事実に気付いたよ」。子供のときそれを聞いて凄く感動したの。だから私も故郷を離れた。でもね、いろんな土地を巡って気付いたよ。人種や宗教や肌の色の違いがちっぽけだって思えたのは、彼がお金持ちで白人で大人の男だから。人種も宗教も肌の色の違いも、私にとってはぜんぜんちっぽけじゃない。全部生死に関わるんだよ。

これを読んで、ああ、なるほど、そうだ、と思った。人種や宗教や肌の色、言語や性別、その一本一本の境界線が私達を縛り付け、痛めつけ、雁字搦めにする釣り糸だ。みんな違ってみんないいとか、越境とか、ボーダーレスとか、そうした聞こえの良い言葉が世の中を充満していても、私達は決定され、不利益を強いられ、場合によっては命を脅かされる。差別は存在しない、違いは些細なものだ、なんて軽々しく言えるのは、その人は多数派で、社会的強者で、既得権益者だからなのだ。日本で暮らす韓国人であるサニョンがどんな怖い思いをしたのか、何故こんなことを言うのかは、小説の中では説明されていないが、説明がなければ分からないほど、この本を手に取る読者の想像力は貧弱ではあるまい。

本書の作者、王谷晶を貴重な作家とする所以がここにある。女性、外国人、セクシュアル・マイノリティ、セックスワーカー、身体障碍者、言葉が不自由な人など、本書には様々な少数者や弱者に対する目配りが窺える。作品の中で登場するこれらの弱者は必ずしもみんないい結末を迎えるわけではないし、弱者同士が傷を舐め合うだけではなく時には傷つけ合うシーンもあるけれど、どの作品でも弱者を慈しむ作者の暖かな眼差しが感じられる。それは中途半端にポリティカル・コレクトネスを目指すような人が作り出せるものではなく、普段から差別や平等、人権について考えている人でなければ書けないものだろう。残念ながらこのような多様な弱者の視点を念頭に置く人は日本文学の作家にはまだまだ少ないように思われる。

作者は「女が好き」というエッセイを書くほどの人だけれど、本書は別に女性礼賛の本ではない。女というものは不器用で、ダサくて、嫉妬深くて、滑稽で、貧しくて、怠惰で、惨めで、愚かで、時には打ちのめされて、傷つけて、傷ついて。この小説集に出てくるのはそんな女達ばかりで、男の幻想を満たすような完璧な女は一人も出てこない。でもそんな女達でも、そんな女達だからこそ生き生きとしていて、実際に生きている感じがして、とてもとても愛おしい。それはオフィスの中であなたや私の隣の席に座っていたり、満員電車の中で肩が触れ合ったり、駅前でティッシュを配ったり、ゲロにまみれて深夜の街に倒れていたりするような、実際に生きている女達だ。やはりこの本は、女性礼賛の本かもしれない。ここに生きている女達に対しての、だ。こんなちっとも完璧じゃない私達でも、いや、私達だからこそ、完璧なのだ。

電車が動き出し、アンナはサニョンに別れを告げる。「今日の東京はいい街？」とアンナが訊くと、サニョンは笑った。「うん、けっこういいかな。今夜の東京は、いい街だよ」あなたがいてくれたから、今夜の東京はいい街だ。サニョンにとっても、アンナにとってもそうだった。そしてアンナにとって、それはネオン煌めく東京という名の巨大都市が、一人で立ち尽くすしかない見知らぬ街から、誰かと出会った街になった瞬間でもある。同じ瞬間を私も何度も経験した。その瞬間を繰り返すことで、人と都市が馴染み合い、世界が広がっていく。そんな素敵で決定的な瞬間を三十枚足らずの短い小説で切り取れる作者は、実に素晴らしい才能の持ち主だと思う。

（二〇一九年一月）

のけ者たちの風景　今村夏子『木になった亜沙』

コロナ禍の真っ只中で、ネットで見た一本の動画が印象に残った。都市封鎖され、外出禁止令が敷かれた中国・武漢にある住宅区。長い間自宅に籠城した数百人の人々が、溜まりに溜まったストレスを持て余してか、自宅のベランダから暗い夜に向かって悲鳴や奇声を上げていた。言語としての機能を失い、動物的な咆哮に還元されたそれらの叫びは更なる叫びを呼び、空を揺さぶりながら高層マンションの外壁の間を木霊する。人間が自らの手で築き上げ、それを信じ込むことによって文明や文化を育んできた社会と秩序が、音を立てて崩れていく光景の断片を垣間見たような気がした。

いつ外出すべきでいつ外出せざるべきか、どんな仕事は続行すべきでどんな仕事は自粛すべきか、そういった規範を守ろうとする我々は間違いなく社会化された動物なのだろう。あまりにも飼い馴らされ過ぎているせいで、「社会化＝普通」だと我々はどこかで思ってしまう。しかし今村夏子の小説はいつも、そうした「普通」という前提を抜きにした世界を我々に見せつける。

私が読んでいる範囲で、「社会化から逸脱した人間（多くは女）」を主人公に据えていることが、今村小説の特徴の一つであるように思う。「せとのママの誕生日」では、三人のスナックの元従業員が、スナックのママの屍体（と私は解釈した）を囲んでその誕生日を祝っている。『星の子』では両親が怪しい宗教にはまり、そのため静かに崩れていく一家の様子を二人姉妹の妹の視点で描いている。芥川賞受賞作『むらさきのスカートの女』は、家賃を滞納し、居酒屋で無銭飲食し、勤務先の備品を盗んでは換金するストーカーの女が語り手となっている。

本書『木になった亜沙』は芥川賞受賞後の第一単行本で、三篇を収めた短篇小説集である。表題作「木になった亜沙」と第二作「的になった七未《なみ》」は初出が二年以上離れているが、タイトルから分かるように対となる作品であり、共通点も多い。どれも満たされない（ある意味ヘンテコな）欲求に取り憑かれる女性が主人公で、その欲求がゆえに施設や病院に入り、そこで恋に落ちる。その後は奇妙な運命を辿り、ようやく願望が叶うのと同時に、物語が幕を閉じる。

「木になった亜沙」の主人公・亜沙は、幼い頃から自分が差し出す食べ物は何であれ何故か誰も食べようとしない、という悩みを抱えている。作ったおかずは必ず残り、プレゼント用のクッキーは受け取られず、給食係をやるとみんなからスルーされる。金魚や犬までも、亜沙があげたものであれば頑として口にしようとしない。唯一亜沙があげたミルクを飲み干したのは叔母夫婦の間に生まれた赤ちゃんだが、ちょっとした事件で亜沙は赤ちゃんに近づかなくなった。中学生になった亜沙は不良になり、山奥の更生施設へ送り込まれた。ある日、木から落ちた果実を動物たちが美味しそうに食べているのを見て、亜沙も木になりたいと願った。そして文字通り木になった。が、願いに反して果実が実らない杉の木になったのだ。亜沙は伐採され、割り箸となり、そしてやっと自分が差し出す食べ物を食べてくれる若者と出会うことになる。

「的になった七未」の主人公・七未もまた、幼い頃から「何にも当たらない」ことで悩んでいる。保育園の園長が体罰として投げつけるどんぐりも、いたずら男子が投げる水風船も、ドッジボールも、廃品回収業を生業とする老人が投げるビンや缶も、周りの子供がどんどん当たっているのに、七未にはどうしても当たらないのだ。当たった子供はみんなどこか違う場所へ行っていい思いをしているのに、七未だけがみんなと同じ場所に行けない。そんな疎外感をうちに抱え、自分も何かに当たりたいと強く願った七未は手を尽くして試したが、どれも徒労だった。他人が当てるものなら当たらないが、自分が当てるものなら当たる。それに気付いた七未は、自分の顔に拳を当て続け、病院に入ることになる。病院の主治医と交際して子供を生み、一旦は自分に拳を当てる習慣をやめたが、すぐ主治医に捨てられ、またもやその自虐的な行為を再開する。生まれた子供が役所に連れていかれ、七未は浮浪者になり、我が子との再会を願いながら彷徨い、そしてとあるイベントで「当たりたい欲」を満たすことになる。

あらすじだけ書き出すとどれも途轍もなく重い話に見えるが、今村は軽快な筆致と明晰な文章で描き切っている。これまでの作品もそうだが、余分な心情描写や情景描写を省き、核となる部分（性暴力、労働搾取、カルト宗教、貧困、ストーカー、窃盗、育児放棄、自虐、ホームレスなど）の深刻さを上手いこと迂回するのが、今村の得意とする一貫した技法であるように思う。そのため、現実とはかけ離れた童話的な世界が展開され、描かれている事象の深刻さとそれを描いている筆致の軽快さとの間のギャップが、ふんわりとした不穏さと不気味さを生み出す。そのような童話的な不穏さと不気味さが今村作品の持ち味であり、我々読者はそこに「現実」とは一味違う、作品世界だからこそ生まれ得る「社会化から逸脱した人間＝のけ者」たちの風景を見出す。

第三作「ある夜の思い出」もまた奇妙な小品である。長い間無職で、二足歩行すら放棄した「わたし」は、ある夜腹這いで街に出て、道に落ちているポップコーンや生ごみのコロッケを拾っては食べる。そこで同じ腹這いの男と出会い、男の「お母さん」の家に連れていってもらい、二人は結婚する。中国・陶淵明「桃花源記《とうかげんのき》」や唐代の伝奇小説「南柯太守伝《なんかたいしゅでん》」を想起させるような奇譚だが、もちろん完璧に現代風かつ今村風にアレンジされている。「お母さん」の家で猫のように飼われている男、それもまたのけ者にしか垣間見ることができない束の間の風景だ。

（二〇二〇年五月）

「多様性」にまつわる重層的な声　朝井リョウ『正欲』

印象に残ったことがある。あるLGBT関連の講演の場で、聴衆から「ペドフィリア《小児性愛者》やネクロフィリア《死体性愛者》についてどう思うか」という質問が出た。後日、ある来場者が私に、「あの場であんな質問が出るのは不愉快だった」と言った。私自身はことさら不愉快には思わなかったので、その意見は少し意外だった。多様性を大事にしているはずの場であっても、特定の性のあり方にまつわる質問が出ただけで不愉快と感じる人がいるのだと改めて気付いた。

ここ数年、日本でも多様性に関する言説が増えつつあるが、一方、もやもやすることも多々ある。前述の経験もそうだし、「障碍や病気も個性だ！」「（文学賞の）ダイバーシティ枠」「（労働力が足りないから）女性も活躍を！」といった言説を見る度に違う種類の違和感を抱く。多様性の理念は、実践面においてしばしば「マジョリティが理解し得るマイノリティのカテゴリーを限定的に拡充し、それらのカテゴリーを受け入れる」という形を取りがちで、根本的な権力構造は揺さぶられていないし、その枠から零れ落ちた人々も依然として安住の地を得られないでいる。『正欲』はそんな違和感の数々を形にした小説だ。これは簡単なことではない。多様性をテーマに小説を書こうとすると、下手したら多様性に異を唱え、その反対側を擁護するかのようなメッセージとして受け取られかねない。「マジョリティもマイノリティも違う辛さを抱えている」「多様性を受け入れない考えもまた多様性だ」みたいな安易な相対化も禁物だ。何故なら、それは現実的にマイノリティを苦しめている様々な差別構造や傷の経験を矮小化・不可視化する危険性を孕んでいるからだ。

そういう意味で『正欲』はひやひやしながら読んだ。「マイノリティの中のマジョリティ」としてLGBTQを一括りにして言及しながらその生きづらさを深掘りすることなく、いきなり「マイノリティの中のマイノリティ」の設定を持ち出すやり方は、現実を無視した「マイノリティ比べ」に陥る可能性がある。また、「はじめから選択肢奪われる辛さも、選択肢はあるのに選べない辛さも、どっちも別々の辛さだよ」といった台詞は、まさしく安易な相対化そのものだ。幸い、前者に関しては小説全体を俯瞰的に眺めると気にならないバランスを保っている。後者に関してもあくまで登場人物の一人の声であり、著者のメッセージとして受け取られないよう工夫がなされている。

多様性を大事にしようという価値観に対峙した時、いくつかの種類の反応がよく見られる。①我関せず、旧来の価値観に執着し続ける人、②自分に関係がないと思い込んでいるからこそ寛容かのように振る舞える人、③多様性を唱えながらその真の意味について深く考えることなく、自分の想像力と理解力の外側にある事物を無邪気に排除する人、④多様性の理念に救われながら、自身のマジョリティ性や加害性に無頓着なマイノリティ、⑤多様性という言葉の枠から零れ落ちているると自覚し、更なる疎外を覚えるマイノリティ。

『正欲』では、どのタイプの人間も登場する。主要な視点人物の五人のうち、息子が不登校になった検察官の寺井啓喜《ひろき》は①に、大学で「ダイバーシティフェス」の運営に携わる、男性恐怖症の異性愛者の大学生・神戸《かんべ》八重子は④に、そして「水が噴出する現象」に欲情する「水フェチ」という性的指向を持つ桐生夏月、佐々木佳道《よしみち》と諸橋大也は⑤に分類できる。他にも、例えば桐生の両親は②で、神戸の同級生である久留米よし香や先輩の桑原紗矢は③だ。

ポルノ規制の論理を掘り下げていることや、ホモソーシャルの息苦しさを描いていることなど、この小説の特筆すべき点はいくつもあるが、このように、様々な立ち位置にいて、異なる声を持つ人物が重層的に登場し、それぞれ揺らぎながら結末へ向かっていく様子を丁寧に描いているというのが最大の美点だろう。マイノリティに生まれた圧倒的な理不尽さに対する当事者の痛烈な声が描かれている一方、自らの善意が他者に対してプラスに働くに違いないと信じ込むマジョリティの無邪気な暴力性も暴かれている。

疑問に感じたのは「水フェチ」という設定だ。これは読者の想像力の外側を突き、小説に意外性をもたらすために著者が仮構した性的指向だと思われる。性的指向を仮構することは倫理的なリスクを伴うが、ここではそれを問題としない（実在しないとも言い切れない）。問題は、この仮構に関わる物語の展開にやや無理があるという点だ。即ち、①登場人物が抱いている極端な絶望感と疎外感と釣り合わないように感じた（「どうせ理解されない」と当事者たちが勝手に思い込んでいるだけのように映る）、②水フェチ的欲求を満たす画像や映像は、それこそネットには無数に落ちているはずで、リスクを冒してまで子供のユーチューバーにリクエストを出したり、自分で動画を撮ったりする必然性があるとは思えなかった、③二十年以上も性的指向を隠してきた人たちが、真昼間の公園をオフ会会場に選ぶ展開にはリアリティがなく、その後の結末もやや強引に感じられた。

設定や展開に若干疑問がありながら、しかし「多様性」という言葉が日常語化するとともに、形骸化・スローガン化しつつもある現代において、この小説は「多様性」の本質を掘り下げ、今一度その真の意味を読者に問いかけ直す貴重な力作だ。

（二〇二一年六月）

道徳な世界の道徳ならざる光

映画『片袖の魚』に寄せて

白状しよう、現代詩は専門外だ。詩は短い上に、小説のような具体的な人物や物語がない。物語がないからこそ摑みどころがなく、短いからこそ一つひとつの言葉が持ち得る射程は恐るべきほど長い。その射程の長さと摑みどころのなさに直面した時、常日頃状況設定や人物造形や物語の辻褄合わせに苦心する私みたいな小説家は怖じ気づくのだ。

だからこそ、現代詩を具体的な物語を持つ映画に敷衍《ふえん》した本作には脱帽した。文月悠光さんの「片袖の魚」という詩を読むだけでは、トランスジェンダーのメタファーとして解釈できるとは微塵《みじん》も思わないだろう。しかし不思議なことに、映画を鑑賞してから改めて詩を読むと、言葉の一つひとつが主人公の気持ちに、そして不条理な現実を強いられるセクシュアル・マイノリティの人たちの生に重なって読めてしまうのだ。この点だけでも、今回の映像化の試みは成功していると言えよう。

本作は近年、アメリカを中心に機運が高まった「トランスジェンダー役はトランスジェンダー当事者の俳優に」の動きに呼応する形で、日本初となるトランスジェンダー女性当事者の俳優オーディションを開催の上、トランス俳優がトランス役を演じるという、貴重で志ある試みである。「トランスジェンダー役はトランスジェンダー当事者の俳優に」という主張の是非を巡っては当然議論の余地が大いにあり、少なくともいかなる時代や地域においても真とされるべきような普遍的真理ではないだろう。しかし、二十一世紀の現代日本という社会的文脈に限定して言えば、この主張は大きな意味を持つ。この点について、私は東海林毅監督の考えに全面的に賛同する。

実際、この映画は一人のトランス女性の小さな、だけれど大切な一歩をリアルに描く珠玉作となった。トイレを借りる時に「だれでもトイレ」をすすめられたり、初対面の人間にいきなり性別を訊かれたり、ホルモン錠剤や貼付剤を使っていたり、そういったトランスジェンダーの表象はたとえ当事者じゃなくても容易に想像ができるところだろう。しかし私が一番評価しているのは、敬からの電話に出た時のひかりの反応だった。

普段使っている女声で「もしもし」と言うと相手が戸惑い、それを察したひかりがわざと声を低く抑えて喋る描写があった（そして実際に声を変えた）。話す相手が「過去」の領域に属する人か、それとも「現在」の人か、それによって男声と女声を使い分けるというのはトランス女性にとっては日常的な苦労の一つだが、非当事者にはなかなか想像できないし、想像できたところでうまく演じられないのではないだろうか。つまり、これは当事者が演じているからこそできる、解像度の高いディテールだ。

背後にたたずむそのひとは／見たら別人かもしれない

二十代前半のトランス女性・新谷ひかりは、学生時代を過ごした故郷を離れ、東京のアクアリウム販売／リース会社に勤めながら一人暮らしをしている。魚が大好きなひかりはアクアリウム販売というやりがいのある仕事に精を出す一方、トランス女性である自分に自信が持てずにいる。そんなある日、ひかりは仕事の都合で地元へ出向くことになる。

トランスジェンダーの帰郷というあらすじは、トランス女性を描く傑作ドラマ『女子的生活』の第三話とほぼ重なる。カミングアウトさえしなければ簡単にばれることのない同性愛者とは違い、性別移行を目指すトランスジェンダーは多くの場合、生まれの性別とともに、昔の名前や人間関係、そしてそれまでの人生もろとも決別しなければならない。そのため、帰省というごく一般的な行為であっても、トランスジェンダーにとっては葛藤や恐怖が常に付き纏う、極めてハードルが高いものである。それは、現在の自分から切り離したい過去という暗闇に無理やり向き合わされるのと同義だからだ。

『女子的生活』の主人公、小川みきが故郷で遭遇したのは確執のある兄と父だが、ひかりが故郷で会いたかったのは、かつて高校時代のサッカー部の同級生にして、密かに想いを寄せていた男子・久田敬だ。今の自分の姿を見てほしいと願いながらも、しかしひかりは敬に連絡を取るのを躊躇ってしまう。ありのままの姿を見せたら最後、否定され、こっぴどく拒絶されるかもしれない。記憶の中にいた素敵なあの人が、自分を深く傷つける別人になってしまうかもしれないのだ。それでも友人の励ましのおかげで、ひかりは勇気を振り絞って敬に連絡することができた。電話口で、二人は食事の約束を交わす。

彼らの暮らす水槽は／あまりに澄んでいたから

仕事を終え、待ち合わせの店に着いたら、しかしそこには敬だけでなく、何故か他のサッカー部メンバーも大勢いた（しかも全員男子）。「みんな光輝（＝ひかりの昔の名前）に会いたがってたから」敬が誘ったらしい。好奇の目線を浴びせられながら着席すると、さあさあマイクロアグレッションの嵐の始まり始まり。「いつからそうだったの？」「その頃からちょっとオネエっぽかったよね」「今日いるメンバーの中で誰が一番タイプ？」――居心地の悪さを覚えながら一生懸命愛想笑いを浮かべ、ひたすらやり過ごすひかり。そんな中で敬はいきなり、自分はもうじき父親になるのだと誇らしげに宣言する。

地元の高校を出て、地元で就職し、地元で結婚し、地元で子を産む。敬をはじめとした面々の人生は、完璧に閉じられた環を描いているかのよう。冷たい壁に仕切られ、あまりにも澄んでいる水槽にも似たその場所は、ひかりとは無縁の、正し過ぎる世界だった。

宴会が終わり、駅へ向かうひかりと敬。昔の名前と未練を切り捨てるように、唐変木《とうへんぼく》の敬の頭めがけて思いっきりサッカーボールを投げつけると、ひかりは東京へ戻る電車に飛び乗った。車窓の外を流れる光は、過去、現在、そして未来を結ぶタイムトンネルかのようだ。

遠い雑踏のすみかを追いかけるのは／「延長」を探すため

数年越しの片想いは表明する機会もなく、いきなり潰《つい》えた。しかしその「最悪」の再会のおかげで、ひかりはようやく吹っ切れて、前への一歩を進めることができた。

終盤、主題歌「RED FISH」が奏でられる中で、雑多な夜の新宿の街を、ひかりは胸を張って颯爽《さっそう》と歩く。清潔過ぎる水槽よりも、何でも受け入れてくれるこの遠い雑踏こそが、彼女の住み家なのだ。踏み出した小さな一歩の向から先は窮屈な水槽ではなく、目が眩むほどの広大な海となろう。生における延長を探すために、光を求めるために、ひかりは歩き出し、ネオンの海を闊《かっ》歩《ぽ》するのだ。

このエッセイを執筆する約三週間前、自民党の議員が「道徳的にＬＧＢＴは認められない」「種の保存に背く」などの差別発言を行う事件が起きた。言うまでもないが、彼らの言う「道徳」というのは極めて狭い場所、言うなれば清潔過ぎる水槽のような息苦しい空間の中の価値観でしかない。水槽でしか生きたことのない魚たちの視界も想像も遥かに越える大海を目指し、大空へ羽ばたくひかりの歩みは、多くのセクシュアル・マイノリティの歩みに重なる。赤い魚の炎がいつか狭い水槽にも燃え渡ることを願い、今日も新たな一歩を踏み出す。

眩しい海の向こうへ、貫く。

（二〇二一年七月）

島に、光を　映画『私たちの青春、台湾』に寄せて

「あの頃、社会運動家は多忙を極めていた。国が滅びようとしている時に、魑魅魍魎たちもまた跳梁跋扈する。暗愚な為政者、汚い政治家、ブラック企業の経営者、そして神の名を騙り伝統的な家族観を説くホモフォビア宗教団体がその魑魅魍魎だ。フォルモサは鬼が島と化し、嵐の中で浮かんだり沈んだりしていた。島の北部にある台北という都市も暴雨と落雷が荒らして回った。落雷は都市再開発計画に応じない家をぶち壊し、暴雨は同性婚の希望と悪性倒産された工場労働者の退職金を押し流した。聳え立ち続けたものといえば原発だけだった」

これは二〇一三年、まだ台湾にいた頃の私が中国語で書いた小説の一節である。この一節から、当時の台湾が様々な問題を抱えていたことが読み取れるだろう。少なくとも当時の私にはそう見えた。そんな台湾に苦しみ、絶望したあげく、日本移住を決心したのだ。

日本に移り住んだ半年後、台湾という国の舵取りの方向性を変える大きな出来事が起こった。二〇一四年の「ひまわり学生運動」だ。親中派の国民党政権の独断専行に抗議すべく、学生と社会運動家たちが国会を占拠し、三週間余り籠城したあの運動は、今にして振り返っても歴史的な

ターニングポイントだったに違いない。

「ひまわり学生運動」の勃発は、当時争点だった中国との「サービス貿易協定」を白紙撤回させることに成功したが、それ以上に二つの成果を上げたと思う。一つは「覚醒青年」という流行語に象徴されるように、それまで政治に無関心だった多くの若者に政治の重要性を再認識させ、積極的な参加を促したこと、もう一つは、保守的な国民党政権にノーを突き付けたことである。実際、「ひまわり学生運動」以降、国民党政権は雪崩れの如く失墜し、四十代以下の若年層を中心に世論がリベラルな方向に転じた。史上初の女性総統、トランスジェンダーの天才IT大臣、同性婚法制化、そして世界に誇る優れたコロナ対策を可能にしたのが、そうした世論の変化だった。

日本から見れば、「ひまわり学生運動」は急に起こった出来事のように映るかもしれないが、もちろんそうではない。それまでもずっと、社会運動は台湾社会の底流として存在していた。遠くは民主化を促した一九七九年の「美麗島事件」や一九九〇年の「野百合学生運動」に遡り、近いものとして映画の中でも取り上げられた、二〇一一年の土地収用反対運動、二〇一二年の「メディア独占反対運動」（中国資本による台湾メディア買収に対する反対運動）などがある。それらの小さな運動の多くは失敗に終わり、そのため「徒労だ」と嘲られたり「暇な学生がやること」と冷笑されたりしたが、細々と保たれていた運動の流れが、やがて「ひまわり学生運動」という大きな奔流となったわけだ。

映画の主人公の一人、陳為廷は高校時代からちょっとした有名人だった。直接的な面識はないが、私も高校時代から彼の名前を知っていた。学園誌を作る部活に所属していた彼は文学の才があり、小説やエッセイで文学賞を取ったことがあるため、文学好き高校生の間でその名前はある程度知られていたのだ。校内を歩くとき常にラテン語の辞書を抱えていた、なんて噂もあり、とにかく知的なイメージがあった。一方で、政治や社会運動への関心も高校時代から仄聞していた。例えば二〇〇六年に「赤シャツ隊運動」（汚職容疑の陳水扁総統の退陣を求める運動）が勃発した時、彼が自分のブログで主張を発表し、コメント欄で他の人と熱く議論を戦わせていたと記憶している。

台湾では文学と政治の距離が近いと言われているが、確かにそういう側面があると私も思う。多くの文学好き高校生は大学に進学し、もっと広い世界に触れ、様々な不正義を目の当たりにすると社会運動に参加するようになった。陳為廷もまたその一人で、運動に参加してはメディアに取り上げられた。二〇一二年、「メディア独占反対運動」絡みで国会に招かれた時、彼は強い言葉で教育部長（文部科学大臣相当）を批判し、その写真は翌日の新聞の一面を鮮やかに飾った。多くの「大人」たちが彼のことを「失礼なガキ」と非難したが、同世代の学生だった私には、権力と権威を恐れず弁舌を振るい、信念を貫こうとした彼こそ、五四運動の時代から連綿と受け継がれてきた理想的な学生像を体現しているように見えた。

そんな「理想的な学生」が実際に指導的な地位に立ち、権力を握るとどうなるのだろうか？「ひまわり学生運動」がその実験台になった。映画の中でも描かれているように、運動の実質的な「司令官」の一人になった彼は、手に入った権力、そして自分が作った体制に否応なしにから め取られていく。独断専行の政権に抗い、「全ての人が参画できる民主主義」を理想に掲げながらも、彼らもまた狭い国会の中で小さな「政府もどき」を作り、選ばれた人しかその意思決定の場に入れなかった。中心に抵抗するために立ち上がった周縁的な人たちの中で、また新しく「中心」と「周縁」が作り出されたのだ。「結局自分たちがやっていることは現政権と同じではないか、寧ろ政権よりひどい」と、そう呟く陳為廷の姿を目の当たりにすると、観客は民主主義の難しさを痛感するだろう。

「ひまわり学生運動」が幕を下ろし、国政を体制内から変えていこうと、陳為廷は国会議員に立候補した。その矢先のことだった。陳為廷が学生時代に何度も痴漢を――つまり性犯罪を――働いたことが暴かれたのだ。それはまさに「激震」と言うべき出来事で、それまで彼を応援していた若者たちの間でも「過去の過ちは今の彼の政治的な理念とは関係がない」派と、「性犯罪被害を軽視すべきではない」派に分かれた。映画の中で、陳為廷が選挙の仲間に過去のスキャンダルを打ち明ける際、その仲間が「コネで何とかもみ消してみようか」と平然と提案するシーンがあった。私を含め、このシーンを見た多くの女性は戦慄を覚えるのではないだろうか。

最終的に陳為廷は立候補を取り下げ、以降、政治の表舞台から姿を消したが、そのことは一つの当たり前の事実を突きつけてくる。すなわち、彼もまた一個の人間だということ。運動家としてスポットライトを浴び、政治的スターとして持てはやされ、希望を託され、神にまで祭り上げられても、彼はやはり欲望を持ち、孤独を感じ、時には衝動に駆られて過ちを犯し、他者を傷付けるような、ごく普通の、生身の人間なのだ。当たり前の事実だが、しかし自らの政治的な欲望を彼に投影し、希望を押し付けていた人たち——そう、例えば本作の監督、傅楡のように——にとって、それは神を、希望を見失うことにも近しく、狼狽えずにはいられないだろう。

＊

同世代の台湾人である私にとって陳為廷は有名な存在だが、しかしこの映画のもう一人の主人公、蔡博芸の方がもっと興味深い。彼女は台湾の大学に在籍していた中国人留学生だが、台湾の社会運動に積極的に参加していた。台湾の学生運動と社会運動は総じてリベラル的で、左派的で、そして反中的だった。というのも、一党独裁政権である中国共産党は台湾の併呑にとても野心的で、あの手この手で台湾に影響力を及ぼそうとしているからだ。「ひまわり学生運動」の発端はまさしく中国との貿易協定への反対運動だった。そんな中で中国人である蔡博芸はとても難しい立場を強いられており、居心地の悪さを感じることが多々あるだろうことは想像に難くない。にもかかわらず積極的に運動に参加した彼女の姿は、政府間が敵対関係にあっても国民は連帯できるという可能性を示していて、とても感動的である。

蔡博芸の経歴は、台湾の若者において恐らく主流をなす反中リベラル層に一つの不都合な真実を突きつけてくる。すなわち、彼らのリベラル的な主張は往々にして偏狭な台湾ナショナリズムと結びついているということである。彼らの一部は、中国人留学生に健康保険に加入させるべきではない、アルバイトさせるべきではない、同性婚が法制化しても台湾人と中国人の同性婚は認めるべきではない、などと主張する。民主主義的な理念に共感した蔡博芸は台湾の大学の学生会長選挙に出馬したが、反中的な世論の中で中国籍というだけで様々な困難が降りかかった。「彼女が持っている中国国籍がそもそもの問題なのだ」と、選挙委員会のメンバーと思われる男が堂々と言い放った。傷付き涙ぐむ蔡博芸の姿を見ると、締め付けられるように胸が痛む。誰でもなりたい人になれるというのが自由主義だとしたら、台湾の反中リベラル層は重大な内なる矛盾を抱えているということになる。

もちろん、台湾人が反中感情を抱えているのは理解できる。中国はあまりにも強大で、影響力が大きく、そのうえ様々な外交的な手段を駆使して台湾を国際社会から排除しようとしている。チベット、ウイグル自治区、そして香港で行われた暴政を目の当たりにする台湾人は、次にあんな目に遭うのが台湾かもしれないという深い危機感を抱くのは当然のことである。台湾の主体性または台湾独立を訴える台湾ナショナリズムが台頭するのも頷ける。とはいえ、そんなナショナリズムを際限なく肥大化させ、排除の論理として働かせると、いずれは民主主義と真逆の方向性を突き進むことになるのではないか。政策と主張が大きく違うにもかかわらず、台湾のリベラル層と日本の保守層の相性がいいというのは、まさにナショナリズム、そして反中という点で一致しているからだろう。蔡博芸が今どこで何をしているのか、私は知らない。台湾の民主主義に失望していないことを、切に祈る。

＊

スポーツ、映画、芸術など様々な分野において海外で活躍し、大きな成果を収める台湾人は往々にして「台湾の光」と呼ばれる。台湾生まれ台湾育ちにもかかわらず日本に住み、日本語で小説を書いている私も、いつか「台湾の光」と呼ばれる日が来るかもしれない。「台湾の光」という呼称はもはや皮肉な意味合いを帯びてしまうほど手垢に塗れたものになっているのだが、もしそんな日が来たら、私はこのように言うかもしれない。「私は台湾の光などではない。台湾の進歩を願いながら活動し、政治と歴史を変えた台湾の若者たちこそが、真の台湾の光なのだ」と。

「光」というイメージは、台湾と香港の学生運動で度々使われてきた。「ひまわり学生運動」のテーマ曲「島嶼天光（島の夜明け）」に、「希望の光がこの島の全ての人を照らすまで」という一節がある。二〇一九年香港デモのテーマ曲もまた、「願栄光帰香港（香港に栄光あれ）」というタイトルだった。

台湾の島も、香港の島も、光を渇望している。同じ島国である日本に光が射すのは、いつになるのだろうか。

（二〇二〇年一〇月）

雪はいつ止むのかしら　映画『ユンヒへ』に寄せて

雪みたいな映画だな、と思った。

出すはずのなかった一通の手紙により、韓国の地方都市に住む女子高生のセボムは母・ユンヒのかつての恋のことを知る。セボムに強引に誘われ、ユンヒは仕事を辞め、母娘二人で小樽を訪れる。そこにはユンヒの昔の同性の恋人・ジュンが住んでいるのだ。セボムの画策により、ユンヒとジュンは小樽で二十年ぶりの再会を果たす。それがユンヒに、新たな一歩を進める勇気をもたらす。

小樽の銀世界を舞台とするこの再会の物語には、煽情的なシーンもなければ饒舌な台詞もない。満ちていく月に見守られながら、ユンヒとジュンがそれぞれ静かな逡巡を繰り返す様は、雪がしんしんと降り積もる無人の闇夜を想起させる。再会した時でも、舞い散る雪の花弁の中で二人はただ無言で見つめ合い、静寂の末にようやく口にできたやり取りは、「久しぶりね」「そうね」の二言だけだった。二十年の歳月の重みがのしかかるその沈黙もまた、掻けども掻けども積もっていく真冬の重い積雪のようだ。

元同性カップルのユンヒとジュンの恋愛模様は作中では直接描かれていないが、断片的な言葉を拾い集めれば大まかな像が見えてくる。韓国人の母と日本人の父を持つジュンは二十年前、韓国に住んでいた。その頃、ユンヒとジュンは付き合っていた。二人には非常に幸せで満ち足りた関係だが、周囲からは否定され、ユンヒは精神科病院に通わされ、ジュンとの別離を強いられた。その後間もなく、ジュンの両親は離婚した。自分に関心がない（干渉しない）からと、ジュンは父親と暮らすことを選び、日本に移住した。一方、ユンヒは女だからという理由で大学に行かせてもらえず、兄から紹介された男と結婚し、セボムを産んだが、数年前に離婚している。

こんな過去の不幸があったからこそ、二人の美しい再会シーンがある。北国の幻想的な雪景色が出来上がるまで、月の輝きを遮る曇天や荒天が必ず存在するように、小樽運河のガス灯の煌きを背景とする眩い再会の裏には、女性やセクシュアル・マイノリティが長らく差別され、抑圧されてきた暗い歴史と切実な痛みがある。本作の最も貴重なところは、ユンヒとジュンが歩んできた人生を、ただの感動的な純愛物語として消費するのではなく、そこに存在する暗い歴史と切実な痛みを隠さず、きちんと観客に提示しているという点にある。

作中で、「雪はいつ止むのかしら」という台詞が何度も出てくる。これは「マイノリティに対する抑圧と差別はいつなくなるのだろうか」という問いかけとして解釈できやしまいか。ユンヒとジュンが青春時代を過ごした二十年前の韓国と日本は、吹雪が吹き荒れる苛酷な時代だった。では二十年後の今はどうか。残念ながら、雪はまだ止んでいないようだ。ジュンは、自分に好意を抱いていると思われる若いリョウコに対して、こう諭した。「(私は)自分自身を隠して生きてきた。もしリョウコさんも今まで隠してきたことがあるなら、これからもずっと隠していた方がいい」。

胸が痛くなる言葉だ。ジュンもユンヒも、自身の性的指向を認めたくないわけではない。ジュンは「私はこの手紙を書いている自分が恥ずかしくない」と手紙で綴った。ユンヒもまた、「私たちは間違ってない」と返した。それでもこの世界で生き延びていくために、今もなお性的指向を「隠していた方がいい」とジュンは言う。近年ＬＧＢＴに対して差別的な発言を繰り返してきた日本の政治家の言動や、婚姻の平等が一向に実現しない現状を振り返ると、さもありなん、と思う。作中で、ジュンの伯母であるマサコは降り積もる雪について、「自然の前で（人間は）無力になるしかないね」と嘆いている。これもまた、「差別や抑圧（忘れてはならないのだが、この二つは往々にして「自然」の名を騙って表れる）の前で（マイノリティは）無力だ」というふうに解釈できやしまいか。これは悲観のメッセージではない。権力者やマジョリティによる差別と抑圧が持つ圧倒的な暴力性を指弾する言葉だ。

幸い、この映画には希望も残されている。ユンヒとジュンを引き合わせたのは若い世代のセボムだ。古い偏見や因習から解放された若い世代こそがこれからの新しい時代を切り拓く主人公なのだ、というメッセージが読み取れる。写真好きだがいつも風景しか撮らないセボムに、「人物写真は撮らないのか」と写真館を営む伯父が問いかける。それに対してセボムは、「美しいものしか撮りません」と答える。にもかかわらず、小樽旅行中にセボムは何度もユンヒの写真を撮った。確かに、セボムのレンズが捉えたユンヒの姿は、実に格好よく、美しいものだ。

（二〇二二年一月）

Intermission6　はなはなし

歯固めと守り神

近くの神社へ初詣に行くと、境内に「歯固め石納所」があった。注連縄《しめなわ》で囲まれた容器には、たくさんの石が入っていた。横の説明札には「使用した歯固め石はこちらに納めてください」とある。

日本の歯固めという習慣を知らなかった私は、「歯固め石」を字面通り「歯を固めるための石」と解釈し、首を傾げた。歯を固める？　どうやって？　歯の中に石を入れるのか？　それとも石を噛んで歯を訓練するのか？　しかしあの石たちはどう見てもごく普通の石で、それを噛んだり歯に入れたりするのは不可能に決まっている。日本には歯を黒く塗る「お歯黒」の習慣があったのは知っているが、流石に石を噛むグロテスクな習慣はないはずだ。

あとで分かったのだが、歯固めの儀式は子供の生後一〇〇日目に行われるもので、「百日祝《ももか》い」や「お食い初め」ともいう。歯固め石は何も噛む必要はなく、ただ赤ちゃんの歯が石みたいに丈夫になるようにと願いを込めて、供えればいいらしい。へー。

境内には白山比咩命《はくさんひめのみこと》を祀る分社もあり、この神は「歯の守り神」として紹介されていた。歯を専門とする神がいるだなんて！　後で調べると元々縁結びの神で、厄除けや子宝にもご利益があり、江戸中期になってから歯を兼務し始めたという。日本の神って忙しいな。

生えかわりと悪い夢

時々、悪い夢を見る。

夢の中で、私は硬いものを噛んでしまう。肉についている骨や、食事に混入している石だ。すると、歯が不安定にぐらつき始め、私は大いに狼狽える。何しろ、もういい大人だから今さら新しい歯なんて生えてこない。落ちたら最後、二十代にして入れ歯デビューするか、生涯この欠如を抱えて生きていく羽目になる。幸い、起きたらそれは夢に過ぎず、歯はまだ健在だと気付く。私はひやりとしながら、夢でよかったと胸を撫で下ろす。

こんな心臓に悪い夢を見るのは、歯の生えかわりを経験したせいなのだろう。子供の時、歯がぐらつき出すのは大抵何か硬いものを噛んでしまったせいだった。ぐらつく歯は二週間もすれば抜けていく。なかなか抜けない時は、親が糸を持ってきて、片端をその歯に括り、もう片端を開いている引き出しに固定しておく。私にお話を読み聞かせながら、隙を見て突然引き出しをパタンと閉める。引き出しが閉まると同時に、歯も引っこ抜けていく。今にして思えば随分乱暴なやり方だ。
それにしても、なんで人間の歯は一回しか生えかわれないのだろう。動物の脱皮のように、何度も抜けては新しいものが生えてくればいいのに。そうすると私も悪い夢に苛まれずに済むのではないか。

（二〇二〇年四月）

対談

対談◎同性愛を書くのに理由なんていらない

李琴峰×王谷晶

李　王谷さんのことは、『完璧じゃない、あたしたち』が刊行された頃に知りました。王谷晶っていうのは、少し中国の名前っぽいですよね。王、で名字を切ると、オウ・コクショウと読める。なので最初は中国系の方なのかと思いました。実際に本を読んだのはもっと後なのですが。

王谷　香港の映画監督から取ったペンネームなんです。私も李さんのことをツイッターでお見かけしていました。それから『独り舞』を読ませていただいて。最初は第二言語で書いていらしてるっていうのが信じられなかったです。本当かよって。

李　本当、本当。

王谷　大人になられてから習得した言語で書いてるっていうのに、すごく驚きました。私はとにかく日本語を使うだけでもいっぱいいっぱいなのに、二つの言語を操れるって本当、魔法使いのような感じ。

李　私自身も、最初はできないんじゃないかなと思ってたんですけど、書いてみたら運よく賞に引っ掛かった。私がはじめて王谷さんの本を読んだのは、エジプトででした。

王谷　空港で読んでいただいたんですよね。

李　二〇一八年の年末にエジプトに行ったんですけど、旅行中に読みやすそうな本を二冊持っていきました。その一冊が王谷さんの『完璧じゃない、あたしたち』で、読み始めたら止まらなかったです。二十三篇入っていて、一篇一篇の文体も違うし、物語のつくり方も違う。色々な声が入っていて、本当にすごいなと思いました。noteにも感想を書いたんですけど、特に「東京の二十三時にアンナは」というのがすごく好きです。登場人物の「いろんな土地を巡って気付いたよ。人種や宗教や肌の色の違いがちっぽけだって思えたのは、彼がお金持ちで白人で大人の男だから」というセリフにぐっと刺された。

王谷　ありがとうございます。私自身が日本から出たのは、高校時代に一週間アメリカに行った経験があるだけで、パスポートも二十年前から切れっぱなしなんです。ただ、ずっとアルバイトで暮らしてたので、外国から来ている人との付き合いが多かった。その人たちに世界のいろんなところの話を聞いて、自分は行ったことないけどそこで過ごしてる人ってどんな感じかなって想像して書いた話ですね。

李　想像でこれを書けるなんて本当にすごいなと思います。東京が一人で立ち尽くすしかない街から、すてきな女の子に出会った街になった、その決定的な瞬間が書かれている。

王谷　妄想たくましいタイプなんです。生まれそのものは東京なんですけど、すぐに地方に引っ越したんで、大きくなってから東京にきた時はもう完全に田舎から出てきた感じでした。だから田舎も完全な故郷ではないし、田舎にいるのも嫌だったけど、東京も居場所があるんだかないんだかで、どこにも故郷がないなっていう気持ちでいます。そういうのも併せて書いた感じですね。

李さんの書かれてる台湾の田舎のほうの描写は、私が育った街とちょっと近いものを感じます。うちの両親はすごくリベラルなんですけども、住んでいたのは人の噂がすぐ広まってしまうところでした。十二、三歳くらいの時に女の子に初恋したら、すぐ周りにばれちゃって大変なことになったりして。それでもう、学生時代からこのままここでは暮らせないなっていう気持ちがどんどん積み重なっていきました。

李　だから、小説の中でもいろんな場所が出てくるんですね。東京だけじゃなく。

王谷　『完璧じゃない、あたしたち』の最初の短篇に出てくる小桜妙子の出身地は、埼玉県の大宮という所です。池袋から三十分ぐらい電車でかかる地方都市です。

李　「陸のない海」は震災があった土地が舞台ですよね。

王谷　そうです、宮城県の仙台。祖父母の家が仙台にあって少し土地勘があるので、それを思い出しながら書きました。

李　「陸のない海」も好きです。震災とは明示されていないんだけれども、切ない感じがしました。途轍もない喪失感が行間にあふれていて。王谷さんはツイッターで、ほとんど家から出ないと書いていましたよね。でも、王谷さんの小説を読むと、非常に越境性を感じます。私の小説も越境文学だとか世界文学だとか言われたりするんですけど、王谷さんの書くものもそうだと思います。特に『文藝』に書かれた短篇「移民の味」にすごくそれを感じました。

■小説の中の政治性

王谷　あれは中国の決まったところをあまり想定していないんです。決めると調べないといけないですから。六十枚の原稿の中で、調べものにそんなにコストをかけられないので、単にずるっこをした感じなんです。ちゃんと設定してないけど、未来だからいいやと思って。

李　SFという枠組みの中で、宇都宮という餃子が有名な街と餃子そもそもの発祥地である中国の、ある意味分かりやすい対照の中で書かれているんだけれども、もともと日本だと思っていた場所が実は中国だという。人物の名前の設定も、結構工夫されていますよね。

王谷　どっちにも取れるような名前にしました。

李　中国語について知識のある人は、主人公の名前であるリンを名字だと思いますよね。でも読んでいくと、あれ、ハヤシリンって、つまりリンは名前で、名字じゃないんだとわかる。あと、「林家餃子」っていう店の名前も、中国系の人が日本で経営している店の名前だろうなと思っていたけれども、実は「宇都宮りんりん」を中国語に訳した名前だったと。言語を行き来してる感じもよかったです。

王谷　私は李さんの作品は今の時代、二〇一〇年二〇年代に李琴峰という作家にしか書けないものだけが集まっていて、どれも好きです。そのなかでも特に『星月夜』がすごく好きでした。他の作品よりさらに浮遊感があり、話がドライブしている感じがする。それに、ウイグルの女性が出てくる日本語の小説というのも初めて読みました。

李さんの作品は政治や社会と密接に繋がっていて、でも同時にすごくエモーショナルな瞬間がある。政治的なだけではなく、ポリティカルなことことエモーションがちゃんと混ざり合っている。その手触りがすごいなと思います。どっちかに力を入れようとすると、小説としていびつになってしまうかもしれないのを、とても美しく編まれている。あんなに文章は流麗なのに、芯の強さがものすごくて。本当に、これは今、この人にしか書けない話だなと思いました。

李　どうやら文学作品、特に現代の日本文学作品って、ポリティカルなことに触れるのを避けているような傾向があると個人的には思います。でも、王谷さんの小説は違います。「移民の味」でも現代日本に対する批判はちゃんとある。「故郷は女にとって安全な街じゃなかった」というような描写がありますが、読んでいる側は中国のちょっと治安が悪いところの話だと思うけれども、実は日本のことを話していたと後からわかる。お父さんから聞く故郷と、お母さんから聞く故郷は微妙に違っているという文もあって、これはつまり、男と女では見える世界が違うということですよね。一方、治安がとてもいい中国は、それが本当に無条件にいいことなのかも考えさせられます。夥しい数の監視カメラ、作中では「セーフカメラ」というんですが、それによって成り立っているというところは、現代中国に対する視線も感じられて、すごく政治的だなと思いました。

王谷　書いている前後、香港のデモが話題になっていた時でした。実家でちょっと引きこもってた時期があるんですけど、田舎にいる自分を認めたくなくて、ひたすら香港映画を見続けていたんです。その頃を思い出すと、香港に住んでいたような気がするぐらい香港映画を見ていたので、今の状況が本当につらくて。でも、ネットで香港を応援しているアカウントを見ると、ただ純粋に香港や中国の少数民族を応援しているんじゃなくて、それを踏み台にして中国をディスるためにやってるんじゃないかという人も多い。差別の格子縞みたいになっているのを見るのも、またしんどかったです。中国をディスるために香港を道具に使う人を見ると、なんか人間でいるのが嫌だなとか思ったりもする。

李　それは本当に難しいですね。確かに香港と中国の件に関しては、香港を応援したいんだけれども、かといって右翼の人たちがナショナリティのために中国をディスるのを見ると、すごく複雑な気持ちにもなる。あと、台湾と中国ってやっぱり緊張感のある関係じゃないですか。日本も割と中国嫌いの人たちは、それゆえに台湾を応援する、みたいになる。そういうのを文学で扱っていかないとと思う反面、声高に差別反対を表明していると、文学としては格好悪く見える向きがあるみたいで。なかなか息苦しいですね。

■『82年生まれ、キム・ジヨン』

王谷　なんで日本はこんなに主張するのが嫌いなんだろうなって思います。文学だけじゃなくて、エンタメの消費者も、マンガや音楽、ドラマも映画も、主張しないのがおしゃれで安心できていいものだとされる。そういうのは本当に、中学生ぐらいで終わらせときなさいと思うんですけど。

李　もちろん、文学作品を書く人としては、安易に現実の事象を判断したり、結論を急ぐことを避けたいというのは分かります。でも、明らかにいけないことだってあると思うんですね。『82年生まれ、キム・ジヨン』を読んだ時に思ったのが、こういう小説は日本では生まれないなということでした。読まれました？

王谷　読みました。同じことを思いましたね。具体的に差別のデータを入れ、これぐらい女性は不平等な境遇におかれていると、有無を言わせない書き方ですよね。あのやり方はすごい。でも一回しかできない必殺技だなとも思いました。

李　それがすごく共感を呼んだんですけども、同じような状況にあるにもかかわらず、日本でそういう作品が生まれないのが残念。あの本を読むと、マイノリティ側はいやが応でも自分の弱者的な立場を意識させられる。その現状に気付かずにいられるのはマジョリティ側の特権ですよ。

王谷　そうですね。それは自分がマジョリティの立場だった時にも言えることで、言われて初めてそこに段差があったのに気付く。考えないで済むっていうのは、あらゆるシーンにおいて特権なんですよね。例えば、私は右利きなんで、普段左利きの人のことなんて九九パーセント考えないで過ごしてるんですけど、たまたま一緒に出掛けた人が左利きだったりすると、こんな不便があるんだって気付く。それがマジョリティなんだなと強く思います。

李　そこで思い出したのが、王谷さんが昨年（二〇一九年）ツイッターでされた、トランスジェンダーについての発言です。すごく騒ぎになったんですよね。私はもともとトランス差別はいけないと強く思っていたのですが、王谷さんの発言とそれに対する批判を読んで、ひょっとしたら王谷さんもトランス差別に無頓着なのかなと、少しがっかりしました。でもその後、すごく真摯で誠実な謝罪文を書かれたじゃないですか。

王谷　あれは自分の中でかなり大きな転換になりました。今までは基本、マイノリティ側の立場で話をすることが多かった。まさにさっき言ったように、自分はマジョリティでもあるというところが全く見えてなかったというのが自分でもショックで、身の振り方も含めて考え直すきっかけになりました。

李　謝罪文を読んで、より一層尊敬しました。ここまで考えられる人って、そんなにいないと思います。

王谷　でも結局、傷付けてしまった人がいたので。やってしまった歴史として自分でも忘れずに、ことあるごとに思い出そうと思ってます。マジョリティとマイノリティって、固定化はされてないんですよね。常にその視線を流動的に持っていないと、不測の事態が起こった時にすごく頑固になって、ドツボにはまったりしてしまう。今もなんか言われたら正直ムカッとはするんですけど、言われたからには理由があるんだと思って、まずはいったん考えようって思うようになりました。

李　私もそういう風に心がけたいと思います。

■影響を受けた本

李　王谷さんは今までどんな本を読まれてきたんですか。

王谷　日本の作家も読みますが、翻訳小説がすごく好きです。祖父の影響で、アメリカやイギリスの探偵小説、ミステリーが昔から好きですね。ハードボイルド小説を中学生、高校生ぐらいから読んで、かっこいいぜ、こういうのを書きたいと思っていました。翻訳もののファンタジーとかも。剣と魔法の世界に憧れつつ、日本の作家だと山田詠美さんが好きで、文章を書くに当たって一番影響を受けたのは平山夢明さんです。

平山さんはホラーとか少し怖い話が多いですが、小説家になる前はライターをやっていて、短い映画のレビューを大量に書いてらしたんですね。それをまとめた本があるんですが、その日本語が、今まで見たことがないようなものすごい破天荒な使い方で。高校生ぐらいの時に読んで、日本語はこんなことができるんだと衝撃を受けました。それまで美文調というか、かちっとした小説を趣味で書いていたけれども、こんなにぶっ飛んでてもちゃんと面白いんだっていうのに気付かされて、言葉遊びというか、リズムや文体で遊ぶようになったんです。李さんはどうでしたか。

李　私は台湾で育ったので、基本的に国語の授業で扱うような中国の古典文学や、台湾のいわゆる純文学と呼ばれる作家の本を読んできました。多分ご存じないと思うんですけど、邱妙津という作家がいます。レズビアン小説を書いていたんですが、九五年に二十六歳でパリで自殺した。彼女は台湾の文学史においては伝説的な存在になっています。あと、陳雪や白先勇などの、台湾の作家を読んでいました。幅広く日本の作家を読み始めて影響を受けたのは、村上春樹さん。あと中山可穂さんと松浦理英子さんの三人はいつも名前を挙げています。

王谷　松浦さんの『親指Pの修業時代』はリアルタイムで、評判になった時に読んだんですけど、ショックでした。女の人がこういうこと書いていいんだっていう。あの時代に読んで、衝撃を受けた人は多いと思います。

李　私が松浦さんを読み始めたのは、二〇一三年に日本に来た後のことですけれども、時代を考えると本当にすごいですよね。『ナチュラル・ウーマン』は八七年、『親指Pの修業時代』は九三年刊行です。さっき言った邱妙津が、初めての本を出したのが九一年で、陳雪というレズビアン作家がデビューしたのが九五年。今でこそ台湾は同性婚も実現されているし、進んでるように見えますけども、九〇年代初めはすごく閉鎖的でした。その時代において、日本には既にこんな表現があった。そこから進んでないのが残念ですけど。

王谷　そうなんです。なぜかそこで止まってしまった感がありますね。

李　あと、最近は綿矢りささんや村田沙耶香さんもすごく好きです。

王谷　お二人ともいいですよね。あと、私はSFが好きなのでテッド・チャン、あと、ハードボイルドものも好きなんで、深町秋生さん、黒川博行さんの本が出るといそいそと読んで、いつかこういうのを書きたいと思っています。正直、もし自分が一生に一度だけ、好きな賞を取れるものを書かせてやると神様的なものに言われたら、大藪春彦賞が取れる小説を書きたいです。

■エンタメと純文学

李　王谷さんは最初、エンタメを書いてきたんですよね。でも最近はいわゆる純文学の雑誌でも書かれている。個人的に純文学とエンタメの違いに興味があります。純文学とエンタメの線引きや、ジャンルの特性、そういうものを感じることはありますか。

王谷　いま自分が何の作家なのかはよく分からないんですけれども、エンタメと純文学、特に現代の日本だとすごく線引きが曖昧ですよね。さすがに異世界転生ファンタジーとかはエンタメだろうなと思うんですけど、日常的な内容の小説においては、直木賞と芥川賞をシャッフルしてその辺を歩いている人に読ませたら、絶対分かんないだろうと思ったりします。ただ、エンタメと純文学の違いで、たぶん唯一明確だと思うのは、エンタメはちゃんとオチをつけないと駄目。それぐらいではないでしょうか。分ける意味がなくはないんだろうけど、書く側がジャンルにこだわるのは意味がないと今は思っています。書いたものを編集者に渡して、純文学で売るかエンタメで売るかは、そちらに任せる。

李　分ける意味がなくはないと私も思うけれども、そういう伝統がある以上、きっとそれなりの力学が作用していますよね。私はいわゆる純文学の賞でデビューした作家なので、純文学作家と言われます。でも私は中山可穂さんが好きなのですが、彼女は野間文芸新人賞という純文学の賞に二回ノミネートされ、その後に山本周五郎賞というエンタメの賞を取った。直木賞にもノミネートされたことがある。自分が書きたいものを書いているというだけの話で、純文学とエンタメというのは、読む側の分類だなと思います。

王谷　読む方もそこまでこだわっている人はいないと思いますし、売り手の分類なのかもしれないですね。評論する人以外は。台湾では純文学とエンタメの違いはくっきりとしていますか？

李　割とあります。日本ほど賞や雑誌がはっきりとは分かれていないんだけれども、この作家は純文学で、この作家はライトノベルという分け方はあります。出版社もそうで、純文学寄りの本しか出さない出版社や、探偵小説かジャンル小説しか出さない出版社もあったりします。

王谷　私はラノベを書いてきて、声が掛かったら今でも書きたいんですけど、一切掛からなくなりました。あまりラノベで結果が出せなかったというのもあるんですが、私は好きなんですよね。ファンタジーも書きたい。でも今、水になじんでるのは純文学寄りなのかな。

李　王谷さんは本当に幅が広いんですね。

王谷　ゲームのシナリオを書いたりもしていたので、とっちらかっているタイプなんですよね。キャリアの最初は編集プロダクションですし。そこの社長が美少女ゲームのシナリオの仕事をやっていて、「おまえ十万やるから一本書けや」って言われて書いたのが、創作をお金にした最初です。今思うと、すごく安いんですけど。その繋がりでゲームのシナリオやノベライズをはじめ、それから第一次電子書籍ブームがきて、百円くらいで読める小説書かないかって言われてそれも十万円で引き受けました。そのうち、ライトノベルを出している出版社の編集者と知り合いになり、色々なものを書いていたらここにいるっていう感じですね。

李　『完璧じゃない、あたしたち』を読んで、すごく自由を感じたんです。この作者はすごく自由に書いてるんだなと思った。これを純文学の業界でやろうとすると、なかなかうまくいかないと思う。

王谷　この作品は完全に放任で、自由に書かせてもらいました。今思うと、ポプラ社さんは児童書がメインの出版社なので、大人向けの小説は遊んでいい場だったのかなと。

　帯を書かせていただいた、李さんの新刊『ポラリスが降り注ぐ夜』も、ジャンルにとらわれない小説ですよね。新宿二丁目という街を起点にした、さまざまな人生やバックボーンとかがある人たちの物語で、すごくエンタメかつ社会的。これはもう李さんが殴りにいってるなっていう気合いをビシビシ感じました。ゲイの人をLGBTの人でしょって言っちゃう、そういう雑な社会に向けてバーンって火炎瓶を投げ付けてるような感じ。

李 純文学なんぞ知らない、と思って書きました。純文学という枠の中だと、特に芥川賞だと決まった枚数があったりするんですけど、そうではなくて、こういう話が書きたいんだと。

王谷 『ポラリスが降り注ぐ夜』はリスクを取りながら、挑戦をしている。すごいことをやっていますよね。人が一人ずつ繫がって、重なっていく感じもすごいし、ページをめくらせる力がある。それこそNetflixのミニシリーズでドラマ化したら絶対面白いですよね。取材や執筆にどれくらい時間をかけたんですか。

李 大体九か月ですかね。その間、あるいはその前も後ろも、コミュニティの過去を知っているような人たちに話を聞いたり、店に行ってさりげなく聞いたりとかはしていました。九〇年代の新宿二丁目が出てくるんですけれども、私は二〇一三年に日本に来たので、その時代を全く知らないわけです。バブル経済が崩壊した直後ですね。その時代の話を聞いて、何とか想像しないといけない。下手すると固定観念に陥ってしまう危険性もあるんだけれども、自分にはそれしかできないし。

王谷 私、実は二丁目には三回ぐらいしか行ったことがないんです。行けないというか、コミュニケーション能力に不安があって、恥ずかしがって行けなかったタイプのビアンなんですよ。

隣の三丁目で一年ぐらい働いてたのに、ほとんど行かなかった。そうやって恥ずかしがってるうちにおばさんになってしまったので、もっと若いうちに遊んでおけばよかったとはちょっと思いますね。

■普通に生きている女の話

李　王谷さんにお伺いしたかったのですが、いわゆるセクシュアル・マイノリティの人や社会的弱者の人を書く時に、気を付けていることはありますか。

王谷　弱々しかったり、きれいなだけの存在にしないのは結構意識しています。パッケージングされた美しい弱者みたいな表現は日本のメインストリームにたくさんあって、それにずっとケッと思っていたので。それはきれいじゃないと弱者として認めてやんないよという雰囲気に繋がるから、加担したくない。弱かろうがハンディがあろうが、人間でしょ、っていうのは意識して書いています。だからビアンでも、あんまりきれいな感じじゃない話が多くなる。いわゆる恋愛ロマンス小説だったらもうちょっときれいな話を書くとは思うんですけども、それが目的じゃない時は、ありのままの生っぽい人間を書いたほうが、書く意義があるなと思っています。

李　それはすごく大事なことだと思いました。『完璧じゃない、あたしたち』を読んでも、きれいな女の子たちじゃなくて、ごく普通に生きてる女たちの話だっていうのを肌に沁みて感じました。

王谷　李さんの書くレズビアンの登場人物たちも、ふと見せる女の子に対する欲望の目線がすごくリアルですよね。美しい文章の中に、生々しい感じが少しだけ入ってくるあの感じはリアルだし、すごくいいなと思いました。

李　ありがとうございます。マイノリティを書くうえで、自分も社会的弱者の経験があるんだけれども、一方で全て分かっているわけではない。だから、いろんな声を作品の中に取り込もうとする時に、自分があまり知らない人たちの声をいかに拾うのか。下手をすると、固定観念に陥ってしまう、そういう危険性を孕んでいるんですね。そこは気を付けていると思います。ゲイとレズビアンの間の格差だけでなく、トランスジェンダーとはもっと格差がありますよね。そういうマイノリティ同士の間の格差ももっと書かれないといけないなと思っています。

王谷　マイノリティでいうと、『星月夜』にはウイグルの女性が出てきますよね。多分、中国の中に少数民族がいることを知っている人がいても、ウイグルにイスラム教の人が多く暮らしてるところまでは知らない人が日本だと大勢いると思います。

李　ウイグルに関心を持ち始めたのは、中国に旅行した時からです。それまでは台湾と中国の複雑な事情もあるけれども、私は中国語を使っていて、根っこは、私の先祖の先祖は中国からやってきた人たちなんで、繋がっているといえば繋がっている。だからこそ、互いの違い、あるいはその国の中の多様性をあまり意識してこなかったです。自分が漢民族というマジョリティであるということも関係している。

実際に、新疆に近い中国の西安という都市に行った時に、現地の人の新疆の人に対する差別意識を身に沁みて感じました。中国に住む五十いくつかの民族は、皆中華民族だと中国政府は言ってるんですけれど、同じ中華民族の中でもこんなふうに違うんだと思った。新疆で生まれるだけで、例えばホテルに泊まれないとか、あるいは何もしてなくても万引や窃盗犯の予備軍みたいに見なされたりする。そういうのを実際に見て、これは自分が知らなかった世界だと思いました。

王谷　旅行で行ったぐらいの期間でも分かる、ひどい差別があったんですね。日本でもたまにタクシーの運転手さんとかに、すごく差別的な話をされたりしますよね。最近は韓国人が多くて嫌になっちゃうよねみたいな話をボンボンしてきて、昔は腹立ったから連れと一緒に外国人の振りをしたりとか。気まずくなりゃいいさと。最近はそういうのがあったら、「降ろしてください」と言うようにしています。

李　新疆ウイグル自治区っていう存在は知っていたんですが、具体的にどういう生活を送って、どの宗教を信じているかはあまり知らなかった、というか意識を向けたことがなかった。なのでそれは実際に行ってみての気づきでした。

王谷　気づいていないことは、きっとたくさんありますよね。私も、アイヌや沖縄のことは知らないことが多いと思います。

■同性愛は今や平凡な題材？

李　最近、ＬＧＢＴを題材とする小説を読むと、論者や評論家は分かってるつもりという態度で、結論を急ぎ過ぎる向きがあるように感じます。王谷さんはそういうふうに言われたことがありますか。

王谷　あまりないですね。たぶん、最初の本では一篇一篇が短いのと、いわゆる自伝的な話がそんなにないので、変なおっさんが寄ってこないんだと思います。若い女の子が自伝っぽい、全然自伝じゃなくてもリアルな感じのことを書いてると、ゲヘゲヘしたおっさんが寄ってくるじゃないですか。私はＳＦとかホラーとか好き勝手やってるんで、あんまりそういうのはないですね。でも今書いてる小説は半自伝みたいな話なんで、それを出したらゲヘヘおっさんが来るなと思い、今から殴り返す準備しとかないと、と肩をまわしています。

李　私に限らず、例えば千葉雅也さんの『デッドライン』だって「一種のカミングアウト小説」と言われた。「カミングアウト小説」ってなんだよ草、って思いました。すでに二十年前に、松浦理英子さんがある雑誌の取材で、「同性愛が題材となる小説は異性愛が題材となる小説と同じように、ごくあたりまえに、『これが同性愛でなければならない理由は何なのか』などと問われることなく、普通のこととして書かれ、世の中に流通しなければならない」と、おっしゃっています。今になっても、やっぱりそういうことを言わないといけない時代なんだなと思いました。

王谷　結構ズンときますね。二十年経ってもあまり変わっていない。ちょっとは変わったのかな。

李　たまに同性愛を書く意味ってなんですかと聞かれるのですが、一方、異性愛の恋愛を書く意味って何なのか、誰も聞かないですよね。なんで同性愛の恋愛を書くと、同性愛を書く意味や面白さを問われないといけないのか。前回の芥川賞候補になった『五つ数えれば三日月が』は、選評で「もちろん同性愛は今や全く平凡な題材であるが」みたいなことを書かれているんだけれども、もし異性愛の恋愛小説なら、「異性愛は今や平凡な題材」とか、あるいは「会社員を主人公にした小説は多くの人々が手掛けるようになっている」とか言われないですよね。映画でも、「ただの異性愛の映画じゃありません」などとは言わない。そういう不均衡性に評論する側も、読む側も気付かないといけないと思う。

王谷　そんなの見飽きてると言ってること自体が、引っ掛かってることの証左になってしまっていますよね。わざわざ言わずにおれないんだっていう。気になってんじゃん、と思います。なんか違うなって思ったから言いたくなったんでしょうって。

李　あと、読者側にも、独りよがりな勘違いがあるような気がします。つまり、女性同士の恋愛は純潔で、抽象的で形而上学的だと。男女の恋愛とはまた違う面白さがある、そういう読み方もあるみたいです。それには、は？　と思いました。そういう恋愛もあるかもしれないけれども、でも、そうじゃない。ごく普通にこの世の中に存在しているから、それが小説世界、文学世界の中で表現されるのは当たり前のことだと思っていて、それは同性愛に限る話ではない。例えば王谷さんは、小説の中でいろんな国籍の人を出すじゃないですか。それらの人は、今当たり前のように日本で生きてる。でも、文学で取り上げられることはほとんどない。当事者の作家が書くことはあるけれども、当事者じゃない作家が、日本で暮らす外国人の境遇を描く作品って数としてはそんなに多くないですよね。

王谷　そうですね。あってもミステリーとかの題材として、キャラクターが外国人であることに意味がある作品がメインになっている。でもこんなに家から出ない私でも、ご飯を食べに行ったり、買い物したりその辺をブラブラ散歩するだけで、外国の人と必ずすれ違う。特に東京だと、電車に乗っている時など、いろんな国の言葉が聞こえる。こんなにいるのに、なんでマンガやドラマや小説にほとんど出てこないんだ、おかしい、描写力が足らんと思っています。

李　ある種、エンタメ性を持つ作品としては、見る側あるいは読む側の固定観念に迎合しないといけない部分はあると思うんですよ。だから、例えば同性愛者とか性的少数者、あるいは外国人みたいな人を出すと分かりづらい、という側面もあるかもしれません。でもやっぱり避けてはいけない、挑戦すべきことだと思います。

王谷　特に現代の東京や大阪などの都市部を舞台にしていて、外国人やいろんなマイノリティの人の存在を匂わせないような作品は、怠惰だなと思います。ちゃんと見なさいや、見て書こうよって思います。

李　それと関連してですが、私『深夜食堂』っていうドラマが好きなんです。『深夜食堂』をずっと追っていると、面白いことに気がつきます。舞台は新宿のゴールデン街で、最初のシーズン1、シーズン2の時はほとんど外国人は出てこない。でも今のゴールデン街に行くと、外国人観光客でごった返している。そして『深夜食堂』の最新のシーズンを見ると、外国人観光客がたくさん出てくる。ドラマが時代にちゃんと追い付いていると思いました。

王谷　もっとそういう作品が増えるといいですよね。『完璧じゃない、あたしたち』を書いた動機は、女同士の話が少ないって思ったからなんですが、まだやっぱり足りない。

李　絶対数が足りないと思います。Netflixでウォシャウスキー姉妹が監督している『Sense8』というドラマが好きなんですが、その中ではごく当たり前のように、ゲイやレズビアン、トランスジェンダーの人が出てくる。そこにはなんの理由も意味も問われない。SFドラマの中にごく普通に出てきて、自分のスキルを発揮して悪と戦うという話。あの感じだと、「同性愛は今や平凡な題材」みたいには言われなくなると思うんです。だから、絶対数を増やしていかないといけないと。

王谷　それは私も思います。同じくNetflixの『セックス・エデュケーション』っていうドラマもそうですよね。舞台はイギリスのかなり田舎っぽいところだけど、高校で、ゲイやレズビアンはみんなオープンに、普通に存在している。日本ではまだ無理でしょうし、私も学生時代は苦い記憶が多い。でもいまだに学校生活で地獄を経験している子どもはいっぱいいて、それを思うと、大人にもっとできることはないかなって焦りますね。

李　ちょうど今見ているところなんですが、面白いですよね。日本でも『きのう何食べた？』とかは普通に生きているゲイのカップルの生活が描かれていますよね。それの女性バージョンもあるといいなと思うんですけど。

王谷　そうですね。小説でも樋口毅宏さんの『東京パパ友ラブストーリー』とか、ゲイものは書き手も読み手もこなれてきた感じがしますね。『きのう何食べた？』はマンガもずっと追っているんですけど、やっぱり男性同士のカップルはエグゼクティブになりやすいんだなとも思いました。生活は庶民的だけれども、二人とも仕事では順調に出世している。ケンジも店長になったし、シロさんも事務所のトップになったし。でも、同じ年頃の女同士のカップルって、あんなにちゃんと生活していけるのか。正社員同士のカップルになる確率って格段に低いじゃないですか。日本だと経済活動へのアクセスが、属性によってかなり決められてしまいますよね。私は一度も正社員になれず、高校を卒業してからバイトでその日暮らしをして食い繋いできている。そういう女性、多いと思います。給料少ない者同士でくっつくことが多くて、ゲイカップルとビアンカップルの所得格差を考えると、暗い気持ちになります。そのあたりの、レズビアンとお金の話はいつか書きたいと思ってるんですよね。

李　それは王谷さんにしか書けないものだと思うんで、とても楽しみにしています。

■LGBTという雑な括り方

王谷　経済的なことだけではなく、ゲイとレズビアンの違いは大きくて、それをLGBTとひと括りにすることに、かなり無理がありますよね。

李　ゲイとレズビアンでは歴史からして違いますよね。ゲイのコミュニティの歴史は長い。新宿二丁目も、赤線が終わった後にすぐゲイバーが進出したので、コミュニティが昔から存在していた。女性のほうはあまり歴史の蓄積がないんですよね。加えて、男性の視線あるいは冷やかしが多くて、なかなか自分たちのコミュニティが作れなかったという事情もある。千葉雅也さんの『デッドライン』に出てくるハッテン場も、いわゆるゲイコミュニティの文化の一つとして認識されていると思いますが、レズビアンコミュニティってそういうのがなかなかない。

王谷　レズビアンバーもやっぱり大都市にしかないんですよね。恐らく東京、大阪、名古屋くらい。

李　実は那覇にもあるんですよ。

王谷　そうなんですか。逆にゲイの人の集う場は全国津々浦々、何かしらある。看板は出てないんだけど、ここはそうですよとか。ネットが普及する以前の、地方の田舎のビアンは同じ町内や学校の子にたまたまそういう子がいたらラッキーぐらいの感じですよね。あとは文通。

李　九〇年代は文通でしたね。

王谷　長くは続かなかったんですけど、ビアン&バイ向けの雑誌が九〇年代日本にもあって。当時はまだバブルがはじけたとはいえ、文化的にお金があったんだなと思うんですけど、なぜかど田舎の書店にも一応入ってきていました。文通欄を見て手紙を書いていましたね。

李　レズビアンとゲイだけでも違いがたくさんあるのに、LGBTという括り方が雑で、やめてほしいですよね。王谷さんと私だって書くものも経験も全然違う。そもそもLGBTという言葉の尊さは、様々なセクシュアリティの人々が、自分達の権利を勝ち取るために連帯し、ムーブメントを起こした時にこの言葉が生まれたという歴史的な背景にある。本来はマイノリティが作り出した、マイノリティのための言葉なんです。なのに、LGBTが何なのかもよく分かっていない人たちがその言葉を使い過ぎたせいで、私でさえLGBTという言葉にちょっとアレルギーを感じ始めて。

王谷　いわゆるって付けないと、なかなか使いにくくなっていますよね。

李　マジョリティ側が無思慮に使うたびに、マイノリティ側の言葉がどんどん収奪されていってるんですね。この間、文藝賞を受賞した遠野遥さんの『改良』は女装願望を持っている男子大学生の話でした。トランスジェンダーではないのですが、ネットの感想を見ると「流行りのLGBT系の話か」みたいな感想が散見されるので、そういうバイアスを取っ払って読んでほしいなと思いました。

王谷　異性の格好をするとか、異性を愛さないとか、そういう要素が少しでも出ると、LGB

Tねって雑にその箱に入れられちゃう。そうなるのは忸怩《じくじ》たる思いがあります。いやいや、ちゃんと読もうよって。売る側はどうしてもLGBTって言ったほうが分かりやすいから使ってしまうのかもしれないけど、受け手がそのまま受け取って、こういうのはLGBTなんでしょ、流行りものなんでしょ、となってしまうのは問題ですよね。

李　流行りものでも何でもないですよね。そこに生きてる一人一人の人間だから。

王谷　流行によってそうなったわけじゃない。流行るまで、あなたたちに見えてなかっただけだよと。

■女性のロールモデル

王谷　李さんは今後、書きたいものは決まっていますか。

李　うまくいくかどうかわからないんですが、今までの小説と違い、決まった場所や時間の設定を取っ払った、現代ではない小説を書きたいと思っています。王谷さんはどうですか。

王谷　さっき言ったお金の話もなんですが、おばさん百合は私が書かねばって思っています。誰が読むねんとは思うんですけども、いや、私が読んでぐっとくるおばさんの話を書きたいんです。自分ももう、おばさんの中級ぐらいになり始めてるのですが、なぜこんなにおばさんが出てくる話が少ないのかと思う。

李　百合とかレズビアン、女性同士の恋愛の話になると、おばさん、あるいはもっと高齢者のおばあさんはあまり出てこないですよね。中山可穂さんの「燦雨」という小説はおばあさん二人の話で、その存在はすごく貴重だと思いました。最近読んだ、村田沙耶香さんの『生命式』に収録されている「夏の夜の口付け」と「二人家族」もそうですね。

王谷　それは読まないと。レズビアンではないにしろ、現実世界においても女の人の中年から先のロールモデルが見つけにくい気がします。男の人は俳優でも四十代、五十代、六十代で活躍している人がいる。こういうおじさんがかっこいいんだよというモデルがいるけど、四十、五十、六十代のこういうおばさんがかっこいいんだぜ、みたいな人があまりいないんですよね。私らはこの先どういうスタイルで生きてけばいいのよって、みんな薄らと思ってるんじゃないかな。

李　そうですよねー。

王谷　美魔女路線にいくのか、樹木希林路線にいくのかの二択。でも大半の人は、どっちにもなれない。女性に対して、いい年の取り方してるねっていう褒め言葉があまりに少ない。そこは文化のほうからひっくり返してやらないといけないんでは、というのも思います。書きたい話は色々あって、もてない、もてないレズビアン、もてないマイノリティの話も書きたいですね。

李　それ大事ですね。

王谷　ゲイの男の子でも、ビアンの女の子でも、自覚はあるけど童貞処女みたいな人はたくさんいると思います。その場になかなか踏み出せなかったり、行っても失敗続きだったり、本当にもてないとか様々な事情で。性的マイノリティの自覚や欲望があっても経験がない、そこも全然フォーカスが当たってなくて、存在が気付かれていない。同性愛っていうと、セックスありきの属性と見られ、性愛のところにフォーカスがいっちゃうんですよね。しばらく「ＬＧＢＴ」ネタで声が掛かることの多い二人だと思いますけど、多様なものを増やしていきたいですよね。同世代で、李さんみたいな書き手の方がいるのはすごく嬉しいです。

李　私も嬉しいです。王谷さんの次の作品も、すごく楽しみにしています。

（二〇二〇年二月七日、文藝春秋にて収録）

対談◎作家・李琴峰のキャリアを振り返って

李琴峰×野崎歓

■デビューに至るまで

野崎　まず伺いたいのは、日本語で小説を書くというのが李さんにとってはどういう意義を持つのかということです。最初の小説はきっと、だれに頼まれたわけでもなく書いたわけですよね。しかも長篇で、とても濃密な作品です。どんなきっかけから書き出したんでしょうか。

李　台湾にいた時も中国語で書いていたんですが、主に短篇で、長くても中国語で一五〇〇〇字ぐらいですね。そういうものばかりだったので、最初に日本語で書いた小説が最初の長篇でもありました。高校や大学時代に台湾で暮らしていた時は、難しい文学表現を母語ではない言語で書くというのは全然想像してなかったんです。日本語は勉強していたし読んでもいたんですが、日本語で小説が書けるとは全く思っていなくて。二〇一三年に日本に移り住んで大学院に二年いて、就職したのが二〇一六年。会社員になってみて、これからの人生はずっとこんな感じなのかなーと思って、なんとなく気持ちが暗くなっていました。二〇一六年四月、通勤電車の中でふと

「死ぬ」という言葉が空から降ってきました。何の脈絡もなく、突然に。「死ぬ」という言葉を心の中で何度も繰り返して玩味し、その単語の特異性について考えているうちに、不思議な言葉だなと、これは一つの小説の始まりにできそうだなと思って。そうして書き始めたのがデビュー作の『独り舞』でした。「死ぬ」という単語は日本語で降ってきたので、日本語で書きました。

野崎　「死ぬ」という言葉とともに作家として誕生したというのは、なかなか不思議な、象徴的なことですね。

李　そうですね、あの日降ってきた「死ぬ」という言葉が、李琴峰という作家が誕生するきっかけになりました。思えば不思議なことで、一度死んで、生まれ変わることに似ていたのかもしれません。実は思春期のときからぼんやりとした自殺願望みたいなものがずっとあって、自分の中ではひとつの大事なテーマだったと思います。それがあのタイミングで発露したのでしょう。

野崎　中学高校から学んでいた日本語との関係が、来日したことでさらに変わったと。自分を表現してみるための機が熟してきたということなんでしょうか。

李　台湾にいた時はどうしても日本の本が手に入りづらかったんです。二〇一一年あたりの日本は歴史的な円高を迎えていて、なかなか日本のものを買うのが大変でした。二〇一三年に来日して、大学院に入ってちょっと余裕が出て色々読んだんです。恐らく読んでいるうちに、日本語で自分を表現したいという欲が高まっていたのでしょう。

野崎　オタクカルチャー的なものにハマっていたとエッセイで拝見しました。日本語で書いてみたりということもあったんでしょうか。

李　日本語が専攻の一つなので、たとえば大学のレポートでもそういう課題が出ます。趣味や練習もかねてというか、アニメやドラマを見て台詞を書き取る練習をしたり。

野崎　それが最初の、いわばお試しの段階で、日本で就職して勤め人の暮らしになり、そこである時「死ぬ」という言葉が降りてきた。以前、多和田葉子さんとお話した時に、多和田さんも驚くべき語学の達人なわけですが、外国語を自分のものにするには、とにかくその言葉を使って自分の言いたいことを何でも書いていけばいいとおっしゃっていました。それが上達の早道なんだと。外国語だといってひるむことなく、自分で乗りこなしていくというのは李さんにも共通する姿勢ですね。とはいえ、会社員時代は仕事も大変だったでしょう。忙しいなかでよく、長篇を書く時間が見つかりましたね。週末にまとめて書いたりしていたんでしょうか。

李　本当に忙しかったのですが、いわゆる会社の業務や事務仕事がそこまで苦じゃなかったんです。会社員はやろうと思えばやれてしまう。エクセルとかアクセスで計算したりというのは全然できて、効率もいい。なるべく残業せず、飲み会もあまり行かず、仕事が終わったらすぐ家に帰って、小説を書いていました。

野崎　会社としては辞めてもらっちゃ困るような（笑）。仕事が苦にならないというのは、語学的才能とともに、李さんの生まれ持った能力の高さでしょうね。

李　仕事の内容自体はいいんですけど、どちらかというと組織の人間関係になじめないところがありました。

野崎 たいていの人間はそうでしょう。それですり減っていってしまう。それに負けずに何か別のものを生み出していくには強い意志が必要ですよ。書いている途中で誰かに読んでもらったりはしたんでしょうか。

李 友人のひとり、ふたりぐらいに読んでもらって感想を聞いたりはしました。

野崎 役に立ちましたか。

李 校閲のような細かさではないですけど、表現についてアドバイスをもらいましたね。

野崎 そういう友人がいることも素晴らしいですね。

李 本を読むことが好きなので、そういう人と友人になりやすいです。

野崎 留学中にできた友人ということですね。李さんの留学生活、充実していたんですね。同時に思うのは、李さんにとっては台湾で本を出すという道もあったろうということなんです。ちょうど昨日、大きな書店にはいったら、台湾文学コーナーができていて。台湾は人口当たりの出版点数が日本の三倍だと紹介していました。いろんな若者文化が新しい動きを見せているという印象もあるし、そこに向けて発信するのも魅力的だろうと思ったんです。

李 私の場合、最初のスタートが日本語なので日本語で書き続けているんですが、台湾の出版の活況は外から見た視点であって、中から見ると必ずしもそうではないと思います。人口当たりの出版点数が日本の三倍というのは、分散してしまうということです。つまり、台湾で書いている作家は本が売れない、文学だけで生活できる作家がすごく少ない、ということ。翻訳が入ってくるスピードも速い。日本からの輸入が一番ですね。日本でヒットする本が割とすぐ台湾にも入ってくる。

野崎　次々に翻訳する体制ができている。

李　翻訳本も多いし、著名人の本は売れるけど作家の本は売れないというような。

野崎　そうすると日本の状況と似ているのだけど、いっそう文学が大変な部分もあると。

李　文芸誌がないというのは大きな違いですね。日本はまがりなりにも文芸誌という文化があって、作家はそこで作品を発表して原稿料をもらいますが、台湾にはそれがないんです。基本的に書きおろしですが、印税だけで生活するのはなかなか厳しいです。

野崎　その点では確かに、日本には作家を守る独特のシステムがありますね。でも、そういったことは最初からわかっていました？

李　わかっていなかったです。

■『独り舞』（二〇一八年）

野崎　文芸誌というシステムで李さんがデビューすることになって、僕もたまたまその瞬間に立ち会えたのはとても嬉しいことでした。新人賞の最終選考に残った作品としてワープロ原稿で読んだとき思ったのは、とにかくスケールが大きいなということでした。

李　『独り舞』は最初の長篇なので、どれぐらいのストーリーを用意すれば長篇にできるのかわかっていなくて、たくさん用意したんです。詰め込み過ぎといわれたら確かにその通りでした。

野崎　作品や作者の構えが大きくて、文章から伝わってくるものにスケール感がある。世界が広いというだけではなく、たとえば人物描写、人と人が出会う時の弾けるような思いに、宇宙的な感覚で跳ねあがるようなところがある。その後の李さんの作品でもうかがえますが、人生に対する立ち向かい方が強くて熱い。そこに一番惹かれたんです。「死ぬ」から始まるんですけど、「死ぬ」で終わらないパワーがある。そのことをよく示していたのが万里の長城での待ち合わせというエピソードで、これには本当に驚きました。主人公も、万里の長城で待ち合わせてもどうせ会えないよと突っ込みを入れていますが、三年間、毎年万里の長城で待つというアイディアに破天荒なまでの力を感じたんです。

李　北京へ旅行に行った時、実際にそういう少女に会ったんです。このエピソードは割と実話ですね。

野崎　この作品だとモンゴル族の人ということになっていますね。

李　内モンゴル出身の女性の方で、恋人がギャンブルにはまっていて、別れざるを得なくて、三年間待って欲しいというような話になって。ケンタッキーの店内で出会ったのですが、彼女の話を聞いていると、二一世紀にそういう話があるんだと衝撃を受けました。中国の民間伝説や神話だとそういう類の話はたくさんあります。例えば「孟姜女《もうきょうじょ》」という話では、秦の始皇帝が万里の長城を築いていた時に、孟姜女という女性の夫が徴用されて、壁を築いている時に死んでしまう。孟姜女が夫を追いかけて長城に行ったのですが、夫の死を知って慟哭します。すると長城が崩れて、その中から夫の死骸が出てきました。人間の愛と感情が天地を揺るがすというようなロマンチックな伝説ですね。しかし、まさか二一世紀の近代社会でそういうロマンスがあるとは、本当に驚きでした。それがすごく印象に残ったので、小説に書きました。

野崎　そんな出会いそのものが李さんの資質を表わしているんだと思いますし、小説の核心部分にもすごくロマンチックなものがあるんですね。それがとても貴重だと思います。人を攻撃したり、否定したりということが安易に行われがちなご時世なだけに、それに対抗するほどのロマンチックな情熱を作品に吹き込むというのは難しい。李さんの作品では第一作からそうした方向性がはっきり出ている。もちろん、主人公が不条理な人生を強いられていることもいやというほど伝わってきます。彼女の悩みや苦しみに、素直に共感できてしまうのが作品の力ですね。僕などの世代からすると、世界は不条理だ、納得いかないという感覚は、かつてサルトルやカミュの、実存主義の文学で鮮烈に刻まれたものなんです。李さんの小説は、不条理な世界のまっただなかで、どう考え、どう生きるべきかという問題に正面から挑んでいる感じがして、僕にとっては実存主義直系の小説ということになるんです。同時に、フランス文学ではホモセクシュアリティの主題が実存主義の頃から本格的に取り上げられ始めて、自己の解放や自由のテーマと強く結びついていた。そうした動きが日本文学ではなかなか見えない状態が続いていたような気がします。李さんはこの本の中で、作家の邱妙津さんの影響で日本文学に親しみ始めたと書いていますが、ホモセクシュアリティのテーマについて、日本文学からの刺激というのはありましたか。

李　邱妙津の影響で日本文学に親しみ始めるというのは小説内の設定で、私の経験とはちょっと違います。同性愛的な関係性を描く日本文学については、女性作家だと松浦理英子さんや中山可穂さん、一九二〇年代だと吉屋信子さん。そういう系譜がありますね。なかなか可視化されていないのですが。

野崎　いまようやく日本でも可視化され、アクチュアルな主題となってきたわけですが、その主題を李さんはどこか現代離れした、格調高い文体で描き出している感じがします。今あげられた日本の作家たちも独自の文体の持ち主たちですが、李さんの場合、どんな意識で文体を作っているんですか。

李　自分の中から出てくる言葉を書いているだけで、変なことをやってやろうというような気持ちはないんです。もちろん描写には力を入れますが、自分にとって自然な言葉で書いています。

野崎　とりわけ描写に、李さんの個性がよく表れていると思いますよ。作品の構成という点からいうと、『独り舞』では終わりにかけて展開が早くなっていって、舞台が日本から中国、サンフランシスコやニューヨーク、さらにはオーストラリアへと広がっていきます。詰め込み過ぎたという意識の残るところでしょうか。でも僕は読み直して、面白く書けていると思ったんです。

クライマックスに向かって行く部分は、それまでの物語と関係ない人たちと触れあっていくじゃないですか。僕が連想したのは『星の王子さま』です。星の王子が地球に来るまでにいろんな星の人に出会ってくる。そんな感じでファンタスティックな気がしました。

李　あの時はちょうど中山可穂さんの『白い薔薇の淵まで』を読んでいて、あの小説は主人公の恋人がどこかに消えてしまって、恋人を探して日本を離れて東南アジアへいって、色々まわるという展開でした。その影響もあると思います。

野崎　最後には、偶然性という問題が焦点になってきます。被害者になるかならないか、まったく偶然で運命がわかれたんじゃないかという。これもすごくサルトル的なテーマで、『壁』という作品では、死刑を宣告された人間が突然助かる。運命が偶然に左右されてしまうことのバカバカしさを書いた作品です。存在の偶然性みたいなテーマについて、世界文学の流れを意識されることはありますか。

李　存在の偶然性や不条理といった問題は、日々切実な問題として感じていますが、カミュやサルトルは特に意識していなかったと思います。あの時はちょうど台湾の女性作家の頼香吟さんや、中山可穂さんの作品を読んでいたので、そういった作品から比較的直接な影響を受けていたと思います。

野崎　フランス文学かぶれのバイアスがかかっているもので、どうもすみません（笑）。でも、邱妙津の『ある鰐の手記』などもまさに不条理との戦いの文学ですね。実存主義的な、ひりひりするテーマを女性作家たちがみごとに引き継いでいるように思えます。

李　存在の偶発性や不条理性でいえば、例えば女性として生まれ落ちる、あるいはセクシュアル・マイノリティとして生まれ落ちるということ自体がとても不条理なことで、しかも自由意志による選択ではなく、単なる偶然です。そう考えると、そもそも生まれること自体が一つの偶然で、そうやって生き続けていることも偶然の産物でしかないので、偶然性についてどう考えるかは大事なテーマだと思います。それが最近の作品『生を祝う』にも繋がっています。

野崎　『独り舞』の冒頭、「死ぬ。」から始まった李さんの文学は、「生まれる」ことへとつながっていくんですね。『独り舞』のすぐあとに出たのが『五つ数えれば三日月が』でした。これはとてもチャーミングな小説ですね。トーンが全然違って。初出は「文學界」でしたっけ。

李　単行本には二作収録されていますが、ひとつは初出が「群像」で、もうひとつは「文學界」。

野崎　「五つ数えれば三日月が」が「文學界」。

李　「セイナイト」が「群像」です。

■『五つ数えれば三日月が』（二〇一九年）

野崎　池袋の北口のレストランが舞台になっていますが、これが中国風のハラールレストランということで、『星月夜《ほしつきよる》』にも出てきます。そこに女たちが食べにくる。

李　ほぼ最初から最後まで食べていますね（笑）。

野崎　本当に、頼もしいっていうくらいよく食べてます。これが池袋で、『ポラリスが降り注ぐ夜』が新宿ですから、ある意味東京の一番メジャーな繁華街なんですけど、知られていないところを描く面白さがありますね。書いていても楽しいでしょう。

李　楽しいですね。池袋北口はちょっとした異空間みたいで、町中華ならぬ、ガチ中華というか、そういう店がたくさんあります。これまでの小説ではあまり描かれていない気がするので、それが出てくると面白いなと。モデルになった店があって、好きな店なんです。長居しても文句は言われないし。

野崎　ダラダラといられる不思議な感覚ですよね。日常の時間の流れと違うような面白さ。もうひとつは日本語教育に関する事柄が詳しく描かれている。これがまた読みどころになっていますね。日本で日本語を教える場合と、台湾で日本語を教える場合の二通りが出てきます。李さん自身も日本語教育を専門になさっていたんでしたっけ。

李　大学院の専攻は日本語教育でした。

野崎　だから付け焼刃じゃない感じがある。このあたりはすいすい書けちゃうんですか。

李　『星月夜』に、ちょっと論文みたいなものが出てきますが、それは自分の修士論文の一部ですね。

野崎 筆が乗っているというか、自家薬籠中の物としているなと思わされます。修士論文を書いてから、そのまま博士課程に進んで、研究者や教育者になる道もあったでしょうね。

李 研究者や日本語教師はもちろん考えましたが、経済的な理由で就職した方がいいなと判断しました。もし本当に学問が好きで博士課程に進みたいと思うのなら、就職してからでも遅くないかなと。

野崎 無駄なく二年できっちり修士論文を書いて就職するというのも、李さんの能力の高さの表れだと思います。『五つ数えれば三日月が』では、台湾で日本語を教えている女性が台湾の教え子と結婚する。そうすると向こうの実家のお父さんが、「私は昭和の男だ」と面白いことを言いますね。日本語がちょっと喋れるという。ああいう人はまだいるんでしょうか。

李 います。実はこの物語にはモデルの友人がいるんです。あのセリフも、友人の実体験から取材しています。

野崎 本人は昭和の男だとツボをおさえているかのようにみえながら、実はその日本語が完全に古びてしまっていて、会話が成り立たない。一方では女性たち、そして李さんの作品自体が、言葉の壁を乗り越えて自己実現していく。昭和の男の悲哀を感じさせて、印象に残りますね。女性は言葉を味方にした時にいろんな可能性が拡がっていくということが李さんの小説を読むと実感できます。

李 女性や社会的弱者、少数派にしか見えない世界は絶対あります。日本に住んでいる台湾人というマイノリティ性が見えている世界もその一つです。

野崎 逆にいまや、昭和の男も昭和の男なりにある種のマイノリティ性をかかえているわけです。本人は気づいていないかもしれないけれど。さっきも少し触れましたが、李さんの文体に漂う格調の高さには、どこか漢詩を思わせるようなところがあります。日本語がそもそも中国文化に学んできた歴史が、立体的に立ち上がってくる印象を受けます。『五つ数えれば三日月が』のなかには、好意を持っている友人に漢詩をおくるシーンがありますね。こういう詩は今の台湾の人はすぐに書けるんでしょうか。

李 書けないですね。

野崎 さすがに書けないですか。七言律詩を作っていますよね。

李 こちらは私が作ったオリジナルな詩です。

野崎 かなり難しいでしょう。

李 難しいですね。文字数はもちろん、平仄と韻も考えないといけません。あと詩語という、漢詩の中でしかほとんど使われない言葉もあって、それをいかに取り入れるかですね。

野崎 字体も日本語の新字体ではないことで、いっそう目に強力に訴えかけてきますよね。言葉のレンジが広い小説になっている。これはなかなか他の作家には真似できないところでしょう。

李 漢詩を書くのは得意というわけではないですが、大学時代のもうひとつの専攻が中国文学なので、伝統的な中国文学の訓練を受けたんです。文字学、声韻学、訓詁学など。それとは別に漢文や漢詩を書く訓練もあって、それを活かした感じですね。

野崎　漢詩の歴史っておそろしく古いんでしょう。それを学んだうえで、中山可穂にまで至る。李さんの小説の言葉は時空を超えていますね。『五つ数えれば三日月が』のエンディングはとても爽やかです。

李　余韻があったり、問いかけるような終わりにしたいと思いました。

野崎　まさにそういう終わりになっていると思います。文学とともに、映画も色々と出てきますね。『アデル、ブルーは熱い色』とか『藍色夏恋』とか、僕も大好きな映画なんですけど、映画でもとりわけ二〇世紀の末、台湾ではホモセクシュアリティを題材にするものが増えて、青春映画の一部門になっている印象があります。そのあたりは刺激になりましたか。

李　映画には詳しくないですが、『藍色夏恋』や『アデル、ブルーは熱い色』はレズビアン映画の古典みたいなものですね。映画作品の中でセクシュアル・マイノリティを扱う作品でいうと、他にもアン・リーとか。

野崎　そうですね。アン・リーは早くから扱っていました。

李　ゼロ・チョウという女性の映画監督がいるんですけど、二〇〇八年公開の映画『彷徨う花たち』は結構好きです。当時私は大学生で、ちょうど人生で一番苦しい時期だったので、この映画にかなり救われた記憶があります。

野崎　そのあたり、李さん自身が表現に向かう時に一種の連帯感があったのかなと思います。

これから李さんが小説を書き続けるなかで、映画、映像表現とのかかわりもいっそう出てくるのではないかと思います。

李　ちょうど先週、レインボーマリッジ・フィルムフェスティバルという、同性婚をテーマにした映画祭に登壇して話をしました。映像表現、文学表現の中のセクシュアル・マイノリティの表象がどうなっていて、それが社会とどのように相互関係しているのか、そういう話をしました。

野崎　小説も映画もどちらもそれぞれの有効性を持っていると思います。とくに若い読者や観客にとってはインパクトが強いし、励みや救いにもなると思います。

李　そう思います。『独り舞』のなかにもこういう台詞があります。「今でも同性愛者は社会制度から排除されている。普通の人間のように育ち、結婚し、子を授かることができないからこそ、未来に対するイメージが摑めず、それが死への想像に繋がるのだろう」。つまりロールモデルがいないから未来が見えない、死を想像することで未来の不確かさから逃げようとする、というわけです。物語が作られ、広まることでロールモデルができて、それが若者に希望を与えることにもなると思います。

■『ポラリスが降り注ぐ夜』（二〇二〇年）

野崎　李さんの小説は、絶望を鋭く描いていますけれど、でも芯の部分では希望の小説だと思います。「人生への絶望なくして人生に愛はない」というカミュの言葉がありますが、そういう精神を感じるんです。『ポラリスが降り注ぐ夜』でも、絶望と希望がダイナミックにからみあっている。この頃から、原稿の注文が増えてきたんじゃないですか。

李　〆切があるわけじゃないですし、書けたら渡すというスタイルですね。

野崎　会社を辞められたのもこの時期ですよね。『ポラリス〜』は構成に工夫が凝らされていて、店に来ている人たちそれぞれの物語がリレーされていきます。店長の北星夏子さんという女性がそれを束ねる黒子の役割を演じているわけですね。あの人の存在が前面に出てきていよいよ面白くなってくる。北星さんにはちょっと、『深夜食堂』の親父を思わせるところもあります（笑）。ひょっとすると、北星さんを主人公に据えて、彼女の半生という感じで書くということもありえたのかなとか、色々な可能性を含む設定ですね。

李　この小説は、最初から群像劇にしようと思っていたんです。新宿二丁目特有の雰囲気、いろんな人が集まってきて、さっとすれ違ってからまた違う方向へ向かって行く、そういう感じを出したくて。〈ポラリス〉で短い会話を交わしてまた違う方向へ向かう。これまで新宿二丁目が描かれた小説もないわけではないのですが、たいていはゲイの視点で描かれたもので、例えばハッテン場のシーンとして出てくるとか。女性からの視点はあまりなかったように思います。二丁目の中でも、ゲイと比べてレズビアンが無視されてきた歴史があるので、そういうこともちゃんと書かないといけないと思って、群像劇にしました。『深夜食堂』みたいに誰かがドラマにしてくれないかな（笑）。きっと面白いと思います。

野崎　場所を一瞬共有してすれ違っていく感じ。これもつい映画的だななんて思ってしまう、よくその感覚が出ていますね。場所自体の持つ意味がどんどん大きくなって迫ってくる。李さんの小説が深まって来たなと思わされました。

李　この小説を書くためにはレズビアンの先輩の話を聞いたり歴史を調べたり、あるいは歴史の痕跡を捜す視点で現地を歩き回ったりなど、色々な工夫をしました。

野崎　この小説には本当に感謝していて、というのも僕にとっても新宿二丁目はすごく大事な場所だったんです。学生の頃、北星夏子さんよりも十年ぐらい前でしょうか、一九七〇年代末に通っていました。悩み多き青春時代の支えがロックで、イギリスやアメリカのロックに夢中だったんです。ロック喫茶の有名な店が新宿二丁目に何軒かあって、地方の高校生だった頃から音楽雑誌の広告を見て、絶対に行こうと。まわりに話が合う人間があまりいなかったので、〈ポラリス〉と同じですね。行ってみるととても居心地がよかったんですが、どうして新宿二丁目にそういう店があるのか考えたことはなかった。李さんの小説で、数百年にわたる歴史から解きほぐしてもらいました。赤線がなくなったあとに一種の空白地帯になった。そこにヒッピーカルチャーの流れをくむ人たちが集まって、それからゲイカルチャーの場所にもなっていく。そのなかに僕もいたんですね。お調べになっていて、李さんとしても興奮するところがあったのではないでしょうか。

李　そうですね。新宿という場所はとても不思議で、江戸時代の売買春があったり飯盛女がいたりとか、一九二五年に新宿遊郭ができて、そのあとに赤線や青線があって。つまり新宿二丁目は元々は異性愛者の場だったのですが、今や同性愛者の場になっています。とはいえそういう歴史を陰から支えてきたのは女性たちで、彼女たちは文字通り身を挺して、新宿という街の繁栄を築きました。そんな彼女たちの歴史がいまの新宿二丁目の歴史に繋がっているということを知った時はすごく感動しました。これは小説にしたいなと。

野崎　繋がっているという感覚を摑み取ることがこの作品の意味になっていると思います。店主が替わっても、次の世代の子が店を盛り立てていくとか、カクテルが受け継がれていくとか。引き継がれていく歴史を書けたというのは大きいと思います。それと同時に、台湾や中国で起こっていることを大胆に取り入れていて、ひまわり学生運動とか新疆の問題を臆せず取りあげている。こういう姿勢も今後、ぜひ貫いてほしいですね。ある意味では政治的なテーマということになりますが。

李　政治的テーマではありますが、ひまわり学生運動に関しては自分は日本にいたので、地理的な距離がありました。そして運動自体は二〇一四年の出来事で、私が書きはじめたのは二〇一八年ごろなので、時間的な距離も四、五年ぐらいありました。ある程度距離があるからこそ書けたのかもしれません。

■『星月夜《ほしつきよる》』（二〇二〇年）

野崎　『ポラリスが降り注ぐ夜』とともに、李さんの小説はさらに幅が広がり、洗練も加え、しかもテーマ的にどんどん大胆になっていきました。同時に、『星月夜』のようなチャーミング路線もいいですよね。愛着はありますか。

李　『星月夜』もとても愛着がある作品です。裏話ですが、実はこの小説、一度「群像」でボツになったんです。とても自信がある作品なのでボツなど信じられないし、とても落ち込みました。その後ちょっと書き直して「すばる」に持ち込んだら、すごくいいじゃないですかと言ってくれて、すぐ掲載が決まりました。この小説の初稿が書き上がったのは二〇一八年で、当時は自分の周りから、新疆ウイグル自治区が大変なことになっているという話を聞いたんですが、まだどこのメディアも報じていなくて。日本や欧米のメディアが新疆ウイグル自治区問題を取り上げ始めたのは二〇一九年からなので、私がメディアの報道より先に書き始めたということになります。しかしボツになりました。そのうちメディアの報道も詳しい話が出始めているので、それを踏まえて書き直しました。

野崎　この作品がボツになるなんてびっくり。チャーミングな魅力があるし、かつ題材としても先駆的ですよね。「ゆるちゃん」こと玉麗吐孜《ユルトゥズ》という女性をとおして、新疆の問題が扱われていますが、これは日本の小説で初めて取り上げられた例かもしれません。しかも、深刻な問題がありながら、若者たちが生き生きしていますよね。日本人の女の子で絵美ちゃんという子が出てくるじゃないですか。この子の描き方がとても好きなんです。李さんの小説は台湾から来た女性とか、海外から日本に来た女性のほうが活力を持っているというイメージを持つのですけど、絵美ちゃんもしっかりしたところがあるじゃないですか。読んでいて救われる気がします。絵美ちゃんが、「ゆるちゃんはさあ、日本て狭いと思わない？」と聞くところがあって、日本から出たことのない子がそう聞きたくなる感覚がうまくとらえられている気がします。そして実は、日本の今と新疆の現実はすごく近いところにある。

李　遠い国の出来事だと思われがちですが、日本に留学している新疆ウイグル自治区の留学生もいるし、住んでいる人もいるので、国際化している世界の中で自分と全く無関係な出来事なんてないと思います。私たちのプライベートの人生や生活も、そういった大きな出来事に否応なしに巻き込まれる面が絶対にあって、そこをちゃんと見ないといけない。文学もそういう現実に向き合わないといけないんです。

野崎　『星月夜』の絵美ちゃんは、決してそれほど意識が高いほうとも見えないんだけど、バイトで友達になったゆるちゃんが警察に不当な扱いを受けたことで、しっかりと正義感に目覚める。これが頼もしい。同時に、かつて台湾で起こったひまわり学生運動に呼応するように香港でも運動が起こりましたが、日本ではそれに連動するということがほとんど何もなかったように思います。日本の若者たちのあいだには諦念があるのかなと思うんですけど。

李　私も似たようなものを感じています。六〇年代の安保闘争とか全共闘の時代からしらけて、どうせ世界は変えられないから自分の生活だけでもなんとかしようという考えになっていったのでしょうね。とくにバブル経済がはじけてからの失われた三十年のなかで、大きなことは自分にはどうしようもないから自分の生活に専念しよう、と。それが一種の新自由主義や自己責任論になっていく。これは世界の大きな流れなので責めるようなことではないですが、そうした価値観が過度に蔓延ると一種の諦念になりますよね。台湾の若者もそういう時期がありましたが、民主化してまだそんなに経っていないし、民主化運動で独裁政治を打倒した歴史を持っているので、社会運動の力がある程度残っているように思います。そこが違うところですかね。

野崎　体温の違いがあるんですね。こっちは冷めてきている。

李　二〇一四年はＳＥＡＬＤｓがありましたね。ひまわり学生運動と同じ年、香港でも雨傘運動があって。日本ではＳＥＡＬＤｓに対する世間の目が冷ややかに感じられましたが、台湾では一〇〇万人デモが起こっていました。視線が違いますね。

野崎　一方で、『ポラリス〜』には台湾の学生運動のなかでセクシュアル・マイノリティの人たちが無視されたり蔑ろにされたりということまで書き込まれていて貴重だと思います。とはいえ、台湾では同性婚が認められていますが、日本ではその動きがなかなか鈍いと言わざるを得ない。

李　頑張るしかないですね。

野崎　学生の頃にフランス人の女性の先生が、日本では百年たっても夫婦別姓が認められないと思いますと言っていたのが、ひょっとすると当たっていたかもしれないなと思えちゃって。制度を変えようとする動きがなかなか起こらない。

李　台湾よりは遅いですが、動きは近年出始めていると感じます。同性婚とか、パートナーシップ制度とか、だんだんと変化の機運が見え始めています。まあ、そこになんとか希望を見出さなければ、「ＬＧＢＴは子供を作らないから生産性がない」とか「同性愛は種の保存に背く」とか、そういった政治家の差別発言に絶望するしかないですね。マイノリティには絶望する権利がないのですよ。絶望は死を意味するから。

野崎　『星月夜』は重大な問題を扱いながら、ファンタジー的な可憐さがある。タイトルがとてもいいですね。李さんの好きな言葉を集めたタイトルじゃないかと思うんです。李さんの作品には月がよく出てきますよね。大切な友達の横顔が月にたとえられたり。愛の表現になると宇宙規模になってくる。これぞ李印ですよ（笑）。この小説の最後には月や太陽や星が次々に出てくるじゃないですか。独自の資質だなと思いますし、空に開かれているイメージがあります。

李　とある評論家に、天体をよく使うねと指摘されました。確かにそうですね。『ポラリスが降り注ぐ夜』で北星夏子が若い時に最愛の恋人と愛し合うことの比喩も、「闇夜でひと際輝かしい星」とか「その光が宇宙の彼方から時間を越え、空間を越え、星雲と大気を貫き、夏子の網膜に届き、留まった」とか。ロマンチックですよね。思うに、宇宙に想いを馳せることは、私たちがいかにちっぽけな存在かということを分からせてくれる。自分が置かれている境遇や社会のことを俯瞰的な視点で表現できるのは天体の良さというか。

野崎　『独り舞』では、空を見上げる最後が印象的だったし、『彼岸花が咲く島』では、「島の視点を持っているならば」という文章がありました。自分にとらわれている存在を描きながらも、空に舞い上がって宇宙に達するような、コズミックな感覚がある。スペースストリップですよ。見上げる、あるいは見下ろす、視点を変えて相対化するということですよね。そこに精神のたくましさを感じます。先ほど触れた『ある鰐の手記』の邱妙津は、とても研ぎ澄まされた神経の持ち主だったんだろうと想像しますけど、彼女の作品は閉ざされた厳しさがあって、純粋につらいですよね。

李　彼女は純粋に苦しんでいたと思います。時代の関係もあるし、性格の関係もあります。

■『彼岸花が咲く島』（二〇二一年）

野崎　過去の文学を受け継ぎながら、李さんの小説は突き抜けている。イマジネーションやファンタジーが重要な要素にもなってくると思います。今後もそうではないかと思うんですけど。『彼岸花が咲く島』は、これまでの作品に比べると空想の物語という性格が強い、架空の場所が舞台で、そこでは日本と台湾のそれぞれから逃げてきた人たちが共同体を作っている。発想としては、場所がまずあったんでしょうか、それとも流れつく少女のイメージなんでしょうか。

李　場所は与那国島がモデルです。最初の発想はデンマーク、コペンハーゲンのクリスチャニアというヒッピーたちの自治区で、外の世界と隔絶された一種の楽園像みたいな。出口に、「あなたはいまEUに入ろうとしている」と書いてあって、つまり彼らは自分たちはEUじゃないと主張している。外の世界と隔絶されているひとつの閉じられた世界という印象が、東洋だと桃源郷のイメージと結びついて、日本にもそういうところがあったらどんな感じなのだろうとずっと考えていて、最終的に台湾と日本の間の島を舞台に話を作ってみようと。

野崎　新宿とか池袋とか、はっきりした現実の場所に根ざした小説だったのが、今度は理想の場所に旅立っていくと。

李　空想ですけど、全部が全部空想というわけではなく、与那国島の歴史や伝説、琉球の神話なども取り入れています。

野崎　日本人はそもそもが南の島に流れ着いたのだという説を、柳田國男が『海上の道』で述べていますが、この小説には、われわれの記憶以前のものに触れながら同時に未来像を観ているような不思議さがありますね。そしてまた言葉のテーマもとても魅力的に扱われています。とにかく冒頭からユートピア的ないい雰囲気を醸し出していますが、それがどうしてなのかと考えると、男がいないからだと気づかざるを得ない。『ある鰐の手記』の中に、「ユニセックス共栄圏」という単語が出ていてはっとしましたが、そのアイディアが花開いているような気がしました。植物や花の豊かさが魅惑の島を作り上げていると思うんですけど、描写をどうやってふくらませていったんでしょうか。

李　資料はもちろん色々読みましたが、一番大きいのは与那国島に実際に行って、自然の景色や海の空気、馬や牛が歩いているところ、植物の種類とか、そういった空気感みたいなものを現地で感じたということだと思います。実際に見てみないとなかなか書けないところがあって。

野崎　架空の言葉を創り出すというのは難しい挑戦ですよね。それを日本語と中国語をミックスさせることで生み出すというのは、李さんにとっては自然なやり方だったのかなという気もします。

李　自然かどうかはともかく、発想の由来はあって。台湾の宜蘭には「宜蘭クレオール」という実際に存在しているクレオールがあります。これは台湾の日本統治時代に、日本語に先住民の言葉と中国語とが混ざり合ってできた言語で、話者が千人ぐらいのマイナー言語ですが、会話を聞くと、日本語の言葉がちょくちょく入ってくるんです。もちろん日本語とは違う単語や文法構造もあって、本当に面白い。そこから着想を得て、もし日本や台湾から人が逃れてきて言語が融合するとどうなるのかと想像しました。実際に言語を作るにあたっては文法の項目も決めたりして。

野崎　文庫化することがあったら、その文法を付録につけたらいいですね。もちろん、未知の言葉とは言え日本語話者にとってスムーズに読めるように工夫されていて、しかし同時に違いも感じられる。いい混ざり具合になっています。

李　文学ってどうしても文字を使わないといけないんですけど、本当の言語は文字じゃなくて音声なんですね。日本語と中国語が混ざり合ってできた言語には当然日本語に存在しない音も存在するはずなのですが、そうした音は日本語の文字では表現できない。日本語の読者が読むわけだから、ある程度日本語の方に寄せないといけないという事情があるので、塩梅が微妙なところです。

野崎　クレオールの言葉を、そのなりたちから李琴峰という作家が体験してみるという感覚があったんじゃないかと思います。島は漢字文化圏で、それに対して流れてきた少女の言葉は大和言葉みたいなものをイメージして読めばいいんでしょうね。彼女には漢字が読めない。ひらがなやカタカナと漢字をいったん分離させて、ふたたび出会わせるような実験になっている。あるいは、日本語から漢字や漢語をなくしてしまうとどうなるかという実験でもありますね。

李　漢字廃止論って昔あったじゃないですか。それがもし現実になって、さらに踏み込んで中国からの文化を全部排除したらどうなるんだろうと想像して。この小説を書いていたのはちょうど元号が変わる頃だったのですが、漢籍ではなく『万葉集』から令和という元号をつけたというのも、似たような思想的背景を感じます。

野崎　令和という元号をそういうふうに意味付けしようとした人はある意味、李琴峰的な実験をやっていたともいえる。日本文化を中国文化と完全に切り離してしまいたいと。そういう文脈に照らしてもとても興味深いし、味わい深い作品だと思います。根本のところには、男をどう扱えばいいのかという問題があって、このあたりは今後もテーマになってくると思いますし、男性読者として身につまされるところでもありますね。そういう問題自体は# MeToo 以降、かなり一般に認識されているわけで、男性読者にも歓迎して読む人は多いのではないかと思うんです。

李　誰も正解を持っていないと思います。男とか女とかというより、単一の性別が権力を握っていること、あるいは権力そのものが存在することによって生じる不具合というか、そういう問題に帰結するのではないでしょうか。人類の歴史において権力を握っているのは常に男だったという事実は無視できないのですが、女性が歴史を語る権力を手に入れたらどうなるのかというのがこの小説の実験ですね。それまでの問題の多くは解決していますが、すべて完璧になるとはいえないし、実際に傷つく人もいます。島の人たちに歴史を知らせずにかりそめの平和を維持するのは正解なのかという問いかけにもなる。

野崎　この島はこの島で一種の全体主義国家になってしまっているともいえますしね。宇実《ウミ》を助ける游娜《ヨナ》という少女がかわいい。流れついた宇実をみつけるとすぐキスしたり、コンプレックスのない楽園性をもっている。とても魅力的に造形されていました。

■『生を祝う』（二〇二一年）

野崎　解答のない問いが顕在化している。そんな状況を踏まえて、『生を祝う』ではさらに先に踏み出していますね。生まれてきたいかどうか胎児の意志を尋ねる、合意出生制度というものができた近未来を描いています。このびっくりするような発想はどこからきたんでしょうか。

李　基本的にはさっき申し上げたような「存在の不条理性と偶発性」から来ていると思います。自分はこんなにも苦しい、この苦しみの根源は何なのかと突き詰めて考えると、存在そのもの、つまりは出生に帰結します。だからいっそ生まれなければよかったと、割と昔から、思春期の頃から思っていました。この点は『独り舞』にも通じると思います。『独り舞』にも、「自分自身であること、それが生の苦難の根源なのだ」という言葉があります。また、デビューした時の「受賞のことば」には、「不条理に押し付けられた人間としての生」とあります。そもそも生まれるということ自体が不条理だし、一種の押し付けだし、楽しいこともちろんあるけど八十年ぐらい苦しまないといけないという不条理性。出生の不条理性に立ち返って、この問題を解決する術はないのかと考えました。それが合意出生制度というアイディアに結びついたんです。自分がもし生まれるかどうかを自分で決められたら、私はたぶん生まれてこなかった。でもそれが選択できなかったからしかたなく今も生きているんですけど。小説が世に出て、読者の感想を読み漁ると、芥川龍之介の「河童」との共通性を指摘する方がいました。「河童」は昔読んだのですが、『生を祝う』を書いていた時は全然思い出しませんでしたね。

野崎　これはまた、ＳＦ的な発想でもありますよね。自由な思考実験ができる、ＳＦの特性が生かされています。

李　『ＳＦマガジン』二〇二一年二月号の百合特集で、仲のいい作家の櫻木みわさんと共作しました。打ち合わせで、それぞれプロットを書いてみようという話になって、私の方はプロットをふたつ作りました。そのうちのひとつが、のちに『ＳＦマガジン』の「湖底の炎」という小説になりました。もうひとつは自分の手元に残し、それが『生を祝う』という小説に繋がりました。つまりもともと発想がＳＦなんです。

野崎　読んでいてシンプルなサスペンスがある作品ですよね。主人公の出産は最後はどうなるのかとハラハラさせてくれる。結末は最初から決められていたんでしょうか。

李　決めていなかったです。最終的にどうなるんだろうと自分もわからないまま書き進めました。結局は産むか産まないかの二択しかないのですが、産むという選択をすると現代の状況の追認にしかならず、それは避けたいと思いました。とはいえ、産まないという選択をしてしまうと反出生主義が前面に出過ぎてしまうかもしれません。だから作品の途中で、登場人物たちがそれぞれの葛藤を経て、それぞれ考えを改めて、最後の選択に辿り着くという形になりました。これも別に正解というわけではなく、この二人だからこそ辿り着いた選択と言えます。

野崎　問題を吟味するプロセスがそのまま小説になっているんですよね。現状追認はいやだし、ポジティヴなものもないと困る。出口を作者が手探りしていく感覚に、読者もシンクロしていく。『彼岸花が咲く島』と同じように、最終的な解決はそれぞれで探すしかないのだけど、問いがリアルに迫ってきます。

李　答えを出すのが文学の役割ではないと思うんです。問いを投げかけるのが文学だと思っていて、『生を祝う』ではなぜ生まれてくるのか、なぜ生まれないといけないのかという根本的な問いをしています。とくにいまの私たちをとりまく環境は色々な不条理さがあって、だからこそ、なぜ生まれてくるのか、そして人はなぜ他者の出生を祝うのかという、根本的な違和感を問い直しました。

野崎　僕が翻訳しているフランスの作家にミシェル・ウエルベックという人がいて、露悪的な面もある食えない人なんですけど、彼がコロナ禍のさなかに書いた文章のなかで、合意出生制度的なものが必要なんじゃないかと匂わせるようなくだりがありました。彼によると、あるアクティヴィスト集団が今までのような出生はもはや許されないと主張しているそうなんです。近い将来には、偶然任せに自力で子供をつくるというのは、ウェブのプラットフォームなしでヒッチハイクするぐらい非常識だと思われるようになるだろうと。正しいかどうかは分かりませんが、当然のことと思っていたものが実は制度や慣習の力でそう思い込まされているケースは多いわけですよね。そこに生じる歪みを照らし出すのは文学の仕事だと思います。また、その歪みに立ち向かう勇気を示すことも、文学にはできるのではないでしょうか。李さんも、今の時代はむしろ小説にすごく意味があるというか、役割を担える時代だと感じているのではないですか。

李　現実を動かす力はないのだけど、人々を立ち止まらせて現状についてもう一度考えさせる力はあると思います。もちろん小説に限らず、たとえば映像作品もそういう力はあります。ただ、映像作品はもっと商業的な側面を考えないといけないから、一番シンプルなのはやはり文字、言葉だと思います。それがたとえ届く層がそんなに広くなくても、届いた人には深く刺さる。

野崎　そのとおりですね。ではおしまいに、今後について聞かせてください。何しろ中国四千年の歴史をにじませる文章をお書きになっているわけですから、中国の古代とか、歴史に取材した大ロマンを書くという方向もあるのではないかと思うんです。もちろん、現代的なテーマに鋭く突っ込んでいくのも李さんの魅力ですが。可能性が色々ありますね。

李　そうですね。色々試してみたい気持ちはありますが、たとえば古代の中国を舞台にする小説なんか世の中には既に一杯あるので、そのなかでどのように自分の色や問題意識を出していくのか、そこがすごく難しいところだと思います。

野崎　李さんが書く三国志とか、きっと全然違うものになるでしょう。

李　私のこれまでの作品は、たとえば『ポラリスが降り注ぐ夜』は誰も書いたことがないものだと思います。『生を祝う』も、少なくとも合意出生制度みたいなものを私は読んだことがありません。つまり自分の独創性みたいなものがあると思います。時代小説や、古代を舞台にする小説に挑戦してみたい気持ちはありますが、どのように独創性を出せばいいのやら。

野崎　李さんにしか書けない人物が立ち現れてくるんじゃないかな。期待しています。

（二〇二二年五月一一日、早川書房にて収録）

あとがき――膜を隔てた伝言ゲーム

本書には二〇一七年八月から二〇二二年三月まで、約四年半の間に書いたエッセイが収録されている。文芸誌や新聞から依頼を受けて書いたものもあれば、誰かに頼まれるでもなく勝手にnoteで綴ったものもある。言語や越境、生死に関する思索といった比較的真面目なものから、歯科クリニックの待合スペースで読まれることを想定した短くユーモラスなものもある。自著のプロモーションのために書いたものもあれば、他者の小説や映画のために書いた評論もある。時には個人的な人生の節目（誕生日）に、時には社会的な時事問題（コロナやウクライナ侵攻）に連動した形で筆を執った。芥川賞受賞直後に依頼を受けた受賞記念エッセイも一つの独立した章を設け、全て収録した。

このエッセイ集は、李琴峰という作家の初期の軌跡であり、物語という嘘つき装置を脱ぎ捨てた素顔でもある。エッセイの他に、対談も二本収録している。王谷晶は全幅の信頼が置ける同時代作家で、その作品は常に純文学的な思索とエンタメ文学的な快楽を兼ね備えており、小説のお手本にしたいくらい上手い。彼女との対談が『文學界』に載った時は読者からの反応がよく、私としてもより多くの方に読んでもらいたい内容なので、エッセイ集刊行を機に再録した。

もう一本はフランス文学者・翻訳家の野崎歓さんとの対談で、これは本書のための録り下ろしである。野崎さんは私が群像新人文学賞からデビューした際の選考委員であり、芸術選奨新人賞を受賞した際もやはり選考委員を務められていた。つまり私という作家を最初期から見守ってくださっており、何度もお世話になった大先輩である。対談ではデビュー作『独り舞』から最新刊『生を祝う』まで、一冊ずつ振り返る形を取った。一人の作家の初期の軌跡を収めたエッセイ集にこれほど相応しい対談はない。野崎さんとのご縁にはひたすら感謝である。

本書のタイトル「透明な膜を隔てながら」は『すばる』で書いた最初のエッセイから取ったものので、改めて考えれば、「透明な膜」はエッセイの中では自分と日本語の間に存在する隔たりを指しているが、改めて考えれば、何も言語間の隔たりだけに限定する必要はない。台湾の地方出身者であること、女性であること、性的少数者であること、外国人であること、非母語話者であること――多くのマイノリティ属性を否応なしに押しつけられている身として、私は生きているだけで常に様々な隔たりを感じている。他者に対して、組織に対して、政治や社会、世界に対して――物理的に隔てているものは何もないが、それでも何かが確実に存在し、そこら中に幾重にも立ちはだかっている。目にも見えず、手にも触れられず、気を抜けば忘れることさえあるのだから、まさしく「透明な膜」だ。そんな膜は天と地の間に張られており、容易には越えられない。私たちにできるのは、この世界を少しでも風通しのいい場所にするために、膜に穴を開けようと懸命に努力することだけだ。穴を開けるには様々な手段と道具が必要になるが、言葉もそのうちの一つである。

そう——あるいは言葉を紡ぎ、手渡すことによって、私は膜のこちら側と向こう側との交信を図ろうとしているのかもしれない。本当のところ、私たちは誰もが他者と透明な膜を隔てているのではないだろうか。透明な膜を隔てながらも、それでも言葉が届き、互いを繋ぐことを願って日々を送っているのではないだろうか。それは膜を隔てた伝言ゲームのようなもので、常にうまくいくという保証はどこにもない。時には大失敗に終わり、傷だらけになることもあるだろう。時には膜だと思っていたものが、実は穴が開きそうにない銅牆鉄壁《どうしょうてっぺき》だったと気付くこともあるだろう。

それでも私は言葉を紡ぐ。透明な膜の向こう側にいるかもしれないあなたに届けるために、あなたたちに届けるために、言葉を紡ぎ続ける。

私は作家であり、作家には言葉しかないのだから。

初出一覧

第一章

透明な膜を隔てながら　「すばる」二〇一七年九月号、集英社

日本語籍を取得した日　「ニッポンドットコム」二〇一九年二月二三日

真ん中なる／ならざる風景　「ハフポスト日本版」二〇一八年一一月一日

独立した二台の機械のように　「三田文學」二〇一九年秋季号

創作の源泉としての中二病　「ニッポンドットコム」二〇二〇年八月二日

思い出し反日笑い　「文學界」二〇二二年一月号、文藝春秋

第二章

私が死のうと思ったのは　「note」二〇一九年一二月二六日

ある夢　「文學界」二〇一八年八月号、文藝春秋

中学校の夢　「note」二〇二〇年七月二九日

死と生の随想　「一冊の本」二〇二二年一月号、朝日新聞出版

小さな語りのために、あるいは自由への信仰　「朝日新聞」二〇二二年三月二九日

始まったばかりの旅、道半ばの志　「note」二〇一八年一一月一四日

第三章

星明かりの映画祭「ユリイカ」二〇二一年八月号、青土社

生産性のない初恋　「an・an」二〇二二年三月九日号、マガジンハウス

ロクな恋　「すばる」二〇二一年一〇月号、集英社

愛おしき痛み　「文學界」二〇二二年二月号、文藝春秋

何物かである小説　「ハスポスト日本版」二〇二〇年四月二六日

芽吹くことなく死んでいく恋の種　「海響一号　大恋愛」海響舎

第四章

最後の海外旅行　「小説トリッパー」二〇二一年春号、朝日新聞出版

深い霧の奥のネオン　「ニッポンドットコム」二〇二〇年五月二日

夏と花火と時間のかけら　「ニッポンドットコム」二〇二〇年一〇月一一日

あなたが私を外人と呼ぶ前に　「ニッポンドットコム」二〇二〇年五月二四日

愛しき日本、悲しき差別　「ニッポンドットコム」二〇一九年一〇月一三日

日本人は銃剣で子どもを殺していたのよ　「ニッポンドットコム」二〇一九年七月一五日

終わりなき「越境」の旅　「HBホーム社文芸図書WE

Bサイト note」二〇二〇年一〇月三〇日

だから私はタピオカミルクティーにさよならしなければならない　「跨境——日本語文学研究」第9号、高麗大学校日本研究センター

新宿二丁目の煌めき　「ちくま」二〇二〇年二〜四月号

自転車にまつわる出会い　「note」二〇一八年一二月一一日

第五章

十年一たび覚む　文学の夢　「文學界」二〇二一年九月号、文藝春秋

フィクションの力　「中日新聞夕刊」二〇二一年八月三日

崩壊の深夜　「朝日新聞」二〇二一年七月二五日

芥川賞の三日間　「共同通信」二〇二一年七月

日本語との恋　「産経新聞」二〇二一年八月二日

筆名の由来　「毎日新聞」二〇二一年八月四日

筆を執ること四春秋　「SFマガジン」二〇二二年二月号、早川書房

生きのびるための奇跡　「ニッポンドットコム」二〇二一年九月一日

第六章

大人になった王寺ミチルと彼女の愛の国　「note」二〇一八年一〇月六日

自転車は時間の魔術　「文學界」二〇一九年二月号、文藝春秋

完璧（じゃ）な（い）あたしたち　「note」二〇一九年一月二〇日

のけ者たちの風景　「文學界」二〇二〇年六月号、文藝春秋

「多様性」にまつわる重層的な声　「小説トリッパー」二〇二一年夏号

道徳な世界の道徳ならざる光　『点から線へ——トランスジェンダーの〝いま〟を越えて　映画『片袖の魚』より』（二〇二一年七月刊）、旅と思索社

島に、光を　映画『私たちの青春、台湾』パンフレット（二〇二〇年刊）、太秦

雪はいつ止むのかしら　映画『ユンヒへ』パンフレット（二〇二二年刊）、トランスフォーマー

はなはなし（「歯固めと守り神」「生えかわりと悪い夢」）「はなはなし」二〇二〇年四月一日、株式会社ミック

対談

同性愛を書くのに理由なんていらない　『文學界』二〇二〇年五月号、文藝春秋

作家・李琴峰のキャリアを振り返って　録り下ろし

透明《とうめい》な膜《まく》を隔《へだ》てながら

2022年8月20日　初版印刷
2022年8月25日　初版発行

＊

著　者　李《り》　琴《こと》峰《み》
発行者　早　川　　浩

＊

印刷所　中央精版印刷株式会社
製本所　中央精版印刷株式会社

＊

発行所　株式会社　早川書房
東京都千代田区神田多町2－2
電話　03-3252-3111
振替　00160-3-47799
https://www.hayakawa-online.co.jp
定価はカバーに表示してあります
ISBN978-4-15-210161-7　C0095
JASRAC 出 2205909-201